小黃豆大發家 1

雲也 著

風文創 861

目錄

序 …… 005
第一章 生了一個小黃豆 …… 009
第二章 帶著黃豆去趕集 …… 021
第三章 一場暴風雨來臨 …… 035
第四章 恩將仇報的黃豆 …… 049
第五章 要買糧食防饑荒 …… 063
第六章 趙大山搬新家 …… 077
第七章 全家忙著種秋糧 …… 091
第八章 幫忙做份紅燒肉 …… 105
第九章 珍珠被誰弄丟了 …… 119
第十章 錢多多買棗送棗 …… 131
第十一章 跟著爺爺進襄陽 …… 143
第十二章 賣了珍珠好換田 …… 155
第十三章 黃老漢決定買地 …… 167
第十四章 黃家有個聚寶盆 …… 179
第十五章 與徐彩霞重新結親 …… 191
第十六章 趙家的豬油拌飯 …… 203
第十七章 多謝妹妹成全我 …… 215
第十八章 姊姊妹妹去襄陽 …… 227
第十九章 初遇少年塗華生 …… 239
第二十章 想租宋娘子的店 …… 251
第二十一章 畝產五百的神話 …… 263
第二十二章 黃港第一艘貨船 …… 275
第二十三章 趙大山送的禮物 …… 289
第二十四章 私定終身的黃豆 …… 303
第二十五章 膽大包天黃德明 …… 315

自序

雲也

這是我人生中的第一本書，它的來源很簡單：我寫小說，是因為我媽媽書荒。

我有一個很喜歡看書的媽媽，她小學二年級的時候去新華書店買了兩本書，一本《雷鋒的故事》，一本繪本《三毛流浪記》，從此如老鼠搬家，一點一點地往家裡搬書，那時候小說很少，沒有網路。

晚上沒有小說看，她就給我講故事，書上故事說完，她就給我編故事。故事裡，我是美麗的小公主，帶著我的洋娃娃環遊世界；或者，我是那可以拔劍的俠客，穿著紅披風，站在華山之巔看別人決鬥。

我認識字後，她就將我扔在一堆書中。等我和她一般高的時候，她書荒就會找我茬，比如假期早上睡懶覺、比如睡懶覺不吃飯、比如晚上玩遊戲又不睡覺。為了書荒不找我茬的媽媽，這個假期我決定給她寫一本小說，她喜歡的種田文。

真正動筆寫的時候暑假已經快過去，開學後，新的學校、新的同學，一切那麼嘈雜而又忙亂，而我的第一本書，就是在這忙碌中，靠一部小手機日日夜夜碼出來的。

常常有人說，我很忙，要讀書、要上班、要陪孩子……其實，真的大家都忙。我也很忙，空閒的時候想逛街，放假的時候想玩遊戲，更多的時候，我就想這樣躺著，懶成一灘泥。可是，當我真正進入這個世界，將心中聽來、看來的那些故事一點一點彙集於指端，慢慢凝結成另一個故事的時候，我突然發現，這才是我最愛做的事情。

它和遊戲不同，若干年後，我的遊戲人物會變成一個回憶，一個煙消雲散的過去，而我寫的故事還在。

只有寫小說後才知道，寫作實實在在還是源於生活！

沒種過地，育種、插秧、收割、進倉……所有的流程都在童年見過，卻沒有真正親手做過。為了知道一畝地能產多少稻子、多少麥子，需要多少種子，我認真去問種過地的爺爺。

沒想到爺爺很開心地和我聊起他年輕時候，跟著他父親走南闖北做生意，第一次坐輪船的時候，看見大江大河的浪花撲打在船舷上的激動。說起一路的艱辛和收穫，當初有喜悅、有感動也有淚水，如今都變成了平淡的一句：當初……

那個下午很悠閒，爺爺坐在沙發一頭，我斜靠在另一頭。一個認真說，一個仔細聽。

這是第一次，長大後的我這麼安靜地聽爺爺說話。他所經歷過的一切，生活平淡卻一點都不乏味，所有的都能寫成故事。

從此一發不可收拾，下筆就不想停。

不懂的就問，再不懂的就查。為了一句話，或者一個根本不算重要的東西，查很多資料，務必尋求準確。

這個學期，每天早晨五點多起來寫小說，六點多起來跑步，七點多去上早自習。晚上跑完步回來，洗澡上床又繼續碼字，為了瘦也為了讓自己變得更自律。

有人說，自律的人很可怕，因為他們能夠控制自己。

其實，自律的人一點都不可怕，因為他們知道自己需要什麼，並且奔著目標一路而去。

寫小說就是一場修行，從開始到結束，整個過程都很重要。它能讓我看見自己的不足，然後儘量去彌補它。

希望你也能找到能夠支持自己的東西，並且堅持下去。

第一章　生了一個小黃豆

八月初八，一場大雨下得天昏地暗，整整下了三日。

南山腳下，一個小村莊，莊子不大，前有湖，後有山，也算是塊風水寶地。

村東頭的黃老三家傳來一聲嬰啼，只是雨聲太大，嬰啼聲淹沒在大雨聲中。

黃奶奶幫著給剛出生的小嬰兒包裹好，就忙忙撿了五個雞蛋，清水窩荷包蛋。舀出三個荷包蛋，撚一點紅糖放在碗中，踮著腳給接生的劉婆子端過去。而後又從灶洞下掏出一塊生薑，洗了洗，切了幾塊薑片剁碎，放在蛋鍋裡煮，煮開後和兩個蛋一起舀在碗裡，小心地捏出一小撮紅糖，放進去，端著碗進了廚房旁的廂房。

半晌後，送走接生的劉婆子，剛走進廂房，大兒媳趙氏、二兒媳周氏、四兒媳婦杜氏就冒雨過來了。

不怪她們來得遲。雨來得急，下得大，一家老少爺們都下地去了。眼看著稻苗已經灌滿漿，再有個十天半月就要收了，這風大雨急的，就怕水把田地給淹了，因此都忙著下地去，開溝挖渠，有漫水的溝渠也要疏通疏通。而女人們得忙著攆豬、趕雞，收拾晾曬的衣服。

黃三娘宋氏就是忙著收拾晾曬的衣服時，一不小心滑了一跤，恰好快足月的肚子就在一場大雨中疼了起來。

黃大娘用毛巾擦了擦身上的雨水，坐到床邊看著熟睡的嬰兒，嘖嘖稱讚。「三弟妹，妳看這丫頭，頭髮烏黑，皮膚紅通通的，長大了肯定是個又白又好看的俊丫頭，像三弟妹妳！」

黃二娘老實，只顧著去廚房燒水，收拾盆裡換下來的床單、衣服，也不說話。

黃四娘是新媳婦，聞言好奇地伸頭過去看。「大嫂，是不是說生下來紅孩子，長大就白呀？」

黃大娘接過黃二娘端過來的熱水，給小嬰兒擦洗身體。「是啊！妳別看有的孩子生下來白白的，長大就黑了。只有生下來的紅孩子，長大才白。」

不到三歲的黃桃搬了張小凳子走進來，細聲細氣地遞給杜氏。「四嬸，妳坐。」

黃四娘接過凳子坐下，順手把黃桃摟到懷裡。「小桃子，妳娘生了個妹妹，妳可喜歡？」

「喜歡。」黃桃比同齡孩子瘦弱，也文靜，雖然小，一身衣服倒穿得乾乾淨淨的，雖然頭髮稀鬆，卻也紮了兩個整齊的小包包。

屋外大雨傾盆，黃老漢帶著四個兒子從地裡回來，順便把在門口公場邊淺溝裡摸魚的幾個孫子也帶了回來。

黃老漢有五個兒子，名字分別是「榮華富來寶」，最小的兒子黃寶貴是個小祖宗，比大兒子黃榮貴小了二十五歲，幾個姪子都比他大。

兒子雖多，地也不少。黃老漢年輕的時候出去跟過船，跑過碼頭，掙了錢回來就買地，其間也陸陸續續生了三個兒子。

生三兒那年，他跟著船隊出了趟遠洋。那次去得遠，一溜三艘大船，整整去了近兩年。回來的時候順風順水的，誰知道快到家門口卻出事了，被一夥海盜賊人給搶了。跟船的就船東家那個十二歲、跟著去練膽的小子，和黃老漢兩個人逃了回來，其餘人全部都沒了，連屍體都沒能回來。

黃老漢揹著只剩半條命的小東家回到南山鎮送回東家那兒，拿了賞錢回了黃家灣後，便專心種他的地，再也不敢去做這送命的買賣了。

黃家有五個兒子、四個媳婦、六個孫子、三個孫女，加上老倆口，剛好二十口人。別人家都是一家子祖孫幾代同堂，不等老的百年歸去後不分家，但黃老漢卻不。他是兒子一結婚，就給分出去。

黃家有五套青磚烏瓦的屋子，還有地，分家的時候很公平，都是一個兒子一套連院子的屋子，和十幾畝良田，並一些傢伙物什，不偏不倚。

黃老漢到底走南闖北見過世面，這樣一分家，兒子和媳婦們做事都挺有精氣神的。兄弟幾個感情好，妯娌幾個關係也不錯，畢竟不在一個鍋裡吃飯，矛盾都少了許多。不像村子裡有些人家，吃多做少，三朝五日就能聽見吵架聲。

黃德磊是黃老三黃富貴的大兒子，在兄弟中排行第三，今年快七歲。他的皮膚被太陽曬得又黑又亮，此時光著膀、赤著腳，拎一串魚跟在他爹後面搖搖擺擺地回來了。

鄉下孩子野，夏天裡男孩子基本上到了七、八歲都不穿衣服的，上山下河，見天光著個屁股、赤著腳在外面瘋。

黃德磊兄弟幾個的名字都是爺爺黃老漢去鎮上找人起的，當時黃德磊大伯家的哥哥出生，黃老爺子第二天就去了鎮上，先是「大小子、大小子」的叫，滿一周歲時老爺子給起名「黃德光」。

老爺子在鎮上給大孫子起名字的時候，想想自己都已經有四個兒子了，以後孫子得排著隊來，如果每次都來找先生起名字，既費錢也費事，索性讓先生一次先起了，於是黃家小兄弟出生後一周歲的名字，就按「光明磊落，忠孝禮儀」這順序來了。

黃老漢花了一個名字的錢就得了八個名字，已經覺得老臉一紅，連連道謝回家了。以後再有孫子，那就等以後再去吧！

黃富貴先去換了淋濕的衣服，又把黃德磊拎過來擦洗乾淨、穿上衣服，才過去看自己的三閨女。

「這孩子生得好，剛才爹偷偷告訴我，他找人算過，這孩子命裡帶福，旺家。」黃富貴搓著手，看著剛出生的閨女憨笑。

黃德磊濕漉漉的大腦袋趴在床邊，伸頭看著床上睡在娘親懷裡的小妹妹。「真醜，像個小猴。」

黃德磊小聲嘀咕，仍是被耳尖的黃富貴聽見，摟頭搧了他一掌。「瞎說什麼呢？你生下來還不如你三妹好看呢！」

黃德磊也沒見過自己剛生下來長啥樣啊！妹妹出生時他還小，也不記事。他只能悻悻地爬下床，拉著妹妹黃桃去看二伯母殺魚。

唉，做個孩子真無奈，連點說話的資格都沒有！

三天後，雨過天晴，快六歲的黃寶貴坐在大哥黃榮貴的肩頭上來看姪女了！

黃寶貴吭哧吭哧地爬上三嫂的床，和黃德磊並排坐在床邊吃炒豆子。

黃寶貴的衣服都是黃奶奶做的，每一件衣服都有兩個大兜，花生熟了裝花生，瓜子熟了裝瓜子，冬天裝山芋，夏天裝蓮蓬。碰到青黃不接時，炒把黃豆、炸點小魚乾，也夠這個老叔（注）嚼半天了！

老叔邊吃炒豆子邊問：「三丫頭叫什麼名字？」

黃家一眾小兄弟姊妹都是從大到小排序，並不是一家一家單獨排序的。

黃三娘摸了摸三丫頭軟軟的頭髮說：「還沒起名字呢。」

老叔從兜裡抓著一把炒熟的黃豆嘎嘣脆地吃著，聽見三丫頭還沒名字，便舉起手裡的黃

注：老叔，叔叔對姪子輩的自稱，亦可用於對年紀較小的父輩長者的親暱稱呼。

豆說：「就叫黃豆吧，嘎嘣脆！」

一旁的黃富貴聽著覺得自家弟弟確實聰明，就這麼拍板了。

可憐還在睡夢中的三丫頭，就這麼有了「黃豆」這個名字，誰也沒想起來問問本人願意不願意。

黃豆打從會走路起就跟著老叔了。娘要忙家務，黃桃雖然小，卻像個小大人一樣乖巧，天天跟著娘後面搭把手。黃豆不願意掃院子、看雞、去菜園子拔草，因此就整天跟著老叔。跟著老叔好啊，有肉吃的。

老叔出去玩時剛開始是不願意帶著黃豆的，一個路都走不好的女伢子，看見就煩。可耐不住黃豆嘴甜腦袋聰明，總老叔老叔地哄著他喊。

這邊老叔摸魚撈蝦的時候隨手堆幾攤泥巴，那邊黃豆就說「老叔你真聰明，這樣攔一道壩，魚就跑不掉了」！

聰明的老叔立刻就著地形攔起一道土壩，壩裡一窩無處可逃的魚。

那個下午，站岸上給老叔看衣服的黃豆，被老叔獎賞了一個他已經不愛吃的煮雞蛋。

某日，老叔在黃豆的誇獎下做了一個可以射小鳥的彈弓。沒有橡皮筋，用翻出來的牛皮做的彈弓射程一般，好在經久耐用。鳥沒射到一隻，全村的家禽、家畜卻大部分都被老叔過了一遍手，天天鬧得雞飛狗跳！

因為這把彈弓，黃豆分享了老叔大半個月的零食。

老叔覺得，三丫頭還不錯，不哭不鬧，又聽指揮，以後就帶著玩吧！

老叔去村裡私塾，黃豆也跟著。老叔寫大字，黃豆就拿根樹枝在院子裡的地上寫。後來先生要交功課，老叔貪玩，來不及寫，就讓黃豆幫忙。

私塾先生見到黃老漢就要誇獎黃豆一次，說這孩子是個真聰明的。如果不是女娃娃，他們黃家說不定能出個登上金鑾殿的大才子，所以黃家人對她說的話還是很願意信服的。

黃豆慢慢長大，逐漸習慣了現在這種田園生活。

別的女娃子要做家務，要照顧弟弟、妹妹，只有小黃豆特殊，她要陪老叔讀書。

黃家的男孩子都要去私塾識字，考不考功名不重要，黃老漢要求，必須得識字，不能做睜眼瞎。正常是七歲去，跟著先生唸個五年，若不想唸了，十二歲結束，回家種地也行，學手藝也好。

村裡沒有女娃娃讀書的，黃豆算是個例外。

先生是黃家村唯一的童生，也是黃豆沒出五服的本家，按序排行第七，黃豆就叫他「七爺爺」。

七爺爺以前家境不錯，考了個童生再考秀才卻次次鎩羽而歸，混到兒子都能娶媳婦了，心也就死了，回來安心地種幾畝地，順便教教村裡的孩子，賺點零用。

原本七爺爺還想在兒子身上找補點希望，可惜七爺爺當初讀書太費錢了，娶媳婦的時候只考慮老實能幹的，結果生出來的幾個兒子都不是讀書的料。

私塾放學，日頭已經不那麼毒了，黃豆跟著老叔、讀書的哥哥們，去村頭溪裡摸魚。

遠處是南山，山不高，林卻密，大人們都會囑咐孩子們不要接近的。

傳說有野獸，不過也在深山裡，山周邊基本已被開發得七七八八了，有野獸也不會下來。

南山附近的村子，大部分靠種田為生。這些人，只要有土地，不碰見災年，全家溫飽沒有問題，頭腦靈活的還可以去鎮子上的碼頭做活，賺點外快。

附近村子也有獵人，住山窩裡，石頭多，樹木多，沒什麼土地，只能靠捕獵維生，這些人比較窮，畢竟打獵是危險的事情，買糧也不便宜。

離南山鎮近的，那邊水域開闊，又靠山又近水，還有漁民。這些人，農忙的時候下地種田，閒了打魚為生，經濟要好於一般人家。

到了溪水邊，水清見底，岸邊樹蔭庇護著溪水，說不出的涼爽。

大一點的孩子還挺矜持的，脫了外褂，穿著短褲才下水。而小一點、七八歲以下的，直接脫個精光，晃蕩著小雀就下了水。

一群孩子，就沒有不黑的，成天在太陽底下曬，都黑得發亮。

男孩子都撲騰到水裡去了，黃豆踮著腳尖在水邊搆蘆葦棒。蘆葦棒有點像現代的烤腸，一個棍子上串一根烤腸，黃豆折了三個，就不折了。只是像，又不能吃。

這東西打到人身上還特別疼，乾脆扔了，轉頭在溪邊掀石頭找螃蟹了。

溪水邊的石頭縫裡經常會有小螃蟹，一掀開，就慌慌張張地往溪邊爬。黃豆掀了兩塊石頭，抓了三隻小螃蟹，但沒地方放啊！一轉頭，看見老叔脫下來的褲子，連忙跑過去，把兩個褲腳各打一個結，小螃蟹從褲腰往裡一丟，剛好！

村上這個點出來玩的小姑娘不多，只有黃豆和黃大牛的妹妹黃小雨。黃小雨也是五歲，看見黃豆在掀石頭找螃蟹，也過來幫忙。

溪邊水清草密，老叔看黃豆走遠了就喊一聲。「黃豆，別亂跑，小心草叢裡有蛇！」

黃豆怕蛇，不敢走到草叢裡，就赤著腳，和黃小雨手把手，順著溪邊慢慢走，肩上搭著老叔的褲子。

石頭下面的螃蟹很多，掀起一塊，就慌慌張張地跑出一、兩隻小螃蟹，不大，只會張牙舞爪的嚇唬人而已。

鄉下娃兒膽子都大，用手從後面一按蟹殼，兩隻手指抓住，拎起來扔褲腿裡，繼續找。兩個小丫頭，把一溜溪邊的石頭翻了個遍，等到日落黃昏，老叔的兩條褲腿已經裝滿了螃蟹。

男孩子們都上來穿衣服回家了，大家都捉到魚了，不過大小的分別而已。鄉下地方，這些巴掌大的小魚沒人稀罕，刺多肉少還費油，一般抓少了回去就是餵貓，沒人願意煮牠。

黃家有個小吃貨，小黃豆教姊姊熬小魚貼餅子，做的次數多了，全家沒有不喜歡的。一鍋小雜魚、幾塊活麵餅子、一鍋玉米麵稀飯，雖然不是人間美味，卻也算是小日子有滋有味了。

黃家小兄弟三個，加上老叔，捉了七、八條比巴掌長點的魚，用茅草串起來，給老叔拎著。旁邊幾個抓得少的男孩子，也不耐煩拎回家，回家也是扔的多，便都給了黃寶貴，湊湊也能熬一鍋了。

黃豆喊道：「老叔，快過來，幫我把螃蟹拿回家，晚上我給你做香辣蟹吃！」

老叔就踢踏踢踏地走過去，接過自己的褲子往脖子上一掛。

黃寶貴最喜歡去黃豆家蹭飯了，黃家幾兄弟從小到大所受的教育就是兄弟互助，照顧姊妹。

一路上，炊煙裊裊，雞鴨回欄的叫聲，牛羊邊走邊在路上拉屎。黃豆覺得，自己都魔障了，看見牛屎就想著好大一塊黑森林蛋糕，而落在地上的羊屎就像巧克力豆！

那個世界再也回不去了，有遺憾嗎？有吧。但是，這個世界給予她的，不是她在書上所看到的辛苦和狗血，而是實實在在的溫馨，是一家人的守望相助，這個真的值得她再轉世投胎一次。

黃豆想著，要不回去讓姊姊試試做蛋糕？

唉，想想就行了，做還是算了吧。上一輩子，黃豆沒少禍害麵粉、牛奶、雞蛋。有一次用電鍋做蛋糕，同宿舍的小姊妹們做出來的蛋糕嘛，有的勉強能看，有的勉強能吃，只有黃豆做出來的蛋糕勉強能熟！

賊老天，祢要是提前預警一下能穿越，我一定學一個手藝，比如做玻璃、做香皂、做口紅或香水什麼的啊！祢把我一個只會混吃等死、上不了廳堂又下不了廚房的人送過來幹麼？

大概，是湊人數的吧！

回到家，黃三娘正在做飯。

夏天灶房熱，黃桃都被趕了出來，黃三娘心疼孩子，怕她受不得熱，中了暑氣。

真正寵孩子的，也就黃家了，別人家，六、七歲的女童就要做飯，學做針線活，八、九歲就有下地的。

黃豆拖出來一個木盆，喊黃桃和她一起搖搖晃晃地抬到院子裡，又從缸裡舀了水出來倒進去，舀了有大半盆水。

接著，老叔把搭在脖子上的褲子拿下來，褲腰朝下，對著木盆一倒，小螃蟹立即爭先恐後地從褲子裡掉了出來。

黃桃和黃豆一人拿把刷子刷螃蟹，溪水很清，螃蟹也很乾淨，沒多久就刷好了。放清水先蒸個半熟，再掀開臍蓋，去除蟹心、蟹肺，然後將蟹從中間一刀剁開。因為蟹小，不需要再剁蟹爪什麼的。

黃豆端著盆，指揮著娘倒油，倒多一點油。要先炸蟹，過一遍油後再炒料翻炒。兩刻鐘的功夫，大半鍋螃蟹就熱氣騰騰地出鍋了，少說有好幾斤。

黃豆跟著老叔給爺奶端去一碗，又給黃小雨家送去了一碗；黃桃和黃德磊則分別給大伯家及二伯家送去一碗。用黃三娘的話說，給孩子嚐嚐鮮。

四叔去了鎮上，他老丈人給他介紹了在碼頭上的木工活，修修補補的，估摸著要幹一、兩年，四嬸也帶著孩子跟著去了。

一家人圍坐在院子裡吃飯，玉米麵稀飯、小魚貼餅、蔥燒茄子、蒜瓣悶豆角，以及一大盆香辣蟹。

老叔先嚐了一塊黃豆大廚指揮著做出來的螃蟹，一口咬下去，又辣又香，連殼嚼碎了嚥下後，連連對黃豆豎起大拇指。

黃豆人小點子卻多，這是她第一次做香辣蟹，其實還缺很多材料，不過味道也算湊合。

黃三娘也是個寵孩子的，要是別人家的娘，早嚷嚷著費油、費柴火，不給做了。誰家做菜不是放幾滴油、放點水，再放點鹽在鍋裡煮煮就好？都像黃豆這樣，要倒油，還要多倒油，就差沒將油壺底子給掀起來了！這是家裡有礦啊，這麼糟蹋油，還是做這種沒肉都是殼的小螃蟹！

不過孩子們高興，家裡也能承受，偶爾一次，不為過。

黃豆喝著稀飯，啃了螃蟹又吃魚，再嚼一口魚鍋裡貼的玉米餅子，看著身邊的親人。

人生是如此美好，不枉我黃豆沒喝那碗孟婆湯啊！

第二章　帶著黃豆去趕集

黃豆想掙錢，她瞄上了山坡上的雲母草。

一早，黃豆就纏著黃桃。「姊，摘花去！」

黃桃也習慣了黃豆的小大人架勢，拿上籃子帶上刀，跟在菜園裡忙活的娘招呼一聲，小姊兒倆就出門了。

小姊兒倆拎著籃子走到了大伯家，隔著籬笆就看見大伯家的大姊黃米坐在門口納鞋底。

黃豆隔著籬笆就喊：「大姊，我和姊去山邊摘花，妳去不去？」

聽見妹妹喊，黃米連忙放下手中的鞋底，轉身去灶房拎了個籃子出來。「走，我也去，採花回來賣錢買絲線。」

黃米最近正在學女紅，對這些繡花樣的絲線非常著迷，也想掙點絲線錢。

黃豆力氣小，割不動雲母草，就幫著打草繩。等兩個姊姊割倒了雲母草，有一小捆，她就屁顛屁顛地跑過去給捆起來。

日上中午，割好的雲母草，幾捆架在一起，立在田野裡晾曬，等曬到晚上再揹回去，也輕很多。鄉下人純樸，也沒有人會去惦記幾個孩子割的這點藥材。

夏日天越來越熱，黃豆和兩個姊姊堅持割了好幾天的雲母草，後來老叔和幾個哥哥們還幫了把手，割了一片。

雲母草成批曬乾後，被黃老漢帶到鎮上賣了，回來後把賣藥草的銅錢給了黃豆。

黃豆姊妹三個興奮地趴在炕上數了半天，五十七文。

黃豆一算，不幹了，敢情小姊妹仨，曬了十幾天，都曬黑了，平均三個人一天一共才掙了四文錢？這是真正的血汗錢啊！

黃豆不肯去割雲母草賣了，兩個姊姊也沒意見，畢竟這確實是件辛苦的事情，三個人手皮都磨破了。

黃豆開始想：我的切入點不對啊！靠出賣勞力掙錢永遠都是掙不到錢的，我得想著做點別的什麼，即使不能發家致富，起碼能保證有個零花錢啊！

於是，在黃豆的不懈努力下，黃老漢受不得孫女的馬屁攻勢，等到再次趕集的時候終於把黃豆帶著了。當然，最大的功臣老叔也必須得跟著。

小鎮很熱鬧，因為是集市，也算商販雲集。黃豆長這麼大還是第一次趕集，興奮得搖頭晃腦，大眼睛骨碌碌地轉動，一刻不停。

鐵匠鋪、布莊、雜貨鋪……嗯，小攤小販都集中在一條街上，腰中掛刀的巡捕來回走動，雜而不亂，果然是太平盛世。

早上走得早，大家只一人拿了一塊隔夜的玉米餅子，黃豆啃半天只啃了一小塊，嚼得腮幫子疼；老叔剛好在換牙，也只啃了小半個，剩下的都塞給了黃老漢。

黃老漢帶著老兒子（注）、三孫女，轉過一條小巷，巷口開了一家小吃店，賣著雜糧饅頭、白麵饅頭、肉包子、玉米稀飯等，他要了兩個白麵饅頭、兩個肉包子、兩碗玉米麵稀飯，自己不吃，蹲到一邊和人拉呱家常。

黃豆人小，吃了一個肉包子和半碗玉米麵稀飯就飽了。

老叔把剩下的給包圓了，果然是半大小子，吃窮老子！

店小生意卻挺好的，外面的樹蔭下也放了幾張桌子，都坐滿了人。

老叔連吃帶喝，混個肚子飽後，嘴一抹說：「走，我們逛街去。」

從前的逛街，叫逛吃逛吃，邊逛邊吃。現在跟著爺爺，又剛吃了早飯，黃豆收斂了很多……不收斂不行，主要是她窮，沒錢。兜裡的五十七文錢，還是昨天知道要和爺爺趕集時，特意從大姊和二姊那裡收集來的，想著得找點發家致富的方法，讓這點錢翻個倍數。

黃豆跟著黃老漢還有老叔晃了一圈，也沒有找到可以投資的生意，卻碰見了四嬸。

四嬸抱著四妹黃梨，腿邊跟著七弟黃德禮，站在一個攤子前看布料。

看見黃豆一行人，黃四娘連忙走過來，先清脆地叫了聲。「爹，您趕集呢？」

黃老漢只點了點頭，又去看旁邊攤販上的貨物。

注：老兒子，古代重視養老問題，必會有一個兒子留在家裡面給雙親養老，而往往養老的兒子是小兒子，所以小兒子也被引申叫老兒子。

黃四娘又招呼大家去家裡坐坐，他們在鎮上租了房子，一家四口住著。

這是黃老漢開明，要是別人家的媳婦，不在家伺候公婆，卻跟著男人到鎮上租房子住，唾沫星子就能淹死妳！

黃老漢不想去，但是架不住老兒子和三孫女想去，因此答應買完東西去吃午飯。

黃豆逛半天已累了，一條小街，也沒什麼吸引她的地方，便跟著四嬸先回去。老叔還沒跑夠，跟著黃老漢繼續去逛。

黃老四家租的房子離集市還挺近的，轉過街角第一家就是。

一個簡樸的四合院，正屋住著老倆口帶著個快要出嫁的老閨女；東廂臨街兩間租給了黃老四一家四口；西廂租給了一家三口，是從鄉下上來讀書的小童生、來陪讀的娘，還有一個農閒就上來打短工的爹。

院子裡沒人，可能是逢集，大家都去趕集了。

黃豆轉來轉去地看院子，又站門口看了看不遠的集市，然後看了會兒弟弟、妹妹，再跑去大門口站著，站一會兒還不過癮，又跑到外邊巷子裡轉來轉去。

一會兒後，黃四娘不放心，出來看看，見院子裡只有搖窩裡的黃梨和圍著搖窩轉圈的黃德禮，不見了黃豆，頓時驚出一身冷汗。

黃豆雖然小，但長得很是俊俏，眉清目秀，一雙大眼睛水靈靈的，帶著星光。今天可是逢集，這麼大的孩子拍花子最喜歡了，一抱就走！

黃四娘忙跑出大門一看，見黃豆正用一根小棍在院牆上比劃來、比劃去，嘴裡還嘀嘀咕咕不知在唸叨著什麼。她一把抱起黃豆，道：「豆豆，妳嚇死四嬸了！妳要是丟了，妳爺奶能剝了我的皮！」

這話說得一點都不誇張，黃老漢和黃奶奶最疼愛的兒子是老兒子黃寶貴，最疼愛的孫子輩原本是大孫子黃德光，現在則必須是三孫女黃豆。

原因？據說這個孩子是帶福的，而且黃豆嘴甜、會說話，哄得老倆口開懷不已，那是捧在手心裡寵的。

黃老漢是和四兒子黃來貴一起進門的，後面跟著跑得灰頭土臉、滿頭大汗的老叔。

老叔咚咚咚地跑到黃豆身邊，端起一碗涼的白水，大口大口地喝起來。

黃四娘蒸了雜糧米飯，熬了魚並貼了餅子、炒了個藕片、蒸了雞蛋羹、一大碗紅燒肉，還做了滿滿一盆青菜豆腐算湯也算菜。四菜一湯，這簡直算是宴席菜了。

吃了飯，中午大太陽正熱。

黃老四搬了兩條大長凳在樹蔭下給黃老漢躺著；另兩條凳子上躺著打著赤膊的老叔；黃梨還睡在搖窩裡；黃德禮睡在樹蔭下的小竹床上，小肚子鼓鼓的，睡得四仰八叉。

黃豆不肯睡，她向來沒有午睡的習慣，夏天除了私塾，她和老叔、哥哥們只能趁中午早晚出去瘋跑。

西廂的張大嫂是個眉清目秀、皮膚白皙的婦人，很健談，和黃四娘並肩坐著納鞋底。

「聽說房東要搬到府城去了！他家兒子店裡忙不開，老倆口等秋後閨女嫁出去就要去府城，這邊的房子要賣了。」

「那我們是不是要搬家？」黃四娘突聞消息，有點不知所措。

張嫂子嘆口氣。「只能搬了！」

黃豆在一旁，邊看妹妹黃梨啃手指，邊豎起耳朵聽四嬸她們聊天。

「我家裡的，碼頭還能做幾年，不行我們娘仨就搬回去，還能幫著婆婆搭把手。」

「妳家公婆好，讓妳在這邊帶孩子照顧妳家老四。搬回去不說老四早晚路上要耽誤時間，在碼頭上住宿、吃飯可不好，還貴，時間長了身體就垮了。不如再找房子租住吧，要是有活計能邊看孩子邊做就好了，貼補點家用也好。」張嫂子還是覺得住鎮上方便。

黃四娘性格溫和，也拿不定主意。「再說吧，到時候問問公婆，我家公婆是拿得起大主意的人，聽他們的準沒錯。」

兩個人又絮絮叨叨地嘮叨一些東家長、西家短的事情，黃豆聽得昏昏欲睡。

沒一會兒，老叔和爺爺醒了，起身用冷水洗了把臉，給灶房的材劈了，又把院牆邊角不平的地方給修整了，坐下喝了兩碗白開水，望望日頭，已經有點西斜了，便起身返家。

一路回家，走得黃豆腳底板都疼。

晚上，黃老漢躺在床上長嘆一聲。「唉，如果黃豆是個男娃娃多好……」

黃奶奶還沒上床，就著油燈正在給老兒子縫褂子。「怎麼了？男娃、女娃不都是我們老黃家的種嗎？」

「老四他們現在住的那棟房要賣了，老四兩口子尋思著讓四媳婦帶著孩子搬回來住，老四早出晚歸的多跑幾步路。住在鎮上，又要租房子，又顧不上田裡的活。」

「這話沒毛病，老四尋思的對呀！」黃奶奶看看老伴皺起的眉頭，抖了抖手中補好的褂子，順手放在床邊的桌子上。

「話是沒錯，但是妳知道黃豆怎麼說的嗎？」黃老漢看了老婆子一眼。燈光下，隱約可見老伴的青絲裡露出了白髮。

「黃豆怎麼說？」黃奶奶踢了鞋子，推了推黃老漢。「往裡面挪挪。」

老倆口從新婚第一天就是黃奶奶睡外面，黃老漢睡裡面。

這是黃奶奶出嫁前，她娘囑咐的：做媳婦的，晚上睡外面，方便伺候男人。妳夜裡若起夜，睡裡面，起來驚了男人，他睡不好，白天怎麼做活？晚上男人要喝水了，妳睡外面，也方便給他倒水。就是洗帕子什麼的，也方便。

黃老漢往裡挪了挪窩。「黃豆說，不如把這棟宅子買下來。」

「哎呀，這妮子心可真大！人還沒凳子高呢，咋想的？」黃奶奶還沒躺下，索性盤腿坐了起來。

「黃豆路上和我算了一筆帳，她說，這棟房子東面靠後臨著集市，門前一條路是碼頭的必經之路，這房子正好在兩條街道的中心位置。表面上看開不了商鋪，做不了營生，但是，只要把東廂的兩間屋門對著巷子一打開，做個小飯館，鬧中取靜，絕對是個好地方。」黃老漢看著屋頂，又深深嘆了口氣。「我想了一路啊，這孩子說的一點都沒錯啊！妳看，咱們家孩子多，雖然地也不少，但是兄弟五個一分，基本上也不算多了。以後孫子們更多，靠這幾十畝地，怕是養不活一大家子啊！」

「那……你的意思是想買？」黃奶奶試探性地問。

「嗯，有點想，就是怕其他幾個心裡不舒坦。」黃老漢聽見遠處傳來犬吠，便翻了個身。「睡吧、睡吧，明天老四兩口子回來，我們全家再一起議議。」

第二日。

黃老漢一家子的人，十歲以上的男人們都在堂屋。

為什麼要十歲以上呢？因為老叔只有十歲呀！他雖然小，但輩分高，這樣的家庭會議缺了他還真不行。

女人們則在東西兩間房裡做針線閒談，也傾耳聽著堂屋裡的動靜。

黃老漢原本準備緩兩年，攢了錢給老五蓋屋的，恰好老四去了鎮上租了房子，老五的房子就一直拖著沒蓋。現在老四要在鎮上買，老五的房那就不蓋了，以後結婚了，可以用他四哥的房子。至於黃老漢老倆口還是自己住，不跟著兒子們一個鍋裡攪勺子。

買房要三十六兩。

給老五蓋屋預備的十二兩銀子拿出來，還差二十四兩。

兄弟五個，除了黃老四，一家出四兩，老五黃寶貴沒結婚，還小，這四兩黃老漢替小兒子出，如此便又湊了十六兩。

黃老漢再貼補四兒子二兩，湊齊三十兩。

最後還差六兩，就由老四黃來貴自己解決。

幾個哥哥彼此看看後，老大黃榮貴說：「小弟還小，又沒成家，這個錢不用出，我們兄弟三個平攤了。」

老二及老三都點頭附和。「是的，我們兄弟三個平攤。」

黃老漢擺擺手，喝一口茶。「你們弟弟雖然小，但兄弟就是兄弟，不能因為他小就讓著他，該他出的，他必須得出。他沒錢，不是還有爹娘嗎？再說，這個錢不是白出，畢竟誰的錢也不是大風颳來的。以後老四掙了錢是要還的，這個我們得寫上。老四把三個哥哥的錢都還了，老四這邊的房子留給老五，鎮上的房子就是他們兩口子的。若不還，房子就是大家共有的。」一說完，黃老漢看了看還在傻愣狀態的黃老四。「老四，你說呢？」

黃老四激動得說話都哆嗦了，連連點頭道：「一定還、一定還！」

很快地，村裡人就知道了黃家在鎮上買了棟宅子，要開小飯館。

這件事，簡直是震驚了村裡所有人家！在這個物質還很匱乏的年代，能養活一家老小就已經很不容易了。去鎮上買房子，就意味黃老四一家子已經一隻腳從泥地裡拔了出來！

開業這天是逢集，天一亮，東院牆開的兩扇門一開，鞭炮一放，就算開業了。

兩間屋裡刷了白，靠南打了一個櫃檯，櫃檯裡堆著兩缸散酒。櫃檯邊靠門有一個小灶台，安了一張訂製的平底大鍋。

東西牆兩邊靠牆各擺著六張長條桌子，每張桌子配兩張長條凳。客人多，兩張桌子一拼就是一張方桌。

早上，店裡有手擀麵，有饅頭、包子、稀飯，還有生煎包。

生煎包就是櫃檯旁邊的平底鍋做的，一鍋煎出來，鍋蓋一揭，滿屋飄香。

為了訂做這口鍋，黃豆就差和老叔翻臉了。老叔讓她老老實實做點包子、饅頭就行，黃豆不願意，非要訂製一口平底鍋，還要大的。

老叔說「妳知道一口鍋要多少錢嗎？還要訂製的，而且還要大，鍋底還要平」！

黃豆沒說話，回家叫黃桃拿來麵粉，準備做生煎包。

漲好的粉絲、切碎的蔥薑、調好的肥多瘦肉少的豬肉餡、一大勺熬好的豬油。

包好包子，一個個放到鍋裡用油煎，撒上芝麻，出鍋後，香氣撲鼻，老叔的嘴便被生煎包堵住了。黃老漢第二日就去鎮上，讓黃老四去訂製平底大鍋。

魚。

中午有便餐，店裡每日只做三、四樣當季蔬菜，麻婆豆腐、紅燒雞塊、蘿蔔肉丸子、

原本老叔還說加個紅燒肉，黃豆拒絕了，成本太高，她定位的是薄利多銷。不過紅燒肉一個星期可以做一次，定時、定量。

晚上，和早上沒什麼區別，包子、饅頭、稀飯、生煎包。不過有客人要炒菜也可以，得單獨點餐，沒有中午的便餐。

第一日，開業大吉，生意不錯，得虧黃豆的宣傳。她請老叔私塾裡的同學給寫了六十張廣告單，代價就是一人兩個生煎包。

二十張發給小鎮附近的人家，二十張發給集市上的小攤販，二十張發到了碼頭。隔幾家一張，圖文並茂，不識字也能大致看明白：憑單子可以免費領一份四個的生煎包，任何日期都有效。

黃豆很想多發點，關鍵紙張太貴，真心宣傳不起啊！

逢集的時候，黃家三個嫂嫂就輪換著，早早起來，趕去鎮子上給老四家的幫忙。平時日子，就黃四娘和仍然住西廂的張大嫂忙活。

房子買了，張大嫂也沒搬走，每天給黃老四家的幫幫忙，打打下手，房租免了，每個月還能得幾個錢，都覺得划算，皆大歡喜。

四丫頭黃梨也斷了奶，和哥哥黃德禮都送回家給黃奶奶看管著。

黃德禮晚上和老叔睡一張床，第一晚就把老叔的半邊床都給尿濕了，氣得黃寶貴一大早就跑去黃豆家，死活賴著不肯回家了。

就這樣，老叔住進了黃豆家，天天晚上和黃德磊擠一張床。老叔住了幾天，覺得樂不思蜀起來，索性把衣服、鋪蓋都搬了過去。

然而三歲的黃德禮不能一個人睡，黃老漢和黃奶奶晚上帶著一個剛斷奶的小奶娃，又要顧著黃德禮，沒兩日，黃奶奶就覺得頭暈目眩，病了！

黃老四聽趕集的鄉親說娘病了，惱得直捶自己的頭。都是他，把兩個孩子丟給娘看管，娘才會累得病倒了！

兩口子慌慌張張地趕回家，看見娘躺在床上，二嫂在邊上伺候著。

爹去地裡了，兩個孩子一個被大嫂帶回了家，一個被三嫂抱走了。

原本還擔心孩子哭鬧著要爹娘的，結果兒子想著跟哥哥們去河裡抓魚，根本沒讓抱，就被大哥黃德光抱著一溜煙跑了；小閨女則乖乖窩在三嫂懷裡吃雞蛋羹，十幾天不見，小丫頭斷奶掉的奶膘又給養回來了，小臉粉嘟嘟的，一笑就露出兩顆小白牙，杜氏只抱了一會兒，閨女就扭著身子要三伯母抱。

回去的路上，杜氏邊走邊流淚，黃老四也不知道該怎麼安慰，只能搓著手說：「妳別哭，孩子小，不是不認妳。等大一點了，我們抱回來，養幾天就又親了！」

杜氏抹了淚，白了黃老四一眼。「你個呆子！我是哭這個嗎？我是覺得我命好，嫁進你們黃家。你看孩子們對我們不理不睬，覺得我委屈嗎？可你咋沒覺得是因為嫂子們對兩個孩子好，孩子才會親她們而不親我們？」說著，杜氏一把挽起黃老四的胳膊。「我們努力掙錢，以後一定要好好孝順爹娘，對哥哥、嫂子們好！」

黃老四看看媳婦，只憨憨地點頭。他想起那時候剛說親，媒人給說了幾戶人家，他媳婦雖然長得不錯，但家境和外貌都不算是當中最好的，不料爹娘卻意見一致，選了杜氏。娘說，杜氏的爹娘及兄嫂都是明事理的人，左鄰右舍也都沒話說，這樣人家教育出來的閨女指定不會差。

不得不說，爹娘的眼光確實好，三個嫂子加上媳婦杜氏都選得好。

一個好媳婦旺三代，古人誠不欺我啊！

第三章　一場暴風雨來臨

轉眼四年，黃豆九歲，老叔十四歲，黃德磊十五歲。

兩年前，三人就不去私塾混日子了。

老叔算個半大小子，可以下地幹活了。

黃豆也要幫著娘做家務、整理院子、看雞攆狗。而且黃豆去私塾不過為了識字，能識字，以後做什麼都好說。對她來說，私塾上得再久也沒用，現代時她已經上了二十多年學，完全夠用了。

原本黃豆還期望家裡兄弟或者老叔能有一個學業順利的，比如考個秀才、進士及第什麼的。等幾年私塾讀下來才知道，這個真的太難了。

寒門難出仕子，在古代，那真是肯定的。

十一歲的黃桃，也長成了娉婷少女，每日和黃豆在家做活，領著五歲的小堂妹黃梨，照顧剛剛兩歲的親弟弟黃德儀。

黃德磊在家跟著爹爹學木匠，有活計了就跟著爹走村串戶。沒有活計了，就在家打點小件家具放鎮上雜貨鋪裡代售。

黃德禮留在村裡上私塾，黃梨原本是準備接回去的，結果，黃四娘又懷孕了，黃梨就又留在了三伯家，跟著二姊、三姊後面轉。

大伯家的黃德光已經結婚了，大嫂剛剛傳來喜訊。

二伯家的黃德明也說好了媳婦，秋收後就合八字、過聘禮。

黃三娘開始打聽周圍適齡的姑娘，她家黃德磊已經十五歲了，鄉下孩子結婚早，十七、八歲就要結婚，十五、六歲就開始尋摸人家了。

黃豆覺得不可思議，她哥雖然已經十五歲，也有一七多的身高，但是在她眼裡，這完全還是個孩子啊！知道自己作不了主，黃豆私下暗暗地和她哥說遲幾年再結婚、男兒應該先立業再成家這些。

黃德磊看黃豆跟個小大人一樣談成家立業，還讓他遲點娶媳婦，就覺得好笑。

「豆豆，娘說操心多了長不高。」說著，黃德磊還按了按黃豆的腦袋。

「哥，我和你說認真的！你可千萬把持住啊，別聽娘的！」

「黃豆！妳皮癢了是不是？」

黃豆一回頭，黃三娘正拿著掃帚走過來。

「啊！哥，你看見娘出來了也不告訴我一聲！」說著，黃豆拔腿就跑。

其實，成家立業都是藉口，黃豆只是覺得哥哥還小，過早進入婚姻會影響健康，最好二十以後再結婚。當然，她娘肯定不會允許的，那麼起碼十八周歲，這是黃豆的最低底限。

黃豆就像一個操心的大家長，在哥哥和老叔耳朵邊唸叨了好幾次。

她想，效果雖然看不出來，起碼她在哥哥和老叔心裡種下了一棵責任大樹，它肯定會發芽生根的。

今年春天入了夏就乾燥，地裡莊稼都是靠人工挑水澆灌。

黃家地多，大部分都在管道河下游，這些基本是不用挑水澆灌的。

但是不靠管道河的、黃家以前的幾畝地，就要人工挑水澆灌了。

農忙，幾家又合到一起做飯，一吃飯，就是滿滿兩大桌子還多的人。

黃米和黃桃屬於典型的吃苦耐勞不抱怨的那種，黃豆不行，她吃不了苦，還有一種現代人的懶病，能躺著就不坐著，能坐著就不站著。

就是因為農忙，她沒下地也沒做飯，為了自己這臉不丟得太徹底，她主動把照顧弟弟、妹妹的活計攬了過去。

挑水澆灌真的辛苦，黃豆覺得，自己還是應該想辦法掙錢，起碼做個地主婆，不用下地。

等稻穀抽穗灌漿後，雨水突然一下子多了起來，沒日沒夜地開始下了。

黃老漢在地裡轉了一上午，回來後坐在屋簷下抽菸。「榮貴他娘，今年稻子收成還不算差。我就是擔心，這雨一直下下去，容易出事啊……」

黃奶奶正坐在堂屋給小兒子做鞋，半大小子，見天在外面瘋跑，特別費鞋。聽見黃老漢的話，她走出來看看天，天空烏雲密佈，壓得極低，一場大雨眼看就要來臨。

「他爹，要不你先吃一口墊墊，再去老大他們幾家看看？眼看著就要收糧了，可千萬別給淹了。準備準備，這雨過後，天一放晴咱們就收稻子，不能等老透了。」黃奶奶邊說邊準備去廚房給老頭子端飯菜。

「不用了，回來再吃，我先去跑一趟吧，他們到底沒經過事，得早點準備。實在不行，冒雨也要收，不能把到手的糧食糟蹋了。」說著，黃老漢就頂著密佈的烏雲先去了大兒子黃榮貴家。

一下午，眼看著雨就要下，卻一直沒下下來，樹上的知了拚了命地扯著嗓子叫，有一種聲嘶力竭的感覺。

院子裡熏了艾草，但蚊子還是一團一團地往人身上撞。

熱得人心煩氣躁。

晚上，黃老漢在院子裡站了一會兒，剛準備回去睡覺，就聽一聲驚雷，天空像裂開了一道河，雨水劈天蓋地地倒了下來。

黃老漢三步併作兩步地跑進了堂屋，身上還是被雨澆了個濕透。

黃奶奶忙上前拿條乾布巾遞給黃老漢。「快擦擦。」又看看外面的雨，忍不住低喃道：

「這雨這麼下，地怕是要被淹了……老天保佑，千萬別倒伏（注）了。」

黃老漢在床上翻來覆去睡不著，好不容易睡了，凌晨過後，黃老漢覺得心口悶得厲害，爬起身要喝水。

黃奶奶連忙起身給他倒了一碗水。

黃老漢喝完水，索性爬起來，走了出去。

暗夜，四周只聽見雨聲。

黃老漢站在屋簷下怔怔出神，心裡說不出的慌亂，他心中總有隱約的不祥感覺。

眼看今年就要收穫了，莊稼長得也不錯，顆粒也算飽滿，大傢伙兒都覺得高興，今年算是不愁口糧了啊！

驀地，一道閃電劃破天際，照亮不遠處的南山。

黃老漢瞪大眼睛，張大嘴巴「啊啊啊」的，半天說不出話來。

跟在身後的黃奶奶發現不對，連忙拍打著黃老漢的後背喊他。「老頭子！老頭子，你怎麼了？」

黃老漢被老伴拍打得一個激靈，大喊一聲。「走山了！」

黃奶奶被黃老漢這一聲嚇得瑟瑟發抖。「啥？你說啥？」

「快！叫上孩子們，跑！」黃老漢反應過來，一頭鑽進灶房，拿起一個鐵勺、一個銅盆，立即「咣咣」地大力敲打了起來。

注：倒伏，農作物的莖太過柔弱，或是受到強風暴雨的侵襲而發生成片歪斜甚至全株偃倒在地的情況。

雨聲中，敲盆的聲音傳得並不遠，但是黃家幾個兒子還有全家老少都被老爺子的踢門敲盆聲給驚動起來。

黃寶貴一邊穿衣一邊往外跑，幾步衝到黃老漢身邊，奪過銅盆和鐵勺。「爹，我來，你先走！」說著箭步衝入雨中，向村中跑去。

大雨不停，村子裡男女老少跟著黃老漢一家往西跑。家裡衣物、銀錢方便攜帶的，手腳麻利的都帶上了。

破家值萬貫，還有人在屋裡忙著收拾東西，里正組織的村裡青壯見了，進去就拖人。村中祠堂的一個破鐘已經響起，三響過後必須走，不走拖走，拖不走就不管你死活了！

一時間，大人的叫聲、孩子的哭鬧聲、風雨聲……全交雜在一起。

家裡養的雞鴨豬、屋裡屯的糧，都是帶不走的。有準備回去再拿點什麼的，都被族長和黃老漢挑出來的青壯攔住了。

三十多年前，黃家灣人經歷過一次走山，那時候的黃老漢還是個幾歲的娃娃，跟在爹娘後面跌跌撞撞逃了出來，最後一個村子大部分人都被泥石掩沒了，連墳都不用起一個。

而族長和幾個不多的老人都是那場浩劫中倖存下來的，所以，他們才知道在這個時候生命比財富更重要。

一村人，剛走出一里多地，就聽見身後「轟隆」一聲，地跟著顫動了幾下。

雨靜靜地下著，夜，越發地黑了，所有人都不敢停。

雨地裡，特別泥濘，一腳踩下去，再拔上來，連鞋都掉了。

黃豆和姊姊黃桃手拉著黃梨的手，跌跌撞撞在泥水裡走著。姊妹仨不知道摔了多少跟頭，身上和頭髮上都是泥水。

天色漸漸放明，可以隱約看見遠處的河流。大堤陡且深，每年水流最深不會過半，然而現在水已經漲到了一半以上，離岸邊也就二公尺多的距離。水流很急，夾裹著樹枝、野草，一些看不清楚的黑色東西也在渾黃的水流裡忽隱忽現。

到了一處空曠地，族長派了七、八個青壯漢子往回走，去看看村裡的情況。餘下的眾人什麼也不管了，找個相對順眼的地方就一屁股坐下來休息。

黃桃看看小黃梨被泥水糊滿的臉，準備牽著妹妹去河邊洗洗，一拉上黃梨的手，黃桃突然抬頭愣住了，黃豆呢？

晚上雨大路滑，黃桃一手拉著妹妹黃豆，一手拉著小黃梨，走得很艱難，後來黃豆就轉過去，拉了小黃梨的另一隻手，姊兒倆拖著黃梨走。

不知道什麼時候，黃豆不見了。

也許是落在了隊伍後面，也許……可能就滑到路邊的溝渠裡！

路邊溝渠寬且深，是周圍灌溉莊稼的主要水道，直通前面的大河。而此刻的大河，河水混濁，夾雜著不知道從哪裡沖下來的雜草、樹木，向下游沖去。

黃桃帶著哭腔，驀地一聲大喊。「娘，豆豆不見了！」

黃德磊和黃寶貴幾個箭步就衝了過來，一個黃家灣僅二十幾戶人家，不過兩百口人不到，一眼看去，沒有黃豆的身影。

宋三娘和黃奶奶當場就嚇得站不住，一屁股癱坐在地上。

遠處的河水，風大浪急，白茫茫一片，才只有九歲的小黃豆，誰也不知道她去了哪裡！

黃家灣人因為走得及時，而且族長和幾個老人態度頗強硬，所以沒有一個人員傷亡。而離黃家灣最近的村子，後山趙莊，小半個村子等於沒了，只逃出來八、九戶人家。

八、九戶人家都姓趙，如果按家庭分配應該是八戶，但是有一家有點特殊，爺奶還在就分了家，這家就是趙大山家。

趙大山的爹趙勤是方圓十里有名的獵人，身強力壯，少年時曾跟人學過功夫。

趙莊離黃家灣不遠，山勢略平緩，土地多、良田少，大部分村民都是一邊種地一邊打獵維生。

不像黃家灣，雖然背後山勢陡峭，但是靠河，良田多、山地少，村民生活比趙莊好一點。

趙勤的爹娘老實木訥，人稱趙老實，生了三兒一女，家裡只有兩畝薄地、六畝山地，窮得叮噹響。

趙勤是長子，七歲就跟趙老實去山裡打獵，不敢進深山，就在周邊獵點野雞和野兔，撿點蘑菇、野菜。

一日，趙老實進了山林裡，趙勤一個人在林邊挖野菜，遇見一個過路老者，趙勤看他年老，就把留著中午吃的半塊粗麵餅子給了老人，老人沒要，打了野兔烤了後和趙勤分享。

後來，趙勤就日日去尋老人，偶爾跟著老人進深山打獵，學了兩年多的拳腳功夫。老人走後，趙勤成了趙莊年紀最小的獵人，雖然人小，拳腳上還是有點功夫的。

等到大一點，趙勤就往山裡進去一點，慢慢到了十三歲，趙勤就進了深山。深山多野獸，趙勤沒用兩年就給家裡建起了一棟四間正屋，石牆烏瓦。

趙勤十五歲那年鏢局缺人，又接了一趟大鏢，臨時找了幾個身手不錯的獵戶幫忙，其中就有趙勤。趙勤跟著鏢局走了幾年鏢，掙得銀錢回家後又買了十二畝良田。

後來，趙勤鏢局裡的周鏢師出了事，周鏢師只有一個獨養閨女周薔，剛剛滿十七歲，周師傅臨終前把閨女托付給了趙勤。

周家只有周師傅跟女兒，沒有一個親戚，父女兩人住在南山鎮租賃的房子。

因為不放心周薔一個人住在鎮上，周師傅出事百日內，兩人就拜堂結婚，周薔住到了趙勤家裡。

三年後，周薔脫孝，夫妻圓房，次年生下趙大山，此時趙勤小弟的長子早了趙大山三天出生。

大山出生後，趙勤離開了鏢局，他不想步岳父後塵，他要為妻兒負責。回到老家，種地打獵，養活全家，日子過得還是不錯的。

趙家不分家，不單單是趙家，基本上大多父母都是不分家的。

趙勤很能幹，他進山一趟，打的獵物也多，家裡種了十幾畝田地，平時有趙老實和兩個弟弟耕種。

農忙的時候，趙勤會一起幫忙，農閒的時候趙勤就進山。

有時候地裡沒活，兩個弟弟也會跟著趙勤進山，家裡生活一年比一年好。

周薔一直在家帶孩子，操持家務，地裡再忙，趙勤也不許周薔下地。趙勤的兩個弟媳婦意見很大也沒用，她們只能背地裡在自家男人面前嘀咕，畢竟這個家能吃香喝辣靠的都是趙勤。

初春，趙勤帶兩個弟弟進山，碰見了熊瞎子。

如果只有趙勤一個人，可能會費點力氣才能打了黑熊回來；實在打不了，他也能安然無恙地脫身。壞就壞在那天，他帶了兩個弟弟同行。

熊瞎子撲過來的時候，大弟沒有聽趙勤吩咐，貿然出手。被激怒的熊瞎子無人可擋，趙勤護著兩個弟弟逃走，自己卻被熊瞎子一掌拍下山腰。

這年，趙大山十二歲，弟弟趙大川九歲，妹妹趙小雨六歲。

原本母子三人靠著爺爺、奶奶及兩個叔叔支撐，慢慢熬也能把孩子熬大。

結果，二嬸和三嬸看趙大山的爹一死，就以趙大山兄弟年幼，一家吃白飯，會拖累全家為由，強行逼著老人分了家。

二叔、三叔家都是三個兒子，二嬸要求按人頭分田地，三嬸要求按兒子分田地，誰都不想吃虧做傻子。

趙大娘堅決不同意分家，她孩子還小，家裡一切都是趙勤掙得的，靠著趙老實和兩個小叔，最多勉強夠溫飽。

趙大山兄妹以為，兩個叔叔肯定不會同意，爺爺和奶奶也不會同意，畢竟這個家是趙勤一手創建出來的。

然而，他們終究低估了人心。

趙二嬸和趙三嬸合起來天天為雞毛蒜皮的小事同大嫂周氏吵架，鬧得家裡雞飛狗跳。

春種開始了，趙大娘也跟著下了地，這個時候她不下地是不行了。

趙大娘一輩子沒種過地，第一天手就磨破了皮，晚上吃飯時，筷子都拿不起來。

吃了晚飯，趙二嬸和趙三嬸直接碗一推就進了房，趙大娘強忍著去收拾碗筷，可她的手哪裡能沾水？

趙大川和趙小雨默默接過去，一個洗碗，一個洗鍋。

趙大山端了熱水過去給娘泡腳，趙大娘脫了鞋襪，腳也磨出了泡，泡破了又磨出了血。往熱水裡一放，趙大娘的眼淚就落了。

第二天天沒亮，趙奶奶就起來挨個敲門，讓大家別睡了，趕緊起床，地裡還有很多活呢！

趙大山爬起來，小聲和奶奶商量著，說他娘手腳都破了，能不能讓她歇一天？結果趙奶奶還沒開口，趙二嬸恰好出了門，接過話就搭腔說她也想歇一天呢，如果她大嫂要歇，那她也不下地了！

趙大娘默默爬起來，用手推了趙大山一把，說他這孩子胡說什麼呢，趕緊洗洗下地了。

春種結束後，趙大娘黑了很多，人也整個瘦了一圈。

等春種忙完，趙二嬸和趙三嬸又提出分家，趙爺爺、趙奶奶猶豫不決，趙老二及趙老三沒吭聲。

唯一堅持不肯分家的還是趙大娘。她男人這麼多年來為這個家做牛做馬，結果他一死，他的孩子就要被趕出這個家門？

夏天，小弟趙大川被二叔家的趙大鷹和三叔家的趙大江打破了頭。

秋天，趙小雨被趙小蘭帶出去挖野菜，推進了河裡。趙大山剛好從對面山林裡走出來，立即跳進河裡撈起小妹，回家後趙大山跪著求周氏同意分家。

趙大山的娘周氏也是一個潑辣的婦人，答應了分家，但是，要求家裡田地必須按兄弟三戶平均分配，農具、鍋碗瓢盆也都得分一套，不然，她就吊死在趙家祠堂的大門上。

最終，應該屬於長房的四間大屋並沒有分給趙大山家，而是二叔及三叔，一家分了兩間，東西兩套廂房，也一家分了一套。
分了家的趙大娘，帶著孩子們搬到了離趙家十幾公尺外的老房子裡。
趙大山和趙大川從小和爹爹練拳腳功夫，九歲就跟著爹爹進林子，趙大山十二歲已經是一個相當不錯的小獵人了，而趙大川也已經跟過爹進了兩次林子。
趙大娘不許趙大山進深山，趙大山就帶著弟弟趙大川在林子外圍獵點野雞、野兔，找點蘑菇和野菜。
家裡分的四畝良田，母子四人沒日沒夜地忙，勉強能夠溫飽。
一晃四年過去，趙大山如今十六歲，趙大川十三，家裡的日子越來越好。家裡攢了有十兩銀子，趙大娘就想著把攢的錢先在旁邊蓋兩間廂房，要準備給趙大山說媳婦了。
結果房子還沒建，媳婦也沒說，半夜，走山了。
不知道是運氣好，還是趙大山他爹保佑，趙家村半個村子都被掩埋了，而趙大山家這半邊村子卻奇蹟般被滑落的山石繞開了。
嚇得魂飛魄散的母子四人一路跟著村裡的倖存者，跌跌撞撞地逃了出來。
路上，有個孩子看見了掉進水裡的小黃豆。
天色大亮，此刻雨終於停了，八、九戶人家三、四十口人艱難地在泥地裡行走著。
「你們看，那裡有個人！」一個小孩子舉著手，指向水流很急的河裡。

第四章　恩將仇報的黃豆

兩刻鐘前。

黃豆一腳踩在泥坑裡，拔出來的時候鞋掉了，於是她鬆開了拉著黃梨的那隻手，回頭去摸鞋。

在黃豆彎著腰穿鞋的時候，不知道誰走路撞到了黃豆，黃豆一頭栽在路邊草地上。草地濕滑，黃豆根本穩不住身體，因此連滑帶滾就掉進了溝渠裡。

等黃豆撲騰著從水裡冒出頭來的時候，黃家灣人已經走到了前面，風雨聲中，誰也沒注意到掉進河道裡的黃豆。

黃豆努力抱著一截木頭往上爬，剛爬一點就滑了下來。想騎到這截木頭上好像有點難，不過不騎上去，等體力不支的時候，假如掉進水裡還是會被淹死啊！

她其實也想過往岸邊游，不過這河和村裡的河是一條的管道河，人工開鑿，堤高坡陡，即使游到河邊也爬不上去，只能先騎到木頭上，等遇到堤矮一點的地方再想辦法上去吧。

幸虧會游泳啊！感謝老叔，是他不厭其煩地帶著黃豆一次又一次地學會了游泳，是他逼著黃豆變成了一個游泳小健將。

當初老叔怎麼說的？

死。

黃豆，妳學會了游泳，以後會感謝我的！假如妳掉河裡了，我不救妳，妳也不會被淹死。

真是感謝老叔，一語成讖，太準了！等會兒如果能回去，一定給他封個「黃半仙」的稱號。

水流很急，河裡都是枯枝爛葉，黃豆狠狠喝了幾口混濁的河水，這滋味，真難忘。

「那兒真的有個人啊，好像還是個孩子呢！」更多的人看見了水裡的黃豆。

看見是看見了，可是沒有人準備下去救黃豆，畢竟水急，人也疲憊，誰都不想去送死。

趙大山聽見前面人議論，也轉頭看向水面，就見一個小小的身影，正抱著一截木頭奮力掙扎著。

趙大山把身上揹著的東西遞給趙大川後，向河邊跑去，接近那孩子的位置時，縱身一躍，毫不猶豫地跳進水裡，向黃豆游去。

此刻的黃豆已經有點筋疲力盡了，她想著：老天，難道我真的是來湊人數的？湊人數就湊人數吧，可起碼祢也要讓我壽終正寢啊！我不是討債鬼啊，不能這樣玩我呀！

趙大山接近那孩子，從後面一把抓住。

小黃豆嚇得拚命掙扎，她沒看見有人過來，以為有水鬼要拖她下水底。

「別動！」趙大山叫了一聲。

黃豆一聽，啊，誰在說話？

趙大山探過身子，把孩子拖過來，攔腰從後面抱住。

黃豆激動得都哆嗦了，謝天謝地，有人救她！她趕緊放棄抵抗，順從地讓來人抱住，往岸上拖去。

拖到岸邊，趙大山先把孩子推了上去。

坡陡濕滑，黃豆手腳並用地抓住上面遞下來的繩子就往上爬。

黃豆的手剛搭上一隻伸過來的手，緊緊抓住後，不由得大喜若狂，腳下用力一蹬，結果腳一滑就踏在恩人的頭上，猛地一下，把剛剛爬出水面的恩人又踹下去了！

老天爺，我這是幹了啥？被拉上去的黃豆立刻傻眼了。

水面上看不見人影了！救命恩人呢？我給踹哪裡去了？

救命之恩，她難道是要恩將仇報嗎！

趙大山被那孩子一腳蹬到水裡，一時間沒有反應過來，一下子喝了好幾口水，人也被水流夾裹著沖到了幾公尺開外。

好不容易掙扎著冒出水面，迎面一截木頭直衝腦門而來！

趙大山奮力往旁邊一讓，木頭堪堪從腦袋邊擦過。他不敢猶豫，定了定心神，連忙往岸邊游去。

眼尖的趙大川已經往趙大山那邊跑了過去，和同村的人用力把趙大山拖了上來。

手一鬆，趙大山往泥地裡一倒，仰面朝天。差點就死了，真是好人難做啊！要是早知道這樣危險，他……他還是會救吧！畢竟是救人一命啊！

趙大娘和趙小雨跌跌撞撞地跑過來。

一眼看見趙大山半邊臉的血，趙大娘只覺得頭發暈，有一種要倒下去的感覺。

「大哥！你怎麼了？」趙小雨尖叫一聲，撲上前，伸手就去摸趙大山的頭。

沒等趙小雨摸到，趙大山自己伸手一摸，舉起來一看，一手的血！

趙莊離黃家灣不算遠，隔了一里多地，趙大山不認識黃豆，但認識黃豆的大伯娘。

黃豆的大伯娘是趙莊趙家的姑娘，和趙大山的爹是堂姊弟，見了面，趙大山要喊黃大娘一聲大姑。

倖存者裡有黃豆她大伯娘的娘家人，黃大娘的嫂子鞠氏一眼就認出來，這個從河裡拖出來的孩子，是黃家灣黃老漢家的三孫女。「哎呦，這不是豆豆嗎？」鞠氏連忙撲了上前，接住黃豆。「爹、娘，快看，這是黃老三家的豆豆啊！是不是大妹他們莊子也出事了？」鞠氏大聲喊著公婆。

黃大娘的爹、娘及哥哥們都擠了過來。「真的是豆豆！快扶起來，看看傷著沒？」

鞠氏摸了摸黃豆的手腳。「豆豆，沒事吧？」

黃豆搖搖頭。「大舅媽，沒事。」

「哎，好孩子，沒事就好。謝天謝地，菩薩保佑！」鞠氏連忙抱緊黃豆，喊著媳婦趕緊拿衣服給黃豆裹上。

黃豆覺得腦袋疼、心口疼、手疼、腿疼，渾身都疼。亂七八糟的聲音在耳邊響起，她不想說話，她只想睡覺……

趙大山走上前的時候，黃豆已經閉上眼睛好好躺在鞠氏懷裡。

趙大山看了看自己救上來的孩子，一個胖乎乎、肉鼓鼓的小姑娘。看樣子在水裡掙扎了有一會兒，頭髮蓬亂，這個時候應該已經脫力。

眾人還圍著趙大山說話時，黃家灣折返回來的青壯過來了，黃豆的大伯和二伯剛好在這一群青壯裡。

眾人認識黃榮貴兄弟，連忙喊他們過來。「黃大兄弟，快來看看！這是不是你家豆豆？」

黃老大和黃老二走的時候，家裡還沒有發現黃豆失蹤呢，一聽眾人喊，連忙跑過去一看，可不是，真的是黃豆！

黃老大連忙在黃老二的幫助下揹起黃豆，跟著岳父母全家往南山鎮趕去。

黃老二則還和幾個青壯往回趕，要去看看村子的情況。

趙莊也派了幾個青壯，跟著黃家灣人一起回去探查情況。

黃老大揹著黃豆沒走多遠，就遇見了回頭來找黃豆的黃老三和黃寶貴、黃德磊。

大家一看黃豆安然無恙，不禁大喜。

黃老三從大哥背上接過黃豆揹起來，又掉轉頭往南山鎮趕去。

黃老三知道是趙大山救了黃豆，連忙邀請趙大山一家到黃老四家落腳。

趙二嬸一聽，黃家竟然在鎮子上有房，當即湊了過去。「我是大山的二嬸！黃三哥，你看你這也太客氣了！」

趙三嬸一看，連忙也擠了過去。「是啊是啊！我們家大山這個孩子就是實在，水流那麼急，那可是拿命救了你家豆豆啊！既然你家在鎮上有房，那我們可就不客氣了！」

趙大山立刻走過去擋著二嬸和三嬸。「謝謝黃三叔，不用了。你們家人口多，我們家人口也多，就不去麻煩你們了。」

「你這孩子，怎麼心眼這麼實呢！這天眼看著還得下，風大雨大的，家裡一時半會兒肯定不能回去，難道你還能讓你爺奶在外面雨地裡淋著？」趙三嬸一聽趙大山拒絕，急了。

「是啊、是啊！你這個孩子，說的什麼傻話！」趙二嬸連忙接上。

「大山他二嬸、三嬸，我們分家了，當初分家的時候就說明白了，以後各過各的。我們就是真去黃家，也沒你們什麼事。」趙大娘不愧是鏢師的女兒，說話都這麼直接彪悍。「行了，等會兒我們去鎮上看看，有地方安置就不麻煩他黃三叔了，要是實在沒地方，我們一家四口就厚個臉皮，再上門。」說著，趙大娘拉著兒子大踏步走到了前面。

趙大川也連忙拉著妹妹跟上。

到了鎮上，投親的投親、訪友的訪友。沒有親友的，有錢也可以找個客棧，沒錢的只能找個避風雨的地方等著衙門安排了。

族長派出去的青壯已經回來了，他們帶回來一個非常不好的消息——黃家灣一整個村子都被泥石掩埋了，看不見一棟房子，也找不到一個活著的生命。一部分地被掩沒了，大部分田地還好好的，只是有很大一部分稻穀已經倒伏了，如果雨一直下，可能就要爛在地裡，收不上來了。

婦女的哭聲、孩子們的哭聲，在這個不停歇的雨中，顯得分外悲傷。

家，沒了，這是最傷人心的事情。

黃家灣人，大部分都聚集在黃老四家附近，真正在鎮上有親友的還是極少數人家。

外面陸續傳來的消息非常不好，這次因為雨水太大，南山腳下好幾個地方發生了走山。

黃家灣不是最嚴重的，雖然一整個村子都沒了，但是好在人全部平安，田地還在，運氣好，地裡的莊稼也還能收。

趙莊是損失一部分土地、小半個莊子的生命為代價。

從黃家灣再往趙莊裡面去的兩個莊子，據說其中一個也幾乎是大半個村子沒了；另一個還沒有消息，不知道怎麼樣了。

如果黃豆醒著，她肯定要說，這是土石流啊！都怪大家占地為王，建房造屋、家裡打家具、燒火砍柴，全是亂砍伐樹木造成的。

黃豆的爹就是木匠，沒活做時也經常上山砍幾棵樹回來放河裡泡著，過一段時間拖上來晾乾好做家具。

山上樹木，根本無人管束，誰家想砍就去砍，只要有力氣。大部分人又是就近取材，砍完了也不會去補種。如果一片區域的大樹砍完了，小樹基本上也不會有，都砍回家做柴火去了，比稻草麥秸稈好燒鍋。

所以說，這都是自家坑自己啊！

黃豆發燒了，和黃豆一起發燒的還有被嚇著的黃桃。

一張床，小姊妹倆，一個睡這頭，一個睡那頭，燒得昏昏沈沈的。

等黃豆徹底醒來，已經是第三日中午。

這個時候黃桃已經好了，坐在床邊呆呆地看著妹妹。黃桃是自責的，她覺得是自己沒照顧好妹妹，如果不是趙大山救了妹妹，她就沒有妹妹了！

黃桃見妹妹醒了，先端了水給她漱口，又親自幫妹妹洗了手臉，然後去灶房裡端了碗麵條進來，遞給黃豆。

黃豆睡得整個人都發軟了，一碗麵條吃了半碗，實在吃不下了，整個人卻覺得活了過來。

黃桃看妹妹好了，眼淚才忍不住流了下來。這三天她發熱醒來後就沒怎麼睡，一步不敢離黃豆左右，她太害怕了，就怕因為自己的粗心，把妹妹永遠丟了！

暴雨過後，鎮上到處都是死裡逃生的附近村民。

黃老漢一大家二十多口人，全住在四兒子家的幾間屋裡。

原先住西廂的張大嫂母子倆回了鄉下，雖然走山沒有影響到他們所在的張莊，但是鎮上私塾已經停課了。張大嫂不放心在家準備秋收的張大哥，母子倆一大早就收拾東西回去了。

除了要做生意的東廂兩間，所有房間都鋪上稻草，睡滿了人。

趙大娘一家四口還是住進了黃豆她四叔的家裡，西廂分了一間給趙大娘家母子四人。此時，能有一間屋遮風擋雨，那是再好不過的事情。

畢竟趙大山救了黃豆，而且，黃豆的大伯娘就是後山趙家村的姑娘，和趙大山他爹還是沒出五服的堂姊弟。

趙大山的二嬸及三嬸原本還想跟著過來，但是黃家也實在挪不出地方了，只能悻悻作罷。最後還是趙奶奶想起還有一個遠房的堂姪女嫁在鎮上，去那邊尋親了。

黃大娘的親姪女也嫁在鎮上，所以黃大娘的爹娘哥嫂一家就去了孫女家安置了下來。

西廂還有一間分給村裡教書的七爺爺一家，七爺爺老倆口，加上兩個兒子和兩個媳婦、三個孫子、四個孫女，共十三人也只分了一間。

沒辦法，七爺爺只能和兩個兒子在東廂屋簷下搭個棚子勉強住著。他一個斯文人，總不能和兒媳婦睡一間屋裡吧？

東廂兩間是要做生意的，黃家妯娌四個就睡在裡面，這樣早晚也好起來開門做生意。

正屋東間，黃老四夫妻倆的房間，住了黃米姊妹四個，帶著剛滿兩歲的黃德儀，再加上黃德光媳婦和黃奶奶。

堂屋睡著黃家兄弟五個，還有黃德光、黃德明；西屋睡著黃老漢並幾個小孫子。

晚上別說睡覺了，光洗漱就夠愁人的，好在家裡開了鋪子，柴火準備得挺充足的。

這幾年，黃老四把前屋也蓋了起來，和家裡的模式不太一樣，一個大門，大門兩邊各建了兩間房，房間都不大。當初想著以後孩子多，男孩子就搬前屋住，女孩子就放西廂住，家裡大屋西房是要堆放糧食的。

現在前屋東邊兩間住著族長一家老少三十多口人，其實住不下，但是也沒辦法了。

好在屋子剛建好沒多久，屋裡還空著，鋪上稻草，男一間、女一間，青壯就在外面搭個棚子，晚上睡覺，白天燒水做飯。

前屋西邊兩間則住著黃老漢的親大哥一家，也幸虧黃老漢只有親兄弟倆，不然房子都騰挪不開。

村裡的里正姓王，自家兒子在鎮上有房子，王姓的都跟著里正去了王家鎮上的房子。

這已經算是住得最好的了。

黃豆醒來後在床上緩了一會兒後，扶著黃桃的胳膊還是出了門，她實在按捺不住。

一出門，黃豆嚇了一跳，即使做好了心理準備，她還是被院子裡外的情景驚呆了！

黃老四家的屋簷下、院牆邊，凡是能鋪開的，都搭了一溜棚子，住著黃家幾家關係近的本家。一個大院子除了走道的地方，就沒處插腳了。

家裡西廂和大屋之間原本搭了個小棚子是堆放雜物的，此時也擠了帶著幼小孩童的婦人。

東廂和大屋間原本黃豆來時吃飯的石榴樹挪到了院中，這裡砌了一間改成了灶房，在裡面開了個門，直通東廂兩間鋪子。

灶房和大屋間搭了一個露天棚子，裡面堆放著要用的柴火。黃家兄弟閒了沒事就上山，一捆捆柴火劈開剁好，捆起來送過來。

棚子搭得高出圍牆，斜著伸出圍牆外面半公尺多，圍牆兩面可以通風，雨水又進不來。下雨天，客人順著巷道進來到了黃老四家圍牆都不用打傘，順著圍牆走也能避避風雨。這裡也住了人，柴火挪到院牆一邊，靠大屋這邊順牆鋪了稻草，睡著黃家灣的老弱病殘。

院牆外面也搭了一溜棚子，住著黃家灣的鄉親。

只有通向集市的那面圍牆沒有搭棚子，實在是黃老四還指望著做生意。

黃家一大家子吃飯、燒水，再加上大部分遭災的人流入鎮上，黃家小飯館的生意竟然是忙不過來，每天灶裡的火都沒熄過。

運氣好的，有熟人親戚的，還能找個屋子安穩地睡覺、吃飯。哪怕是堵圍牆，搭個棚子，也能避避風雨。

而那些無家可歸、無親可依靠的，只能在鎮外荒地搭個棚子棲身。不下雨的時候，棚子外是泥水，棚子裡也是泥水；下雨的時候，棚子裡小雨，棚子外大雨，雨下大了，睡到半夜棚子能被吹塌，只能半夜再冒著雨把棚子支起來，一家人抱在一起瑟瑟發抖。

這還是好的，最慘的是失去親人的，一家留下孤兒寡母的，或者只剩下老弱病殘的。住的人多，矛盾也多，吵鬧聲不斷。

黃豆出來，站在大門口屋簷下，就看見有孩童在棚子裡打架，大人也不管，打得狠了才走去拖過來，一人屁股拍幾巴掌。

大伯和四叔在院子裡清理排水溝，人多，污水多，又下雨，院子裡都積了水。一邊清理，一邊和院子外喊話，應該是二伯和她爹在外面清理排水溝。

一個婦人站在灶房門口正和黃豆她四嬸說話。

「狗蛋他四嬸，妳說說，我們也是本家，又不遠。房子我們就不爭了，妳就把灶房給我挪挪吧，晚上我們娘幾個住，我保證不耽誤妳做生意。」

這個婦人黃豆認識，是五爺爺家的三伯娘。五爺爺和七爺爺是親兄弟，和黃老漢是還沒出五服的堂兄弟。他家兄弟七人，現在活下來的只有五爺爺和七爺爺。

這個三堂伯娘一閒了就說五爺爺不好，說他活久了，把兒孫的壽元都搶走了，四個兒子死了三個，十一個孫子死了三個、走了兩個。

其實村裡人都知道，主要是三堂伯娘嫌棄五爺爺吃她家糧了。

五爺爺雖然住大孫子家，但吃糧是要四個兒子家平均攤的。小兒媳婦已經搬走了，就每年過年送點銀錢過來，其餘三家就給糧。

三堂伯娘跟黃奶奶差不多大，是個摳搜出了名的人，捨不得吃、捨不得穿，出門從不空手，哪怕去人家裡實在沒東西拿，拿根柴火棍子回家也好，起碼能燒鍋！

她家裡有三個兒子，三房媳婦每天輪著做飯，兒媳婦做飯取糧取油都是要找三堂伯娘拿，每天都是定好的數量，多一點沒有，少點很正常。

用黃奶奶的話說：這是一個仔細的人，一個銅錢掉地上，那也是要八面生灰的主。

黃豆看四嬸已經招架不住，連忙拍拍黃桃的胳膊道：「喊四嬸過來，說我要吃藥了。」

其實，黃豆的藥都是黃桃熬的，根本不用四嬸過手，黃豆不過是想給四嬸找個閃人的藉口。

不是灶房不能給她家睡，關鍵在院牆邊搭棚子睡的都是黃家本家，換寡不換均，四嬸不能開這個口子，家裡確實沒房了。

東廂兩間和灶房那是要做生意的，起早帶晚，住了外人就不方便，所以，絕對不能讓人住進去。

「四嬸，豆豆醒了！妳給豆豆的藥放哪兒了？爺爺出去的時候說了，等豆豆醒了再煎一碗給她喝，好得快！」黃桃聲音清脆地響起。

黃四娘一聽，連忙答應道：「哎，豆豆醒了啊？藥在東屋，等著，四嬸給妳拿個雞蛋過去！」說著黃四娘進了灶房，拿了一個雞蛋出來，向堂屋走去。「豆豆，妳趕緊進屋，外面濕氣大，小心受涼！讓妳姊熬藥的時候把這個雞蛋煮了，喝藥的時候過過嘴……」

邊說著，黃四娘邊和黃桃、黃豆順勢進了屋。

第五章　要買糧食防饑荒

雨還在下。

黃老漢剛從外面轉了一圈回來，聽說黃豆清醒了，也顧不上吃飯，先過來看看黃豆。

這次遇災，老爺子就更認定黃豆是黃家的小福星了。

如果不是黃豆提出給她四叔在鎮上買房做生意，他們家這次就只能在鎮外野地搭棚子了。外面風雨不停，已經有好幾戶人家的幼小孩童出現夭折，老人一病不起，無錢抓藥的，也只能等著死了！

鎮子裡，基本上能搭窩棚的地方都搭滿了窩棚，而鎮外的臨時窩棚越搭越多，有越來越多的難民湧向了這個小小的鎮子。

不知道外面是什麼情形，南山鎮周邊算是魚米之鄉，很是富足。這一場暴雨，把一切打回到原型。

黃老漢獨自往回走，路過鎮外的一個窩棚時，聽見裡面壓抑不住的哭聲。

又一個生命的逝去。

而不管是周圍窩棚裡的人，還是路過的行人，幾乎都無動於衷了。

他們已經沒有了憐憫之心，在災難面前，人性會變得更加自私及冷漠。

鎮子裡和鎮子外的區別，不單單是有可支撐的圍牆。

鎮子裡大部分都是周邊附近的村民，因為走山來到這裡，暫時還不敢回去。他們是來得最早的一批人，物資還不算匱乏，窩棚多用結實的木棍和編製的竹席、葦席搭建，在風雨不是很大的情況下，既能擋風也能擋雨。

而鎮外，大部分都是較遠一點的村民，他們是因為別處的洪災，徒步遷移到這裡的。等他們來的時候，周邊可以利用的東西已經不多了，而這些窩棚，都是勉強用一切可以利用的東西搭建的，只能說，比完全暴露在雨地裡稍微要好點。

看到滿地淒涼，黃老漢心裡很難受，他隨著大船去過很多地方，比一般農人有更開闊的眼界，但是這並不能給他帶來更多的財富。

在大自然面前，誰都是螻蟻。

黃豆聽著爺爺的描述，不用出門，也知道外面是什麼情形。「爺爺，我們要買糧。」

黃老漢搖搖頭。「不用，妳四叔這裡有糧。上個月恰好家裡今年多餘的糧都給妳四叔送了過來，且妳四叔店裡又購置了一批糧，仔細著點，撐兩、三個月沒問題。」

「爺爺，兩、三個月後呢？」黃豆問。

「等天氣好了，我們就回去搭窩棚，把地先給整理出來。現在剛入秋，怎麼也得到明年春後才能收。地裡那些稻子，不知道還能不能收點上來……」說到這裡，黃老漢的聲音低沈了下去。眼看一季豐收在望，一場大雨，糧食沒了，田裡的莊稼沒了，家也沒了！

「爺爺，這場暴雨，我們附近走山的就好幾處，別處被洪水淹了的更多。現在買，糧食才剛漲價，還來得及。四叔是開吃食的，現在糧價還沒漲多少，這個時候買糧總好過等漲高了再買。到時候如果地裡可以收，買的糧留著四叔店裡用也不浪費。您看，這幾天是不是店裡買吃食的人不斷？大家逃出來，都是逃了命就不錯了，哪有揹著糧食逃命的？但人總要吃飯，沒鍋灶的，大部分就只能靠買吃食度日了。」

黃老漢怔怔地看著三孫女。「那……妳說買多少？」

「我們有多少錢就買多少。」

黃老漢看著黃豆堅定的小眼神，只覺得腦袋都大了。這孩子，心是怎麼長的？膽子也太大了吧？

黃老漢沒答應，轉身出了房，囑咐黃桃給黃豆燉個雞蛋羹補補。

黃家五兄弟帶著子姪，一早就去了黃家灣。即使稻穀不能收，地裡的水還是要想辦法排掉。而且現在大豆、玉米已經成熟，雖然倒伏了，但是帶回來還是可以吃的，不然等天晴也只有爛在地裡。

黃寶貴和黃德磊在水裡摸索著拔起豆杆，先這樣堆放著，等會兒再摘下來帶回去，一部分豆子已經被水泡得發芽了；而黃榮貴四兄弟則在玉米地裡忙碌著，一根一根掰下來的玉米裝進口袋；黃德光、黃德明帶著兄弟一趟一趟地冒雨，蹚過積水，把玉米堆放到較高的田埂上。

有些老玉米已經開始發芽，而一些還嫩的玉米也被掰了下來，這個時候已經顧不得那麼多了。只要帶回去，就能吃，不管是煮、是烤，還是用石磨磨成漿狀做餅子。

沒有人敢在這個時候浪費糧食，畢竟誰也不知道未來等待他們的是什麼。

遠處，地裡隱約可以看見鄉親，大家都在儘量搶收著可以吃的東西。

中午，他們沒地方做飯，油紙包著的餅子外面已經被雨水浸濕，大家隨隨便便往泥濘的田埂上一坐，低頭沈默地咀嚼著已經吃不出滋味的麵餅。

而遠處，更多的人都沒有帶吃食和飲用水，只能掰一根相對鮮嫩的玉米就直接啃，或者去地裡刨幾個紅薯。

不過因為時節沒到，紅薯還很小，大部分人都不會去動它，少部分去刨的也只是換個口味嚐個新鮮罷了。

晚上回鎮上的時候，天還沒黑，遠遠看見河道裡的水又漲了，水裡不單單有枯枝爛葉，還有泡得腫脹的屍體。

大家都沈默著，低頭努力揹負著屬於自己的東西，行走著。

雨還在下，身體是濕的，人心也是濕的。

進了小鎮，遠遠看見家裡亮著的燈光，很暗，卻覺得整個人突然活了，有家真好！

糧食放到東廂的灶房，留著給黃大娘她們幾個趁黑整理。

家裡的幾個男人一人先喝了一碗不太濃的薑湯，輪流在灶房屋簷下用熱水沖洗，再吃飯。

吃完飯，黃老漢讓他們趕緊睡覺，有什麼明天再說。

黃豆帶著黃梨和小弟已經先睡了，而黃大娘妯娌幾個帶著黃米、黃桃還在整理著剛剛收回來的糧食。

這一夜，黃豆幾乎沒睡。

這個時代不同於她以前所在的時代。

如果下半年繼續洪澇或者乾旱，家裡沒糧，全家上上下下二十多口人，吃什麼？等待國家發的救濟糧？不用想也知道希望渺茫，即使有，也不夠吃的，只能說勉強餓不死。

第二天一早起床，黃豆的嘴角起了一個火泡。

黃豆吃早飯的時候囑咐四嬸，這段時間少做點生煎包什麼的了，多做點蒸雜糧饅頭賣。現在雜糧還不貴，大部分人沒帶鍋灶，要買吃食，吃生煎包這些有點奢侈，雜糧饅頭肯定是最好賣的。家裡收上來的玉米也可以磨成糊糊，兌上麵粉做成煎餅來賣，雖然品相不好，但是便宜，肯定有人要。

這些雨地裡收上來的糧食是存放不住的，剛收的黃豆一部分做菜，一部分放鹽炒製成鹽豆，可以存放得稍微久點。

黃四娘聽了覺得有理，忙叫嫂子剝玉米、磨玉米，準備製成糊糊做煎餅。

家裡蒸的雜糧饅頭每天確實都不夠賣，乾脆下午再蒸幾鍋雜糧饅頭好了。

「四嬸，價格要提一提。糧價每天漲，吃食就要漲。」黃豆不放心，又吩咐了一句。

黃四娘愣了愣。

黃老漢走過來，道：「聽豆豆的，我們是生意人。」

黃豆覺得自己沒有錯，她並不是要發國難財，一個小吃食店也發不了什麼財，只是在這個時代，先要顧己，後才能想他人。

一整天，黃豆都跟著黃老漢，她試圖用自己有限的知識來說服爺爺。

黃豆覺得自己這樣的人肯定吃不了苦、挨不了餓，如果沒有吃的，全家第一個餓死的就是自己。

晚上，黃家又開了一次家庭會議，商議買不買糧食。

出乎意料的，大部分人都贊成買糧，但是把所有銀錢都用在買糧，太不現實了。

洪水過後，家裡房子要建、田地要整，哪裡都需要錢，如果現在都拿出來買糧，到時家裡連個落腳的地方都沒有，總不能全家都擠在這棟宅子裡吧？

黃豆只能同意。她還是個孩子，能做的只是給予意見，大人能尊重她的意見已經是非常不錯的了。

黃家開始買糧了，不管誰出門，回來必定揹著半包糧食，稻穀、玉米、豆子……黃老漢甚至囑咐幾個兒子去隔壁鎮子上買。

把西屋騰出來半間，專門放糧，黃老漢帶著幾個孫子從床上搬到了地上，床挪到了東屋，給東屋拼成了一個大通鋪。

黃家本家又搬進來三個小點的女孩子住進了東屋，實在是沒有辦法，畢竟孩子太小，在外面棚子裡睡，很容易就夭折了。

最先覺得不對勁的是趙大娘，晚上偷偷拉著大兒子問：「你黃爺爺家怎麼天天買糧？」

趙大山不以為意。「他家人口多，糧食吃得快吧。」

趙大娘搖頭。「不對，他們家買的糧太多了。」

娘倆商量了一會兒，決定先看看再說。

看了兩日，鎮上糧價一天比一天漲得厲害。

南山鎮是交通要道，除了襄陽府，周邊府城縣郡，只有南山鎮水路碼頭交通最便利。南山鎮的碼頭貨物進出不亞於襄陽府，即使和遠一些的東央郡相比也差不了多少。

南山碼頭算是周邊最大的兩個碼頭之一，一年四季，日夜不停。大船常常因為碼頭堵塞，從內河排到外河去。

這次大雨，周邊災情嚴重的村民都湧到了南山鎮，才造成街道、野外都是湧過來的災民。

黃家到了鎮上足足五天，前三日雨幾乎沒有停過，這兩日，雨下下停停，有一種快要轉晴的感覺。

東河下游傳來破堤的消息。

消息一傳出，黃老漢立即出動全家去鎮上買糧，能買多少買多少。

趙大娘一見，果斷地和兩個兒子商量，拿出家裡近一半的銀錢，四兩七錢的銀子去買糧。

一時之間，小鎮物價飛漲，吃食根本不用說，雞鴨鵝及豬肉的價格全部暴漲一倍，米麵糧的價格也是翻了一翻。

唯一掉價的是魚。南山鎮這邊不缺水，更不缺魚。原本這裡人就喜愛吃魚，只是最近上游的水流過這裡，總是要帶下來幾具腫脹發白的屍體，這樣的河，裡面出的魚誰也不敢吃。

也不是真沒人吃，鎮外的災民，也有去河裡撈魚的，畢竟不吃就得餓死，再怎麼也比餓死強吧？

趙大娘逃出來時和黃家村裡的大部分人一樣，他們出來時，走山已經開始了，只來得及拿了家裡的銀錢，胡亂塞了幾件衣服等方便攜帶的東西。

雖然是初秋，因為大雨，天氣卻涼了下來。一場秋雨一場寒，晚上睡覺很多沒有被子的人家，只能裹著稻草相擁而眠。

光靠臨時搭建的棚子，缺衣少食，每天受涼、受凍、受餓而死去的老人及孩子總有好幾個。

南山鎮很快就組織了一批青壯，開始管理這些災民，每天死去的人必須盡快挖深坑掩埋了。

而另一部分青壯則守著河道，看見有屍體漂下來，就用特製的鐵鉤將其鉤住，拖到岸上，不管是人還是牲口，全部就地挖深坑掩埋。

這日，黃豆趁著雨停，趕緊拉著黃梨去鎮上走走。

黃老漢不放心，叮囑黃寶貴仔細跟著。

青石板鋪成的街道還算乾淨，街道兩邊的店家，家家一早就拿著水桶，一桶一桶地提水洗刷著各家門前的街道。

街道上常常能看見乞討者，只是因為太多了，大部分當地居民已經麻木。家境不錯的人家，看見實在可憐的也會施捨一點食物。但很多人一天下來，也難討到一個雜糧饅頭或者一碗稀粥。

如果這場雨再不停，那麼隨後將會有更多的災民，更多病死、餓死的人。按南山鎮現在的情況，甚至可能爆發大規模的瘟疫。

黃豆走走停停，黃梨手裡拿著一塊麥芽糖啃得津津有味，身後的黃寶貴則折了一根樹枝邊走邊晃。

「老叔，我要那個。」黃豆指著街角蹲著的一個漢子。

黃寶貴走近一看，漢子面前放了一個籃子，籃裡是一隻小黑狗，小狗不大，大概剛足月，大眼睛濕漉漉的，看到黃豆一行人走過去，立即豎起尖尖的小耳朵，警戒地看過來。

「一隻小土狗，有什麼好的？」黃寶貴不以為然。

「我想養一隻狗。大黃不見了，所以我現在想養一隻大黑。」黃豆蹲下來摸了摸小狗的頭。

小狗先用腦袋蹭了蹭黃豆的手，然後又伸出舌頭去舔黃梨伸過來的手。

黃梨剛剛啃過麥芽糖，一隻手都是黏的，小狗伸出舌頭仔仔細細、裡裡外外把黃桃的手清理了一遍。

「小妹妹喜歡這隻小狗嗎？只是這隻狗要三十文錢。」蹲著的漢子看兩個小姑娘蹲在面前逗弄小狗，連忙殷勤地詢問。

「一隻小土狗賣這麼貴？十文頂天了！」黃寶貴有點不高興了，這明顯是拿他們三個當冤大頭宰呀！

中年男子穿著夏衫，沒有穿鞋，光著兩隻大腳蹲在角落裡，估計有點冷，整個人都蜷縮著。

「不是的，小兄弟，這條狗是串串。當初我爹在山裡撿了一條受傷的小黑狼崽子，養了一年多就進山了，後來我家大黃就生了一窩雜毛狗，有黑的、有黃的，還有雜色的。我爹說，這是串串。」

「你這狗的爹是黑狼？」黃寶貴伸手拎起兩隻狗耳朵左看看、右看看，沒看出來哪裡像狼。

「不是牠爹，是牠祖爺爺是狼，這已經串了好幾窩了。我家大狗這次下了一窩七隻小狗，村裡人都說七隻狗崽必出一隻狗王。」

黃梨一聽狗王，立刻細聲細氣地問：「這是狗王嗎？」

男子低頭摸了摸小狗。「我也不知道是不是。家裡這次遭了災，一場大水什麼都沖沒了，這隻小狗還是我兒子晚上偷偷帶進屋裡睡覺，走的時候一把抓著揣懷裡帶出來的。我實在是沒辦法了，我兒子病了，抓藥要二十五文，家裡沒錢了。帶出來的一點錢都買了糧，趁兒子睡著，我就把牠偷偷帶出來了，想著賣點錢好給兒子抓藥。」男子說著，聲音不由得低沈了下去。

「抓藥只要二十五文，你為什麼要賣三十文？再說，你一會兒說串串，一會兒說狗王，誰知道你是不是騙人？」說著，黃寶貴就去拖黃豆。「豆豆走了！一條小土狗最好的也就十文，他賣這麼貴，明顯就是騙子！」

「小兄弟，我不是騙子，我想多要五文給我兒子買個肉包子，他……」說到這裡，男子的聲音有點哽咽。「他已經兩天沒吃東西了，我想買個肉包子，他肯定會喜歡，就能多吃點的……」

黃寶貴也不過是個十四歲的少年，看這麼大一個漢子衣衫襤褸地蹲在這裡，眼淚吧嗒掉，心就有點軟了。「行吧行吧，既然豆豆喜歡，那就買吧！」說完，從兜裡掏錢，掏了半天，只掏出來十二文。這就尷尬了，錢不夠！

黃豆一看，連忙站起來也掏口袋，八文。

好吧，叔姪倆一起尷尬。

「你等著，我回去拿。」說著，黃寶貴把十二文放在黃豆手裡，拔腿往家裡跑。

黃寶貴跑回家後，先問四嫂要了十文錢，又去抓了兩個肉包子包起來，想想又抓了兩個雜糧饅頭放進去。剛準備走，黃德磊走過來問他話。

「老叔，你拿包子幹麼？豆豆她們呢？」

「豆豆看中一條狗，錢不夠，我回來拿錢。」黃寶貴邊回答，邊仔細把包好的油紙包揣進懷裡。

「什麼?!」黃德磊一聽就急了。「你把豆豆和小梨兩個人丟哪裡了?對方要是拍花子怎麼辦？」

黃寶貴一聽，血一下就衝到了腦上，一把拉著黃德磊就跑。我的親娘哎，那大漢可千萬別是拍花子啊！

跑到街角，那裡空蕩蕩的，別說人了，狗也沒有一隻！

頓時間，黃寶貴只覺得天旋地轉，他竟然把黃豆和黃梨丟給了一個拍花子！兩個漂亮的小姑娘，被拍花子帶走，結局可想而知啊……

「老叔，這裡！」黃德磊拽了拽已經有點傻了的老叔。

對面的張記肉鋪屋簷下，正站著黃豆、黃梨還有那個高壯的漢子。

黃寶貴忙大踏步走過去，一把抓住黃豆的胳膊。「誰叫妳們亂跑的，啊？妳要嚇死我了妳知不知道！」

「老叔，你怎麼了？」黃豆拍了拍老叔的手，看向黃德磊，以眼神詢問。

「老叔以為妳們被拍花子帶走了。」黃德磊有點不好意思，是他嚇到了老叔。

「剛才張伯看我們站那邊，喊我們過來的，說那邊有風，冷。」

黃寶貴一聲不吭地從兜裡把十文錢掏出來，加上黃豆手裡的二十文，一起數好後交給這個中年壯漢。「你數數，這是三十文錢。」

中年壯漢仔細數了一遍後，小心翼翼地拿出一塊帕子，仔細包裹好，揣到腰間的兜裡。

小狗早已經被黃梨抱在了懷裡，小黃梨一直伸著右手給小狗舔著。

「謝謝，好人有好報！」

青石板街，漢子的腰一直微微駝著，穿著夏天的衣衫，光著的大腳踩出一路水光，看上去讓人都覺得從心底發冷。

黃寶貴伸手接過小狗，剛準備抱，一下想起懷裡還揣著包子，連忙又把小狗塞回黃梨懷裡，拔腿就追。「大叔，你等等！」邊喊邊跑。

中年壯漢困惑地轉回頭，這個小兄弟不會是後悔了吧？

「這個給你！」黃寶貴把懷裡揣著的油紙包拿出來，準備放在大叔的籃子裡，想想不對，又遞了過去。

「這是？」大叔遲疑著接了過來。

「包子。我四哥家就在那邊開吃食，這是自己家包的，不要錢，你拿回去給你兒子吃吧。」說著，黃寶貴一轉身，就準備走。

中年壯漢一把拉住黃寶貴道：「謝謝你，小兄弟！我叫王重陽，有機會一定報答你的這片心意。」

「不用、不用……」黃寶貴連連擺手，他覺得有點不好意思了，趕緊幾步走開。

鎮東外面，有多少朝不保夕的災民，而鎮西碼頭上已經船來船往，熱火朝天。

第六章　趙大山搬新家

第十一天，烏雲散盡，陽光出現在天空，人們紛紛走出屋子和窩棚，站在陽光下，感受久別重逢的溫暖。

太陽出來了，可以回家了，而大部分人的家在空曠的田野，無房無屋，只有一片土地，殘瓦斷簷。

大部分村民都結伴回去，希望能翻出點有用的東西，畢竟還要生活，還要種地，還要過冬。

洪水過後，四周一片荒涼，原本已經快要成熟的稻子，大部分都倒伏在田地裡，很多已經開始發黃發黑，過不了多久就會發黴或者出芽。這樣的稻穀基本上是收不上來了，即使收上來，也不能吃了。

而沒有倒伏的，趁著天晴，還能搶收一點，雖然不夠溫飽，總比顆粒無收強。

鎮上村民們陸陸續續開始返回村裡，不管怎麼樣，地還是要種，人還是要活。

趙大山和趙大娘回去了一趟，家裡的房子當天晚上雖然沒被衝垮，但這幾天的大雨後，卻是實實在在塌了。

從塌掉的屋子裡，扒出一些能用的東西後，趙大山陪著趙大娘又回來了。

他們已經商量好了，還是回鎮上租房子住著。家裡田地租出去，趙大山和弟弟趙大川去碼頭做工，趙大娘帶著小女兒在鎮上找點活，先掙點錢，然後他們再考慮去哪裡建房。

一般人都不想離開自己的土地，但是趙大娘不一樣，她對趙莊沒有感情，只要和孩子在一起，在哪裡對她都一樣，那麼她就更想挑好一點的地方。

還有一點，趙大娘不想說，但她想趁此機會離趙家爺爺、奶奶、叔叔、嬸嬸們遠點，她覺得，這樣的親人，以後會成為兩個兒子的拖累。

黃豆拉著趙大娘在鎮上逛了一圈，回來後趙大娘已經把房子定了下來。

晚上，趙大山和趙大川一起從碼頭回來。兄弟倆一個去碼頭扛活，一個在碼頭做點零工，每日能掙五十文左右，大山三十多文，大川固定十八文一天。

「今天，我和小雨還有黃家的兩個丫頭去看了房。」

「怎麼樣？定下來了嗎？」趙大川問。

「定了。離碼頭就幾步路，你們兄弟以後回來吃飯，上碼頭走幾步就到了。就是價格稍微貴了點，二兩銀子一年。不過，豆豆說，讓我和小雨在家做點吃食去碼頭賣，說離得近，燒水也方便，拿東西也方便。賣得好，起碼能維持我們娘四個的生活，這樣你們兄弟倆的工錢就可以省下來，我們家要建房，大山也要說媳婦了。」趙大娘只喝了一碗稀飯，就放下了碗。

真的是稀飯，幾乎能照出人影。家裡雖然買了糧，可是趙大娘捨不得吃，半大小子吃窮老子，兩個兒子都是正能吃、長個子的時候。

「先攢點錢把房子建起來，媳婦暫時就不說了，我們這樣的家庭誰願意嫁？就是願意，我也不能娶，不能讓人家跟著吃這個苦。」趙大山說著，看他娘的碗放下來，便站起身，拿過碗，從鍋底給娘撈了滿滿一碗稀飯。

這一碗從鍋底撈的稀飯，和趙大娘從上面特意舀的稀湯不一樣，要稠實得多。

趙大山把碗放在趙大娘面前時，趙大娘覺得嗓子一哽。「大山，是娘沒用，要是你爹還在……」

「娘，想什麼呢？趕緊吃飯。我和弟弟大了，只要有我們一口吃的，就不能餓著妳和妹妹。以後不要什麼都先讓著我們，我們全家都要好好的。」

趙大川一聽也明白了，放下筷子，心裡發酸。娘一直都這樣，有什麼吃的都會省下來給他們兄妹三個。「是啊，娘，我們大了，妳看我都能掙錢了。以後等我和哥哥發財了，讓妳天天吃肉、天天吃大米和白麵饅頭！」

趙大川明顯比趙大山嘴甜會說話，一番話說的，趙大娘差點淚流滿面。

一家人吃完晚飯後，早早歇下。明天大山和大川還要去碼頭，而她和小雨要先把家搬過去，不能一直住黃家這裡，他家一大家子還鋪陳不開呢。

第二天一早，趙大山和趙大川走後，趙大娘和趙小雨把東西收拾好，準備上午就搬過去。

黃豆和黃梨也過來湊熱鬧，一人幫忙拿了一個裝衣服的包裹。一行人熱熱鬧鬧連說帶笑，就走到了趙家新租的宅子。

這棟宅子靠南山碼頭，一溜青磚烏瓦，一共十二家。房屋院牆相連，一家一個院子，只隔一道牆頭，門口一條石板路，這樣的一片房子在整個南山鎮都算是首屈一指。

原本是黃老漢當初的東家錢大富所建，給自己手下跑船人拖家帶口住的，能住在這條街的，都是錢家多年的得力助手。

那年出海，錢大富和兩個兄弟死在了海上，黃老漢揹著十二歲的小東家逃了回來，小東家嚇得有點癡癡呆呆的，錢家就敗了大半。

這片房子，基本上每家都有一到兩個在那次事件中逝去的親人。錢家又賠了一筆銀錢，這些房子也就沒收回來，都留給了船工們遺下的孤兒寡母。

趙家租的房子在這條巷子進去第二家，原本是一家姓李的人家住著，家裡老爺子是給錢家掌舵的二師傅，老爺子死了，老婆子就帶著兩個兒子在這裡生活。

今年，兩個兒子在府城開了鋪子、買了房，就思量著把住南山鎮的老娘接去享福。這裡的房子卻捨不得賣，畢竟是老爺子一條命換來的，就給租了出去。

家裡也沒什麼可收拾的，家具東西都有，等於是拎包就可入住。趙小雨拉著黃豆的手，黃豆又拉著黃梨的手，三個人排成一排，往碼頭走去。

南山碼頭很熱鬧，河裡都是大船，岸邊是一片很開闊的沙石地，即使下雨也不泥濘。

沙石地周邊面對面建了兩排高大寬敞的倉庫，南面甲字型大小一號至二十號倉；北面乙字型大小一號至二十號倉。

這四十個大倉庫，現在南邊甲字型大小倉庫屬於南山鎮錢家。

二十多年前，錢家在南山鎮是首屈一指的富戶，無人能比肩。

乙字型大小後十間屬於宋家，另外十間被其他姓氏分走了。

剛建碼頭時，錢家是當地的土財主，碼頭的土地就屬於他家。錢大富的爹是個很精明的老頭，碼頭還未開建，他就在碼頭附近建起了四十座高倉大庫。

雖然後面陸續有人建了一部分倉庫，但都屬於小打小鬧。

錢大富隨大船出海，出了事，錢家元氣大傷，當時錢大富的媳婦宋蘭娘只能拿出其中乙字型大小十個倉庫賣給了她娘家宋家。要知道，這十個倉庫並不是有錢就能買到的，多少人虎視眈眈。

宋蘭娘一心想著危難時刻，娘家能幫她孤兒寡母一把，結果宋家拿到十座南山碼頭乙字型大小倉庫後並不滿足，竟然又想把另外十個乙字型大小倉庫以及甲字型大小二十個倉庫一起占為己有！

人在最脆弱的時候，背後捅刀子的只能是最信賴的親人。

宋蘭娘大怒，站在南山碼頭甲字型大小倉庫前，一剪刀剪了長髮，還親於父母，從此錢、宋兩家斷絕親緣，永世不許通婚。
最終，宋蘭娘替錢家保住了甲字型大小二十個倉庫，而乙字型大小另外十個卻沒能保住，但也沒有被宋家得去，而是便宜了旁姓，只能說是兩敗俱傷。
站在碼頭上，三個小丫頭先看見趙大川，他在幫忙收貨，都是一些小件，或者是細緻的活。
十三歲，還是一個小學生呢，就要開始養家餬口了。
趙大川看見妹妹和黃豆，連忙走過去。「小雨、黃豆，東西搬好了嗎？」
「搬好了！二哥，你從這邊過去，巷口第二家。」趙小雨指著青石巷說道。
「好，妳們去別處玩吧，這裡人多，小心擠到碰到。」趙大川伸手摸了摸黃梨的頭，從兜裡摸出兩個銅錢遞給趙小雨。「去吧，給黃豆和黃梨買點糖果。」
「大川，快點過來，陪張老闆去甲字五號倉點一下貨！」遠遠地，有一個穿長衫的老者往這邊喊道。
「哎，來了！」趙大川一邊答應，一邊把兩個銅錢塞小雨手裡。「妳們買了糖，趕緊回家去。」
「知道啦！」小雨舉起手裡的錢。「豆豆，走，找大哥去！」
黃豆覺得，閒著也是閒著，走就走吧。
於是趙小雨拉著黃豆，往碼頭另一邊去。

碼頭另一邊，幾條大船正有順序地停靠在碼頭，大船和碼頭中間搭了兩塊板子，上面來來去去都是扛著貨物的工人。

這些扛包的都是青壯漢子，有著一把好力氣。扛活是按數量計算的，碼頭那裡坐著一個管事，扛一包給你一支特製的竹籤。

到了倉庫，倉庫門口也有一個記帳的先生，籤子給帳房先生，先生在你名下畫「正」字，一籤一筆。扛多少活，到晚上數一下有多少「正」字結帳。

當日活，當日結清，概不拖欠。

活多的時候，碼頭上的工人忙不過來；活少的時候，就看你和管事的關係怎麼樣？會來事的，碼頭管事會直接點走。

趙大山是走黃老漢的關係，黃老漢在碼頭有個熟悉的老兄弟，以前也是在碼頭上扛活的。現在已經不扛活了，因為在碼頭混得久，人面廣，就拉了一幫子人，他專門接活，賺點面子錢。

三個小姑娘走過來的時候，甲字型大小倉庫旁邊站著一溜小商販，都是賣吃食的。有的提個籃，籃子裡放著自家煮熟的花生、玉米；有的端個盆，盆裡是洗乾淨的葡萄、棗子、梨子……

這些算是零嘴，基本上都是跑船的小頭頭，或者碼頭上的管事，要不就是路過的客船裡的家眷會來買。

還有的人是家裡做的餅子，提一大壺水，過來賣，生意也不錯。

這些在碼頭扛活的工人，有離家遠的，又捨不得去鎮上小食店裡吃的，就在這裡買個餅子，喝口涼水，吃完就趕緊去幹活。一是圖個方便，二也是捨不得來回路上耽誤的時間。

不遠處，一群四、五歲的孩子在一邊沙石地裡玩，應該是碼頭工人的孩子，要不就是這些擺小攤的阿姨、大嬸們的孩子。

一個稍微胖一點的小男孩有點霸道，一推，把一個四、五歲的小姑娘推倒在地。小姑娘大聲地哭起來，不過來來往往的人都沒人管他們，不過是一群孩子。

這時，從小攤販中間走出一個提著籃子的姑娘，十三、四歲的模樣，走過去拉起哭著的小姑娘，掏出手帕為她擦了擦眼淚，又從籃子裡拿出兩個花生遞給小姑娘，好像在小聲地安慰著她。

旁邊幾個孩子見小姑娘得了花生，也圍攏了過來，提籃子的姑娘從籃子裡又摸出一把花生，一人發了一個。那個微胖的小男孩放下挖沙的木頭，也走了過來，小姑娘對他搖了搖頭，好像在說他打人了，不給他花生吧，黃豆猜測。

結果，提籃子的姑娘也給了小胖孩一個花生，小胖孩剝開花生放進嘴裡，笑咪咪地去拉小姑娘的手，小姑娘已經不哭了，乖乖給小胖孩牽。

小孩子有了花生都很高興，歡呼著一起湧向更高一個土堆，大家齊心合力，把一塊壓在土堆上的石頭掀了下來。

提籃子的姑娘看了看，又走回小商販的中間，站著，靜靜等著生意上門。

黃豆和小雨拉著黃梨，在每個攤子前面都看看，也不買，看看轉轉後就轉到了甲字型大小倉庫的前面。

趙大川正站在甲字型大小五號倉庫門口點貨，趙家兄弟都讀過幾年私塾，識得字，不然這種點貨的事情也輪不到趙大川。

遠處，趙大山正和幾個工人扛著一包貨往五號倉庫過來，貨有點沈，壓得趙大山幾個人脊椎都有點彎了。

一個十六歲的孩子，卻成為了家裡的頂樑柱，主要的勞動力。黃豆不忍心看，轉身拉著黃梨和趙小雨又往回走，走到那個賣煮玉米、炒花生的姑娘前面。

這個十三、四歲的小姑娘，穿得很乾淨，只是衣服和褲子上補了好幾個補丁，一看就知道家境不好。不過小姑娘長得不錯，眉清目秀，一笑有兩個小酒窩，露出的牙齒潔白整齊。

「小妹妹，妳想買點啥？」

「妳這個炒花生還要剝殼，太麻煩了，我想吃不用剝殼的。」黃豆認真地說。

趙小雨一聽，連忙偷偷扯了扯黃豆的衣角，趙小雨心裡想著：花生家裡地裡就有啊，買了還要花錢，多浪費啊！

「剝好的放不了兩天就綿軟了，不好吃了。我這個生意也不怎麼好，妳要是想吃，我明天給妳炒一點剝好的，妳明天來拿好不好？」小姑娘很有耐心。

「好啊！」黃豆笑嘻嘻地舉起手。「給妳兩文錢，算定金，明天我來取。這個點不來，妳就賣給別人，肯定有人要。」

「不用、不用，妳人來就行了。」小姑娘連忙搖頭不收錢。「我叫王大妮，明天妳來直接找我就行。妳不來，我賣給別人也不虧。」

「那我告訴妳怎麼炒，我要兩份，一份甜口的，一份鹹口的。」

旁邊賣餅子的大嬸一聽就笑了。「小姑娘，水煮的花生是鹹的我知道，甜口的花生我還沒見過呢，難道煮花生的時候放糖煮？那多浪費啊！」

黃豆也不辯駁，扯著王大妮的手往邊上走，邊走邊說：「妳回去準備一碗花生，用水洗一下，把水倒掉，放進乾淨的鍋炒到爆皮盛出來。然後，準備三調羹的白糖，鍋裡放少許水，放入白糖，炒到變成焦糖色，把剛炒好的花生放進去一起炒，翻炒到掛漿就好了。這是我要的甜口花生，妳記住了嗎？」

「記住了。可是……可是我家沒白糖。」王大妮有點不好意思地說。

黃豆也不管她，繼續說：「再準備一碗花生米，燒點開水，水開後把花生米放進去，煮開，撈出來放一邊備用。然後準備一個碗，裡面放上水，放適量的鹽。」

「適量是多少？」王大妮忍不住問。

黃豆竟然被問住了。「呃……就是妳一碗花生米如果做菜放多少鹽，妳就比做菜多一半。」

「嗯，知道了。」

「然後把鹽化開，花生米放鍋裡炒，炒到花生米已經熟了，再把化好的鹽水放進去繼續炒，炒到表皮有點起酥就好了。」

趙小雨奇怪地看看黃豆。這麼麻煩，人家肯做嗎？而且真的想吃，回去讓妳姊姊給妳炒不行嗎？

王大妮的眼睛亮晶晶地看著黃豆。「這樣炒應該很好吃，小妹妹妳是怎麼想到的？」

「我爺爺和我爹他們喜歡喝酒，然後我姊就會給他們炒花生米下酒，我爺喜歡甜口的，我爹爹和伯伯們喜歡鹹口的。」

黃梨張著嘴，看著三姊一本正經地胡說八道。我們家什麼時候又炒鹹口花生，又炒甜口花生了？我怎麼都不知道？回去我要問問爺爺，肯定是爺爺他們偷偷吃的！

「小妹妹，那妳明天來，我給妳炒好帶過來。」王大妮忍不住伸手摸了摸黃豆的頭，這三個小姑娘真好看，又好看又乖巧。

黃豆一頭黑線。最討厭被摸頭了好不好？當誰小孩子呢！

「妳們快回家吧，碼頭上人多，小心磕著碰著。」王大妮給黃梨拍了拍褲腳上的灰塵，又仔細把黃梨已經鬆散的小辮緊了緊。「快回去吧！」

「大姊姊再見。」黃梨乖巧地拉著黃豆的手，向王大妮揮手。

黃豆拉著黃梨，跟著趙小雨走了幾步，想想又跑回頭。「那個鹹口和甜口的妳可以嘗試著少做點，放多少糖、放多少鹽，分量抓好。做好了，用油紙包包好，一包多少錢，賣賣試試看，也許有人喜歡呢。」

王大妮聽著，眼睛越來越亮，到最後嘴角的酒窩越來越深。「小妹妹，謝謝妳！那妳明天來嗎？」

「不一定。妳不用等我，我要是想吃就叫我姊姊炒，妳可以少炒點賣，好賣的話再多炒點。」說著，黃豆終於放下心來。人太老實了也不好，都不懂暗示。

回到家，小黑狗遠遠就跑過來，圍著黃豆的褲腳打轉。黃梨喜笑顏開地伸手要去抱，黃豆一腳把小黑狗擋住。「妳先去洗了手再抱，只許抱一會兒，抱過了再洗一次手。」

就見黃梨聽話地跑到井邊，從裝水的桶裡舀出一瓢水，倒在一邊的盆裡，仔仔細細洗了手。洗完又拿毛巾洗了臉，掛好毛巾，把水倒到菜地邊的下水溝裡，而後連忙跑過來，一把抱起小黑，開始開啟人狗聊天模式。

小狗來了兩、三天了，兄妹叔姪幾個給起了好幾個名字，黃豆都不滿意，最後還是小黑小黑地叫。

住在院子裡和院子外的黃家灣人都回去了，那些搭建好的窩棚全拆了，凌亂地堆在院子一角。

黃大娘和黃三娘整整打掃整理了半天，才把一個院子和幾間房屋勉強整理出來。

黃四娘挺著大肚子，進進出出來回看了幾趟，心裡有點難受，屋子被糟蹋狠了。別說她，就是黃豆小姊妹幾個都看得心疼。

可是有什麼辦法？人多，又都擠在一起，牆上難免會留下汙漬和劃痕。

這些房屋剛買到手時，可是黃豆提議裝修的，牆都是用石灰石調試好刷的白牆，家具也是黃老三帶著兒子按閨女要求打的新樣式。

黃豆拉著黃梨嘀嘀咕咕了一陣後，黃梨跑過去拉著黃四娘說話，黃四娘才總算把注意力轉移到了女兒身上。

黃豆心想，等秋種忙完，還是要把這些牆重新刷一下才行，不然那些汙漬、腳印實在沒辦法看。

也不知道這些人怎麼想的，借住別人的屋子，弄出汙漬還能理解，但弄出一個又一個髒汙的腳印是什麼意思？難道半夜睡不著爬牆嗎？

第七章　全家忙著種秋糧

黃老漢帶著兒子和幾個大點的孫子，也回了黃家灣，在村頭搭了三個窩棚住下，準備把地整理出來，種秋糧。

窩棚很簡單，就是用結實粗壯的樹幹，在地頭埋下去，四根搭起架子。在樹幹半中間綁上胳臂粗的棍子，中間像床撐一樣也綁幾根棍子，然後鋪上用繩子編織好的竹笆子，屋頂用茅草簡單編製蓋起來，就可以睡人了。

架子搭的高，搭的也大，睡三、四個人完全沒有問題。黃家爺幾個想的是，暫時肯定沒辦法建房，只能等到春天了，所以這個窩棚要搭好，到時候再加固一下，起碼能用到秋種結束，就是明年春天春收春種，只要換下屋頂，也還可以住。

唯一的壞處就是四面沒有遮擋，風一颳特別的冷，可是也沒辦法了。

黃寶貴睡了一晚，覺得冷得受不了，第二天就喊上黃德磊、黃德落去割了茅草和蘆葦，編織成圍子，把三個窩棚的四面圍了三面起來。另一面圍的不是固定的圍子，是可以拆卸的，人進去，用繩子繫一下，一樣能擋起來。別說，雖然透風，但是暖和多了。裡面鋪的都是曬乾的稻草，也不用蓆子，一夜睡過來，人都鑽到了草裡。

早上起來，第一件事不是梳洗，而是先撲打身上，整理頭髮上的稻草。

這不是最辛苦的，最辛苦的是整理田地。要把莊稼收上來，即使不能吃，也要收上來，不然土地沒辦法再耕種。

家裡以前有一頭騾子，還能下地，走山那天晚上忙著去通知村裡人，一家人把牠給忙忘記了，也沒帶出來，黃老漢心疼得幾晚都沒睡好覺。

爺幾個，先把能吃的收上來，架在田埂上晾著。等能吃的都收上來了，再去把那些不能吃的割掉，騰出田地好種秋糧。

黃寶貴提議，能吃的收了，那些不能吃的乾脆別收了，一把火放了得了，減輕勞動。別說黃老漢不同意，就是他幾個哥哥也不同意。這些已經開始發黴的糧食雖然人不能吃，但是曬乾了牲口還可以吃，餵雞、餵豬都是沒問題的。

一天忙下來，到了晚上，鑽進窩棚，黃寶貴和黃德磊頭並頭說悄悄話。其實也不算悄悄話，一個窩棚裡睡著的還有一個黃德落，這個黃家四小子和黃寶貴同齡，算是他的兵。

「磊子，我覺得我們不能靠種地過一輩子，太辛苦了。」黃寶貴躺在床上，覺得渾身疼，到處都難受。

「老叔，你說的好聽，不種地，能幹啥？我爹說有地種就不錯了。你沒看五爺爺他們家，地少天天吵，吃都不夠吃。」黃德落想翻個身面對著黃寶貴，想想還是放棄了，這一天累的，連翻身都難。

「你懂什麼？不種地可以跑船，可以做生意啊！只有老實人、沒本事的人才靠種地吃飯。」

「爺爺不會讓跑船的。」黃德磊仰躺著，看著茅草蓋的棚頂。

黃寶貴終於翻了個身，面對著睡在中間的黃德磊。「只要你想，這些我來想辦法，我們豁出去試試。」

「秋天是不行了，這麼多地要種，而且家裡還沒有房子，總不能一直住四叔那兒，得先弄幾間房出來。也不知道爺爺手裡還有多少錢？」黃德磊看著屋頂，幽幽地嘆了口氣，家裡的日子真是難！

「實在不行，就搭幾間土屋茅草頂的，這應該花不了多少錢。我們倆春天跟船出海，一年半載後掙了錢就給帶回來，讓家裡建房。沒事，人還能被尿憋死？」

「老叔，你們去得帶上我！怎麼能你們倆自己去，我也要去！」黃德落一聽沒他什麼事，急了。

「我怕爺爺不會同意，他曾經說過，不再讓家裡子孫跑船，太危險了。」黃德磊有點猶豫。

「等回去再問問豆豆吧，她腦子聰明，肯定有辦法。而且我們多去幾個人，爺爺說不定就同意了呢！他不是一直說，蘆柴成把硬嗎？」黃寶貴是天不怕、地不怕的主。

「嗯，睡吧，明年春的事了。回去和豆豆說說，她鬼主意多。」黃德磊拉著被子，埋頭鑽進稻草窩裡睡下。

家裡的被子大部分都被水浸濕過，曬乾了硬邦邦的，蓋在身上一點都不暖和，最多擋點風。

黃豆堅持讓爺爺和叔伯們帶上家裡最好的三床被子，黃奶奶和幾個兒媳婦也覺得，最好的應該給他們爺幾個用。

她們在家裡，有房子、有床，怎麼都能湊合，而他們在田地裡睡，無遮無擋的，拿幾床好被子起碼暖和點。

家裡就用被雨淋透又曬乾的被子，但睡了一日，黃豆就受不了了，磨著黃奶奶去找人把這些舊棉被再填點新棉花彈一彈。

鎮上有兩家彈被胎的，一家住鎮東，姓李，人稱老李頭；一家姓張，是賣肉張大叔的親兄弟，鋪子就開在張家肉鋪隔壁。

一早，黃豆小姊妹四個就跟著黃奶奶，揹著、抱著四床被子去往張家鋪子彈棉花。

四床被子，再添點新棉花，要彈出來六床被子，其實家裡用還是遠遠不夠的，不過也只能這樣了，家裡也就帶出來這麼多，而黃老漢他們爺幾個帶回去的被子還是黃四娘的陪嫁。

黃奶奶邊拆被子邊和老闆娘張三嬸說話。

張家兄弟多，整整七個，沒一個姊妹。七兄弟有三個在南山鎮開鋪子做買賣，還有三個在府城開鋪子，可以說，張家在南山鎮也算大戶了。

黃豆不耐煩站在這間又髒又擠的屋子裡，且飛得到處都是棉絮，便拉了黃桃站門口說話。不一會兒，黃米和黃梨也跟了出來。

小姊妹四個索性跟黃奶奶說一聲，逛街去了。

從古到今，就少有不喜歡逛街的女孩子，好像花錢能上癮般。

黃家小姊妹四個，除了黃梨小，沒有私房錢，其餘三個或多或少都有點私房錢。

出了棉花鋪子門，姊妹四個準備一路往西邊碼頭方向逛。

剛出門，就聽見賣肉的張伯在罵人，然後一個身影從肉鋪竄出來，一下子撞到黃桃身上，把黃桃姊妹幾個嚇一跳，一看，認識，是賣肉張伯家的小兒子，虎子。

張伯在張家七兄弟中排行最大，生了五個兒子，前兩個都皮實得很，輪到小三小四都是沒過周歲就生病夭折了，最後生了這小五子，張伯兩口子就疼到心眼裡，深怕不小心夭折了。

八個多月的時候，有一日張大娘在做飯，小虎子就在床上睡著，誰知道沒一會兒醒了。醒了也不哭，尿了一床，大概嫌棄尿濕的地方不舒服吧，便爬起來在床上翻滾，結果一下子滾掉到地上了！聽說，都摔背過氣去了，差點憋死過去。於是這個老兒子醒了後，那是更寵了，今年都十三歲，成半大小子了，張伯也捨不得讓他跟兩個哥哥下鄉去收豬，天天讓他跟在身邊賣肉，別說，還是練出了一把子力氣。

只不過，肉攤有張伯，基本上沒小虎子什麼事，大部分都是在外面瘋跑惹禍。

這邊張伯看兒子跑出去了，也不追了，罵罵咧咧又坐回肉案子後面。

張小虎跑出來撞了人後，也不跑了，一看，還是個不認識的小姑娘，連忙站好了道歉。

「對不起、對不起，我不是故意的！」

「你不是故意的就是有意的！」黃豆忍不住懟他。

小虎子一看，噫？認識！「小黃豆，是妳呀！我不是有意的，也不是故意的，就是不小心！」

黃桃拉了拉妹妹，對著小虎子說：「沒事沒事，下次注意點。」

小虎子跟黃豆、黃梨認識，和黃米、黃桃卻不認識，不過這也不影響他，一路跟著小姊妹四個往碼頭逛。

「黃豆，過兩天妳們跟我去玩吧，我和大牛他們找了個非常好玩的地方，還可以撈魚，又能摸到泥螺和泥鰍。」

「不是不能吃魚嗎？我爺說那些魚在河裡吃人肉，不能吃。」

「哎呀，都過去這麼多天了，那些魚早沖到下游去了，沒事沒事。再說，不吃魚可以抓別的啊！泥螺啊、泥鰍啊、烏龜呀！」小虎子想了想又說：「對了，河邊水退了，河岸上有很多稀奇古怪的東西，妳不去看看？」

「什麼稀奇古怪的東西？」黃豆有點興趣了。

「我也不知道，昨天去的時候，水還在退，我們也沒敢下去，岸邊濕滑得很，要是掉下去就輪到我們餵魚了。我們幾個商量好了，過兩天等地面乾一點再去，反正那地方沒人會去。」

黃豆看看小虎，想了想。「行吧，那你過幾天去的時候叫我，我去看看有什麼稀奇古怪的東西。」

「好嘞！」小虎一見黃豆答應，立刻高興地轉身就走。「我不陪妳們幾個女孩子玩了，我找大牛他們去！」說著就走，也不等黃豆回話。

黃豆也不管他，看他走了，繼續跟著姊姊、妹妹逛街。

「豆豆，他們男孩子去玩，妳別跟去。」黃桃有點不放心。

「姊，沒事，到時候妳們要是不放心就跟著一起去玩。」

「到時候妳們去玩吧，我就不去了。」黃米笑嘻嘻地拉著黃梨的手，快走兩步跟了上來。

黃豆無奈地看看黃米，在古代，十三歲的黃米確實已經算是大姑娘了。鄉下人家，姑娘十四、五歲就出嫁是再正常不過的事情。

不過黃家算是寵孩子的人家，黃老漢在黃豆暗暗洗腦幾次後決定，家裡孫女十五、六歲開始相看，等十七、八歲再出嫁，這樣能看看孫女婿的品行，孫女大點再嫁出去，在生養方面也會安全一點。

黃大娘妯娌幾個原本都要跟著回去黃家灣幫忙，黃老漢不同意，因為店裡生意確實忙，從早到晚灶房的火都不熄，忙著熬粥、蒸饅頭。

許多逃難的人到了南山鎮，只能靠手裡剩餘的幾個銀錢吃飯，也不敢吃好的，每天來黃四娘家買幾個粗糧饃饃，就是一家人一天的口糧。

運氣好的，能在碼頭找個活，也夠買幾個饃了；運氣不好的就去河裡撈魚、摸蝦，再去四嬸家買兩個饃饃，也能勉強混個餓不死。

最忙的時候，小食店外面排著老長的隊伍，妯娌幾個一天忙下來，胳膊都腫了。四嬸還挺著個大肚子，只能做點輕省的事情，就這樣一天站下來，腿也是腫的。

家裡的女人和孩子都留在鎮上，黃老漢領著兒孫回了鄉下。

二嬸執意要跟著去給他們爺幾個洗衣、做飯，最後還是黃老漢說，暫時沒地方住，拒絕了。所有人都知道，這次回去是真正要吃苦受累的。

而倔強的二嬸就每日早早起來，帶上菜和糧食走六、七里路回去給爺幾個做飯、洗衣，幫著收拾田地，等晚飯做好，趁著黃昏再趕回來。

家裡，妯娌四個也沒閒著。外面有越來越多的流民，飯館因為價廉物美，生意格外的好，原本只是早上和中午飯點的時候生意好，現在從早到晚客人竟然一直不斷。

妯娌四個忙著包包子、蒸饅頭、熬醬菜等等；黃豆帶著黃梨在前面收錢、收拾碗筷；黃米和黃桃跟著黃奶奶在後院熬稀飯、清洗碗筷蔬菜，順便管著幾個小的。

黃豆從吃飯的客人口中陸陸續續知道，這次受災的範圍很廣。因為下游堤壩破堤，下游好多村子都被大水沖跑了，人畜死了不少。

下午客人少了一些，黃豆和黃梨便手把手去逛街。

其實，也不算逛街，只能說是閒得無聊看看。

天晴後，黃豆天天和黃梨逛街，黃豆有私房錢，黃梨很喜歡跟著三姊後面混，畢竟跟著三姊混有糖吃。

沒混幾天，一條街開鋪子的都認識了這對漂亮的小姊妹倆。

路邊的店開著門，生意卻並不怎麼好，只有糧店門口排著長長的隊伍，價格隔兩天就漲一次。

趙大娘聽了黃豆的建議，訂製了兩個鐵皮爐子，每天早上拎到碼頭，準備好柴火，一隻爐子烤餅，一隻爐子熬湯。

餅是發酵好的麵，裡面包上餡，餡是青菜、雞蛋和粉絲加上豬大油，還有調料一起調和的。別說別人，就是黃豆，剛試做出來的時候也沒忍住，吃了一大塊。

這幾天，碼頭上還是停靠了十幾艘運貨的大船，卸貨裝貨，工人們忙碌，管事的吼叫，一片繁榮。

如果不是身邊偶爾路過的衣衫襤褸、面黃肌瘦的災民，都感覺不出半點災後的痕跡。

趙大娘賣吃食的地方是趙大山找的，黃老漢的好兄弟幫忙給弄的，地方不大，但背靠大樹，這是最難得的。有樹蔭了，就是大夏天的，也不影響做生意。

胡辣湯是提前熬好的，放在爐子上溫著就行。趙大娘只專心做餅，趙小雨則蹲在一邊燒火。

碼頭上人來人往，賣吃食的不少，但是拎個爐子賣熱呼的餅和湯的卻沒有。要吃熱呼的只能去鎮上，去鎮上雖然不算遠，但是來回走，也要一點時辰。

靠近碼頭處也有小飯館，不過他們是做熱菜喝酒的地方，也不屑做這些小吃食。

黃豆拉著黃梨也到了碼頭。

今兒是趙大娘第一天做生意，大家心裡都沒底，趙大川沒事就過來看看，就連趙大山扛著包也向這裡看了好幾眼。

趙大娘緊張得手都有點發抖，努力吸了幾口氣都穩定不下來，就聽見耳邊一個清脆的聲音說——

「大娘，給我拿塊餅！」

趙大娘一看，是黃豆拉著黃梨，連忙拿了一塊餅，一切兩半，用油紙包好，遞了過去。

黃豆接過餅，一半給了黃梨，一半自己先咬了一口。「嗯，好吃！大娘的餅真香！」

趙大娘以為她們只是來玩的，也沒在意，誰知道黃豆一伸手竟遞過來五文錢。趙大娘一愣，連忙擺手，剛準備說「不要不要」，就看見黃豆對著她眨眨眼，不禁一愣。

這時旁邊走過來一個穿錦袍的小胖子，十來歲年齡，開口問黃豆。「好吃嗎？」

「好吃！」黃豆笑咪咪地點頭，收回來握著五個銅板的小手，順勢又悄悄裝兜裡去了。她也沒真想給錢，就是裝裝樣子，演場戲罷了，沒想到效果還挺好的，立刻就有人過來了。

「嗯，可好吃了！」小黃梨也跟著附和。

「那小爺我先來一塊嚐嚐……不，兩塊。」說著，示意身邊跟著的小廝給錢。

趙大娘連忙用油紙包了兩塊餅遞了過去。

小廝接過去後，把餅遞給少爺一塊，又數了十個錢給趙大娘。

兩個人和黃豆姊兒倆就這麼站著啃餅子，這種用油煎出來的餅子確實香，何況裡面還有黃豆配的調料和豬大油。

胖少爺吃了一塊還不夠，又買了一塊，和小廝一人一半分了。看樣子，這個小廝在少爺面前很得力，吃什麼都有他一份。

「她家的這個湯看著也不錯，應該好喝。姊姊，妳家這個湯叫什麼？」黃豆問趙小雨。

「叫胡辣湯，可好喝了！小少爺要不要來一碗嚐嚐？只要兩文錢一碗。」趙小雨也是個猴精，前半句回答黃豆，後半句卻是衝著小少爺的。

小少爺看看小廝，又看看黃豆。「來四碗吧，我們四個人都嚐嚐，我請客。研磨，給錢。」

黃豆覺得，這個少爺挺有意思的。也不客氣，拉著黃梨往旁邊一張小桌子邊一坐，等著趙小雨端湯過來。

路過的看見四個小孩子一邊吃餅、一邊喝湯，好像很美味的樣子，便也走過來，你一塊、他一塊地買了嚐嚐。

不一會兒，攤位前就擠滿了人，趙大娘也不拘謹了，忙得喜笑顏開。

黃豆四個人喝了湯、吃了餅子，就趕緊離開桌子，給後面的人挪位子。

有的人沒坐上位子，就端了碗在一邊蹲著，一口餅子一口湯，吃得頭上都冒出細密密的汗珠。

「你的小廝叫研墨，你還有小廝叫什麼？叫提筆嗎？」黃豆好奇地問。

「妳怎麼知道的？妳認識我嗎？」小少爺好奇地問。

「不認識，我猜的呀。」

「妳可真聰明！我祖母一心想讓我家出個讀書人，考個狀元什麼的，可惜我祖父讀不下去書，我爹身體不好。我一出生，祖母就給我準備了兩個小廝。我爹就說，起個文雅點的名字，這不，這名就是我爹給起的。」

「那你呢？你叫什麼？」黃豆好奇地問。

「我叫錢多多。」

黃豆一時沒反應過來。「你叫什麼？」

「錢多多。」

哎呦，我去！黃豆只覺得，幸虧自己有泰山崩於前而色不變的性子，可就是這樣，她還是忍不住有點面容扭曲。這個反差萌太大了，這個名字真是起得讓人一聽難忘啊！

「怎麼了？妳是不是覺得小爺的名字不好聽？」錢多多有點不高興了，這個小丫頭，開始看還挺不錯的，怎麼轉頭就這麼庸俗了呢？

「沒有、沒有，我覺得你的名字很不錯，好聽又好記，讓人難忘。這個名字一定是你家長輩取的，對你抱著特別重的期望！」黃豆連忙解釋。她有種預感，自己要是說的不好，她可能就會得罪這個小少爺，也就失去了這個朋友。

「嗯，妳說的對。我要回去了，有緣再見吧！」說著，錢多多領著研墨，揚長而去。

黃豆看看那個小身影，在心裡默默想著：真是吃人嘴軟啊！

第八章　幫忙做份紅燒肉

小姊兒倆手把手往家走，路過肉鋪，賣肉的老張看見小姊兒倆，忙笑咪咪地招手。「黃家丫頭，過來過來！」

黃豆拉著黃梨，慢悠悠地走過去。「幹麼呀，張伯伯？」

四叔家店裡用的肉都是在老張家肉攤拿的，也算老主顧了。

「妳四嬸店裡做的那什麼紅燒肉太好吃了，妳回去能不能問問妳四叔四嬸，幫忙給我燒幾斤？半大小子，吃死老子，我家幾個小兔崽子，上次買了一碗肉上桌，老子還沒吃兩口就沒了！」

黃豆為難地看了看老張。「可以是可以，只是燒肉的材料快沒有了，還得去府城買，我聽四嬸說，只夠做一鍋了，要留著等爺爺他們回來才做，這樣一家都能吃到。」

這個時代，生活只能講究個溫飽，還難達到豐衣足食的地步。偶爾買一次肉，也只是回去炒炒，把油煉出來，然後放上蘿蔔白菜再加點鹽什麼的一鍋燉了。

條件好的，就是煮大白肉，一大碗白肉放水清煮，再撒點鹽，一口咬下都是油，油滴到碗裡，拌著飯，吃得那叫一個香。

黃豆第一次吃水煮白肉還是小的時候，家裡煮白肉都是切好、厚厚的一片，一人一片。

成年男人和半大小子一人一片大厚肉，女人和女孩子加上小孩子的肉就小一點、薄一點。

黃豆看著白慘慘的肥肉，小心地咬了一小口，一股葷腥味直衝腦門子。最終那塊肉進了黃德磊的肚子，小黃豆還被爹娘輪番訓斥了一遍。竟然有孩子不喜歡吃肉？這是他們想不明白的事！

後來家裡再要做肉，小黃豆就站凳子上指揮著娘親，放這個、放那個，四嬸燒肉的手藝就是跟黃豆她娘學的。

但是家裡要想燒出最好吃的紅燒肉，還得二姊黃桃。黃桃做菜非常有天賦，黃豆一說她就懂，上手就會做，而黃豆是典型的屬於動口不動手的主，會說不會做。

老張搓了搓手。「丫頭，實話跟妳說，我幾個小舅子今天來，我這肉攤就是虎子他娘嫁過來後，幾個舅子支持才撐起來的。今天不是虎子他娘過生辰嘛，我就想著，妳家做的那肉，得給我幾個舅子們嚐一嚐。」說著，老張從案板後面提出一塊約莫五、六斤的肉，又拎出一掛大腸、一個豬頭出來。「妳看，妳家給我把這幾斤肉做了，這大腸和豬頭都算是謝禮，抵了你們家用的材料錢，行不？」

這個老奸巨猾的老張！誰不知道豬大腸沒人肯要，有時候賣不掉都是直接拎回家餵狗！

不過，這個豬頭確實不小，怎麼著也有四、五斤，剃個兩、三斤肉下來應該沒問題。還有骨頭，小黑最愛嘛！想到這兒，黃豆抬頭脆生生地說：「張伯伯，我回家和四嬸說說，行嗎？她同意了我就來告訴你！」

「不用不用，讓小虎跟著送過去，省得妳們還得來回跑一趟！」說著，老張回頭往後院大吼一聲。「小虎子，給老子死出來！」

隨著老張的吼聲，後院跑出來一個虎頭虎腦、十三歲的大小子。「爹，啥事？」

「去，跟著你黃豆妹妹把肉送她家去！」老張把串好的肉遞給小兒子。

小虎一聽送肉去黃豆她四嬸家，笑得嘴巴都咧開了花。「哎，我現在就去！」說著，一手拎著肉，一手拎著豬頭和大腸，也不說話，只笑咪咪地站在黃豆身邊。

黃豆也不客氣，知道家裡拒絕不了這麼大的誘惑，拉著黃梨的小手，小姊兒倆「吧嗒吧嗒」地往家裡跑。

回到家，黃奶奶聽完後一迭聲地怪罪黃豆。「妳看妳這孩子，給妳張伯家燒個肉還拿個豬頭？不行不行！小虎啊，你等會兒帶回去，咱家不能要！」

小虎憨笑著撓撓頭。「黃奶奶，我爹說給，那指定不能拿回去的。再說，您家做肉那材料，黃豆說可貴了，這個豬頭抵材料錢。您就讓嬸子給做吧，晚上我舅舅們來還等著這肉下酒呢！」

黃奶奶還沒說話，黃豆就笑嘻嘻地搭了腔。「哪用我四嬸做啊，我讓我姊給你家做，保證味道比上次還好！」說著，黃豆也不客氣，指揮著小虎把豬頭放井邊的盆裡，泡上井水。

小虎邊拎豬頭走去，邊問黃豆。「讓妳姊做，行嗎？做不好，回家我爹得揍我！」

黃豆也不生氣，喊著黃桃出來收拾豬肉，又跑進灶房挑選要用的食材。

那邊黃桃開始準備燒肉，這邊黃米搬個小凳子在井邊仔細清理豬頭上沒清乾淨的黑毛。

黃豆看黃奶奶開始挽起袖子清洗豬大腸，忙殷勤地跑過去，囑咐黃奶奶怎麼洗、怎麼漂。

小黑跟著黃豆進進出出，太興奮了，牠有預感，今晚有大餐。

黃桃在灶房忙著洗肉、切肉、剁薑……

小虎也不走，就站在一邊虎視眈眈地看著，那架勢好像一感覺黃桃做不好，就要把肉奪過來一樣。

黃桃也不理他，還指揮著他幫忙添材燒火。

沒半灶香功夫，一股濃濃的肉香味就飄滿了整個小院。

黃米把豬頭洗乾淨了，黃奶奶的豬大腸也洗好了，端到灶房，豬頭放最裡面的一個大鍋，丟上蔥、薑及大料煮著。

黃豆小聲地說：「姊，妳給燒個肥腸，明天讓二伯娘帶去給爺爺他們吃。豬頭就晚點滷著，明天也給爺爺他們帶去，吃不完，放涼了晚上也能吃。」

到了黃昏時分，滿院子的香氣，紅燒肉的甜香夾雜著豬頭肉的滷香，還有豬大腸的味道。

黃桃拿個籃子，把豬頭骨剔了出來放進去，明天嬸嬸她們熬湯料的時候還可以熬一遍。

黃豆看見了，輕手輕腳地走過去，摸了一塊大骨頭走出去，找小黑去了。

店裡的客人這時都坐不住了，一迭聲地問老闆娘，家裡做什麼了，這麼香。

黃四娘去後院看了看，回來說道：「家裡姪女做的紅燒肉，還有滷豬頭及燒的肥腸，都是家裡備的菜。」

晚上來吃飯的，有兩桌是碼頭上下來的人，聽黃四娘一說，就讓她給切點來嚐嚐。

黃四娘去灶房一說，黃豆就同意了。

這紅燒肉是幫別人做的，不能嚐，但是滷豬頭肉還是可以的。至於紅燒肥腸沒人點，大家都覺得不會好吃。

給兩桌客人切了兩盤子豬頭肉後，黃豆又拿了兩個小碗，一碗裝了七、八塊紅燒肥腸，一併端了出去，美其名曰買豬頭肉送肥腸。

黃豆就是想試試，她們做的滷豬頭肉和肥腸能不能賣出去？

客人們吃了豬頭肉都覺得不錯，等肉吃完了還意猶未盡，便又試探性地嚐了嚐紅燒肥腸。乖乖，這肥腸也不錯！有嚼勁，而且還有股說不出的味道，不算好聞，卻讓人有種難忘的勁。

兩桌都沒吃盡興，嚷嚷著再切一盤豬頭肉，再弄一盤肥腸來。

結果小黃豆跑到前面店裡脆生生地說：「豬頭肉只有一盤了，肥腸還有兩盤，誰要？」

兩桌一聽，連忙都喊：「我們要、我們要，一盤豬頭肉！」

兩桌都爭搶著要這兩盤肥腸和一盤豬頭肉，後來乾脆肥腸一桌一盤，豬頭肉兩桌各分了一半才算安靜。

這邊客人還沒吃完，黃豆又帶著虎子，端著滿滿一盆的紅燒肉從店裡走過。

不得不說，黃豆還是有點小心思的，原本他們回家的時候是從前院進來的，為了不打擾到客人吃飯。但是，肉做好了，黃豆卻非拉著虎子走店裡，說近路，回家方便。

店裡的客人剛吃過滷豬頭肉，又嚐了紅燒肥腸，再看一個虎頭虎腦的半大小子端著一盆晶瑩剔透的紅燒肉從面前走過，那香味、那色澤，看得眾人的眼睛都要拔不開來了。

當天晚上，黃四娘就接了好幾份預訂的單子，大家都要吃肉，要吃好吃好看的紅燒肉、滷豬頭肉，連紅燒肥腸都訂了一份出去。

都是碼頭上的，聽說這家店的肉做得好吃，幾個船主都特意派管事的來預訂。

不過肥腸訂的少也正常，畢竟肥腸屬於大眾還不能接受的範圍，花錢吃肉可以，花錢吃豬大腸，心理上總覺得虧得慌。

晚上正陪著幾個舅子喝酒的老張接到了黃家一筆大訂單，豬頭兩個、豬肉十斤、豬大腸兩副。

黃奶奶私下偷偷問三孫女。「不是沒什麼人訂紅燒肥腸嗎？怎麼還訂了兩副？」

「奶，今天給爺做的豬頭肉和肥腸都沒了，訂兩副，燒一副讓二伯娘給爺爺他們帶過去嚐嚐；留一副賣剩的，有人買一份紅燒肉咱就送一小碗肥腸給他們嚐嚐。」黃豆嘿嘿一笑，道：「奶，肥腸這東西不吃不想吃，但是吃習慣了，很多人就會喜歡上那個味。再說，肥腸又便宜，到時候咱家說不定就靠這肥腸發財呢！」

黃奶奶忍不住拿手指戳了黃豆的腦袋一下。「妳這丫頭，這是長了多少心竅呀！」

不久後，黃家小吃店有好吃的紅燒肉、有美味的肥腸、有辣得爽口的魚片……開始一傳十、十傳百，在碼頭上傳開了。

跑船在外的，回到南山碼頭，第一件事就是去黃家小吃店喝兩口酒，吃個肚飽腰圓。

黃家的鋪子也開始慢慢從一家熬稀飯、蒸包子的小吃店轉型，變成了一間生意極好的小酒館。

這天，虎子跑來找黃豆和黃桃去河灣摸螃蟹，這是他們上次約好的，說要帶黃豆去找一些稀奇古怪的東西。

虎子上學不行，送去私塾讀書，識得幾個大字後就不肯去了，天天早上給老張剁肉送貨，吃了飯就滿鎮子跑，撈魚摸蝦卻很在行。

黃豆也是個閒人，帶著黃梨天天出去遛彎，跑了幾天，幾乎把整個鎮子都摸了個底朝天，沒有不清楚的路，沒有不知道的巷子。

黃桃卻覺得自己已經是大姑娘了，基本上這種拋頭露面的事情她已經不參加了，因此跟著黃豆去的就變成了黃梨和黃德禮。

這次他們要去的河灣離鎮子有兩、三里地，靠近南山不遠，不過有點偏僻，附近都是荒地，滿地都是沙土、小石頭，也不能種地。東河到這裡，水面更平緩，山勢也很平緩。

虎子帶著黃豆，黃豆帶著小黑，黃德禮帶著黃梨並幾個小鎮上的孩子，穿過一大片沙土地，來到一片河灘。

河灘上，到處是水退去後留下的亂七八糟東西，有粗壯的木頭，黃豆邊走邊踢，這些木頭等回頭讓四叔來弄回家當柴火燒。

還有一些破衣爛衫，看見這些黃豆都遠遠地避開，避不開，就拿小木棍挑開。她還是很忌諱這些東西的，誰也說不清楚這些衣衫是怎麼到了這裡的。

幾個男孩子分散在河灘上，一人拿一根小棍這裡撥一下、那裡挑一下，有點像尋寶，不過也沒什麼寶貝。這些河灘都已被鎮上巡邏過的，防止有屍體被沖刷到河灘上，看見了，都是要就地掩埋的。

有一片石頭堆積得亂七八糟的河灘，那些在前面跑的男孩子走到那片，都捂著鼻子遠遠繞開。

黃豆好奇地往那邊張望，此時一陣風吹過來，一股濃烈的腐爛氣息隨之傳來。不會有死人或者死動物吧？黃豆心想。

按捺不住好奇，黃豆拿手帕繫在臉上，當一副口罩用，拎著棍子往石頭堆走去。

小黑一個箭步衝了過去，一口咬住黃豆的褲腳，死命想將她往後拖。

如果牠能夠說話，肯定要大聲說：別去啊！不能去，太臭了！

黃豆遠遠看見石頭堆邊曬著一個超大的河蚌，多大呢？大概是比臉盆還要大吧！她趕緊抽回腳，把小黑甩開，走了過去。

小虎看見了，遠遠喊道：「黃豆，別去！那個河蚌死了，可臭了，前幾天大牛還準備拿回家呢，都給熏吐了！」

黃豆也不知道是沒聽見，還是聽見了沒在意，一個人拎著棍子就過去了。

確實有臭味，不過沒有小虎說的那麼嚴重，大概是又曬了幾天的緣故吧。

她選了個上風口，蹲下來，用棍子把河蚌挑開，別說，雖然死了，但是還挺沈的感覺。

小黑遠遠地站著，黃豆抽空瞅了牠一眼，竟然也站在上風口，這狗，大概要成精了！

黃豆用棍子使勁搗了搗，河蚌殼身一歪，流淌出一小片黑乎乎、臭烘烘的黑水，已經腐爛的蚌肉，順著邊縫就淌了一半出來。

再搗，再使勁搗，那團臭氣熏天的腐肉裡面竟然滾出來兩顆圓滾滾的珍珠！

謝天謝地！黃豆不由得輕輕地鬆了口氣。就說嘛，穿越者的福利，怎麼也該輪到我了啊！她也不嫌棄髒，連忙把那兩顆看上去很大的珍珠給拾起來，在乾涸的沙土上抹了抹，把珍珠裝進了兜裡，接著又開始用棍子搗鼓起來。

這次運氣沒那麼好，只滾出一個珍珠，而且沒有剛才的兩個大，大概也就比家裡種的大黃豆大點。黃豆拾起來，也不嫌棄，在灰土地上抹抹又給裝兜裡了。

遠處的虎子看黃豆在那邊一直搗鼓著，忍不住又喊了一嗓子。「黃豆，這麼臭，妳搗鼓什麼呢？快來幫我們抓螃蟹啊！」

黃豆也顧不上什麼了，不回答他，兩隻手握著河蚌的兩面扇貝，一用力，給它翻了個身。翻過身的貝殼變成了屁股朝天的樣子，肚子裡的腐肉原本也就不多，黃豆一翻，嘩啦一下都淌了出來。用棍子一點一點仔細地撥了半天後，黃豆又撿了兩個比黃豆粒大不了多少的珍珠。仔細又檢查一遍，確認沒有遺漏後，黃豆把河蚌的二塊大扇面給拾了起來。喲喃，確實有點沈，還有點臭。

「小虎哥，等會兒回家，你幫我把這兩片蚌殼帶著行嗎？」黃豆邊說邊把蚌殼拖到小虎身邊。

「妳要這東西幹麼？又大又沈。」小虎莫名其妙地看了蚌殼一眼。

「回家養花、養水草、養浮萍啊！你等會兒叫大牛幫你一起拿回家，晚上我讓我姊炸香辣蟹給你吃！」黃豆知道小虎愛吃，提出了一個他無法拒絕的理由。

「行！妳丟那邊，沒人會動它，等會兒我給妳帶回去！」小虎果然沒擋住美食的誘惑，一口答應了下來。

黃豆又興沖沖地滿河灘開始逛起來，走到一塊大石頭的背面，黃豆看看四周沒人，連忙把珍珠從兜裡掏出來，用手帕仔細一層一層地裹好，才又塞進兜裡。她使勁拍了拍，這樣就不怕兜裡有洞給漏了！

繼續在河灘上逛，這片水域可能確實偏，沒有人來，黃豆撿了一個打水的木桶，放水裡洗洗，竟然是好的，不漏。

黃豆又到了剛才撿珍珠的石頭堆邊轉轉，這裡因為臭，幾個小孩都沒光顧。黃豆又撿到一把刀，有點像後世的匕首，也不是很像，是三面開刃的，刀把上糊著黑乎乎的泥，刀刃反而很鋒利的樣子。黃豆也不敢拿手試，在沙土上抹了抹，覺得刀還不錯，竟沒有生鏽？黃豆研究半天，沒看懂是什麼材料，順手扔桶裡了。

黃豆繞著石頭堆又轉了兩圈，用樹棍把那些水藻、衣物都挑到一邊，一點一點把石頭堆中間的縫隙清理出來。

小黑跑過來看看，覺得無聊，又跑開了。

黃豆又扒拉出一個木盒子，搗鼓開一看，淌出一攤紙漿來。黃豆想，不會是什麼房契、地契的吧？可惜都被水漚爛了。

看這個盒子也不像什麼值錢物件，都有點破損了，便順手一扔。唉，沒好東西。

接著又搗鼓出來一塊黑乎乎的磚，又重又沈，也不知道被掩埋了多久。伸手一拿，竟然拿不起來，黃豆就好奇了，難道是鐵？鐵應該也沒這麼重吧？先放桶裡再說，寧願累著也不能放過！黃豆就把這死沈的磚頭也放桶裡了。

桶裡沒幾樣東西，拎起來，竟然死沈死沈的，都是那塊磚頭惹的禍。

前面跑的小孩也撿了不少東西，大牛竟然還撿到一把完好的菜刀，可把其他孩子們羨慕壞了，這是他們撿的東西中最值錢的了。

還有一個小孩撿了一個破鍋，雖然破了，但是可以拿回去找鐵匠重新打東西，要知道，鐵可是很值錢的，這應該是他們幾個撿的第二值錢的了。

另外一個孩子撿了一個木製洗腳桶，有點鬆散了，不過其中一個小孩說，回去修修就好了。黃豆知道他為什麼這麼說，因為他爹就是個木匠。

還有很多亂七八糟的東西，有用的、沒用的，反正只要喜歡就撿了。

黃豆想想自己撿的匕首和一塊鐵磚，還是不要說了，引起大家嫉妒就不好了。

虎子在另一邊的石頭堆找到了兩隻烏龜，和大牛一人一隻拿著，過來說要燒了吃掉。

黃豆看看孩子們手裡拎的破鍋和大牛的菜刀，不會吧，難道就地取材？破鍋鏽刀剁烏龜！

幾個人用石頭很快搭起了一個灶台，再用打火石啪啪啪地打起火來。黃豆一直用不了這個，她敲半天也打不出火，每當這個時候，她就特別懷念打火機。

很快就生了一堆火，虎子和大牛竟然就把烏龜殼朝下，像鍋一樣搭在石頭上，下面生火烤起來。

我去！這有點過分了吧？那是活的，是人家的殼，不能當鍋啊！黃豆想說點什麼，可是看大家都興致勃勃的，突然就不好開口了。

他們可能當在過家家，不覺得殘忍。

虎子看了看欲言又止的黃豆，問：「妳沒吃過？」

「沒有。」黃豆搖頭。

「這都沒吃過啊?!」大牛覺得不可思議。

黃豆更覺得不可思議，難道這樣吃很常見嗎？

烏龜烤好了，涼了一會兒後，大家顧不得燙，一人拽了一隻烏龜爪子就開始吃，就連黃梨和黃德禮也過來一人吃了一隻爪子。

大牛直接把兩個頭給啃了。

黃豆堅決不吃，她覺得噁心，可是她不能說，只能假裝去找東西，離那些吃得歡歡喜喜的夥伴們遠點兒！

黃昏時分，一群孩子滿載而歸。

黃梨和趙小雨摸了一小桶小螃蟹，還有好多大泥螺。

小虎、大牛幾個還抓了不少魚，不過要回家時又把魚給扔了，還是有點不敢吃魚。

大家也沒細想，魚不能吃，為什麼烏龜、泥螺和小螃蟹就能吃了呢？

……算了，還是不想了，庸人自擾啊！

第九章　珍珠被誰弄丟了

黃二娘是在日落的最後一刻踏進家門的，可能是最近一直在路上來回奔波，還要下地幹活，原本就瘦的二伯娘顯得更加乾瘦了。

等黃二娘洗完臉，端碗開始吃飯，黃豆就蹭到了桌邊。「二伯娘，地都整出來種上了嗎？」

「整出來了，就是種子還沒種上。原本妳大伯娘和妳娘都想一起回家幫忙下種的，結果不是店裡生意忙嘛，妳爺就說，家裡的地就他們爺幾個收拾。」說著，黃二娘嘆了口氣。「現在也只能種點遲玉米、晚黃豆這些了，麥子還得等等。」

「二伯娘，地裡不是太忙的話，妳讓我爺回來歇歇唄。我爺都多大年紀了，別給累出好歹來。」黃豆說著，小大人一般地學著二伯娘嘆了一口氣。

「妳呀，人小鬼大，難怪妳爺奶疼妳！行，二伯娘明天和妳爺說，勸他回來。」說著，黃二娘三兩口喝完玉米麵稀飯，把碗一收拾，就起身去灶房幫忙了。

完成任務的黃豆也喜孜孜地跑回房裡，她回來就偷摸著把珍珠裹在一件破襖裡，又使勁塞進一床破棉被裡。現在看看，情況良好，希望在爺爺回來之前，一切正常就好。

第二天一早，黃二娘就熬好了醬菜，把蒸好的雜糧餅子用籃子裝好，出發，去了村裡。

一整天，黃豆都是不離院子，只要有人進她們幾個的房間，她就跟屁股後面點著火一樣，急吼吼地也跟了進去。好在大家忙，雖然覺得她有點不對勁，也沒覺得太奇怪。

就這樣終於熬到了黃昏，黃二娘又是一個人踏進家門的，黃豆的脖子伸得老長也沒看見爺爺的身影，不由得急了。「二伯娘，我爺呢？」

「妳爺說，還有兩畝地的油菜沒點完，還要把秋後種麥的地給整理好，不回來了。」黃二娘看著黃豆，笑咪咪地回答道。

「喔。二伯娘，妳讓我爺早點回來吧，就說我想他了。」黃豆臉不紅、心不跳地開始賣萌。

「行！」二伯娘笑道。

一連過了三、四天，黃老漢也沒回來，反而是黃豆天天伸長脖子等爺爺的樣子，被全家都參觀過了。

黃奶奶都不由得嘆道：「這豆豆啊，可真是想她爺了！」

這天一早，小虎、大牛又來找黃豆去河灘玩，黃豆覺得，天天在家看著也不是個事，就拎著籃子，帶著興沖沖的黃梨和趙小雨一起去了河灘。

這次黃豆沒閒著，專挑河蚌撿，小的都不要，只挑大的。不過河蚌最大的也沒多大，那天那種超級巨無霸的蚌殼拿回去，所有看見的人都驚嘆，說從來沒見過這麼大的河蚌。

到了快中午的時候，黃豆撿了滿滿一籃子河蚌，還在小虎、大牛的幫助下，抓了兩條筷子長的小魚，準備回家煮了餵小黑。

回到家，先是興沖沖地讓奶奶把河蚌給剖了，可惜沒有珍珠，又去街上秤了塊豆腐放在鍋裡面，蚌肉燉豆腐。雖然河蚌肉怎麼煮都嚼不爛，但是味道卻很鮮美。黃豆美美地吃了一碗雜糧米飯、幾塊塞牙縫的河蚌肉，又喝了半碗湯，這才邊打飽嗝邊走向房間。

房間裡，那幾床疊在一起的被子不見了！

黃豆的大腦停頓了幾秒後，瞬間奪門而出。「娘！被子呢？」

大概是黃豆的聲音有點淒厲，黃三娘丟下沒吃完的飯，急忙跑過去。「怎麼了？怎麼了？」

「我們房間的被子呢？」黃豆已經不能掩飾自己的情緒了，她的珍珠啊，她的錢啊，全不見了！

「喔，妳大伯娘看今天天氣不錯，給拖出去曬了，就在院門外那塊空地上。妳這孩子，大驚小怪幹什——」還沒等黃三娘把話說完，就見黃豆已經跑出去。

院子外，路對面的空地上，整整齊齊晾曬著六床被子，可是黃豆塞在被子裡的破衣裳卻怎麼也找不到了！黃豆繞著被子翻找了一圈，又跑回來找大伯娘。

「大伯娘，妳抱被子時看見我塞在裡面的一件襖沒？」

黃大娘想了一下。「喔，有一件，我抱被子時掉出來了，我撿了隨手丟妳們姊幾個睡覺的床頭了。」

黃豆穩了穩心神，邁著步子不緊不慢地走進臥房。

黃大娘奇怪地看了一眼黃豆。「這孩子怎麼了？走路都開始同手同腳了……」

進了房間，最裡面床邊耷拉著一件破襖。黃豆心跳加速地抱起來伸手摸——還好，東西還在！差點嚇死她了。

又過了幾日，黃昏的時候，黃老漢和五個兒子加四個大孫子都回來了。

近一個月，幾個漢子都在地裡風吹日曬的勞作，很明顯是又黑又瘦。

因為不知道爺爺他們今天會回來，家裡也沒準備什麼好的菜餚，奶奶就乾脆煮了一鍋雜糧米飯，炒了幾個雞蛋，又把店裡沒賣完的豬頭肉和肥腸切了兩大盤子，放爺幾個的桌上。

黃老漢一碗飯吃完，黃豆站一邊眼疾手快地接過碗，又給爺爺滿滿地壓了一碗飯。

黃老漢連忙喊：「多了多了，爺吃不完！」

黃豆也不聽，又壓了壓，才給爺爺端過去。「爺，吃飽了才有力氣做活，咱家又不是沒糧。」

「有糧也不能這麼糟蹋，大晚上的，喝點稀的就行了。都是妳奶，非要煮乾飯。你們不知，好多人家都沒飯吃了，如果老天爺再不開眼，不下雨，秋天種下的種子也要乾死了！」

黃老漢邊說邊把飯給幾個孫子分了。半大小子，吃窮老子，他們家可有一群半大小子呢！

黃德磊幾個還不大好意思，看見爺爺那麼堅決，又看看爹娘，見爹娘沒說什麼，便趕緊低下頭吃飯。

吃完飯，大家都在鋪子裡坐著聊聊，黃老漢趁大傢伙兒都在，開始商量安家的事情。

這次走山，黃家灣整個村莊都廢了，要想再安家，要嘛在以前黃家灣附近找片地再建村子；要嘛就要移居，找合適的地方。

村裡人琢磨來、琢磨去，黃家灣現有的空地，想建一個跟以前一樣的村子挺難的，總不能占了好好的良田吧？但要在原來的村子舊址上建村，大傢伙兒都不願意。

這片地方，前後四十年左右，已經走山兩次了，誰也不想把子孫後代的命押在這裡。

黃老大說：「村裡現在都是隨便搭個窩棚住著，大家都忙著先種點糧，不然，春天就要打饑荒了。」對於莊戶人家來說，有地有糧才是王道，其餘的都要靠後站。

黃老漢默默抽著旱煙，就在旁邊看著兒子和媳婦、孩子談地裡莊稼及村裡安家的事情。

黃豆悄悄地蹭到黃老漢身邊。「爺，你跟我來一下，有事。」

黃老漢微微一怔，這孩子，搞什麼鬼？

黃奶奶在旁邊聽見了，就笑咪咪地說：「三丫頭啊，想她爺爺了！這十來天跟掉了魂一樣，看見她二伯娘回來就問『我爺咋沒回來？』呢！」

黃豆也不反駁，拖著黃老漢去了西屋。

西屋堆了大半屋子的糧食，地上鋪著稻草和草席，擠得是滿滿當當的。

上次，因為大伯娘抱被子出去曬，差點將珍珠弄丟，把小黃豆嚇得不輕。思來想去，黃豆決定把珍珠埋在糧食裡。糧食一般沒事都不會有人去翻它，也沒有孩子敢爬到糧食堆上玩耍打鬧，畢竟要是糟蹋了糧食，是要被揍的。

黃老漢看著孫女從高高的糧食堆上爬下來，興沖沖地舉起一個小布包，盤腿一屁股坐到了草席上。小布包一層一層打開，露出裡面一方裹著的手帕，手帕解開後，竟一點點地露出了幾顆泛著微光的珍珠！「這……這是哪裡來的？」黃老漢激動得手都抖了。

「我撿的！爺，你看值錢不？」黃豆笑咪咪地仰起小臉。

黃老漢穩了穩心神，伸手接過黃豆遞過來的手帕。五顆圓滾滾的珍珠，在黃老漢的手中顫動著。「豆豆，這兩顆大的，足以傳家呀！妳是哪裡撿的？」

黃豆繪聲繪色地講起那天在河灘發現大河蚌的事情，說完還怕黃老漢不相信，又跑到院子裡，把兩片河蚌的扇殼拖進來給爺爺看。

「這河蚌我知道，是以前隨船帶回來的十幾筐，叫什麼珍珠蚌，東家剖了十來筐沒出珍珠，下面的都臭了，一氣之下就把剩下的幾筐給卸河裡去了。」黃老漢摸了摸河蚌的扇殼。「豆豆呀，妳這個珍珠給爺爺，有什麼想法沒有？」黃老漢問黃豆。

黃豆睜著大眼睛看著爺爺。「爺爺，把它賣了買地。」

「買地？現在可沒什麼好地賣的。地都是莊稼人的命根子，不到要命的時候，誰會捨得賣？」

「爺爺，我看中一片地，你去看看好不？」黃豆撲閃著大眼睛看著爺爺。

「喔？我家豆豆覺得好，那肯定錯不了！誰家的地啊？爺爺有空去看看。」黃老漢不知道為什麼，對這個三孫女特別的信任，雖然只是一個孩童，卻是個有主意、有福氣的。

黃豆看爺爺答應去看看，也不多糾纏，約好明日看地，就歡歡喜喜地回去梳洗睡覺去了。

可能因為這段時日太勞累了，爺爺破天荒地起遲了。全家人進進出出都放緩腳步，深怕驚擾了這位勞累的老人。

起床遲的還有老叔和黃德落，不過也不算太遲，只是太陽剛剛昇起，但這個時間來說，也不算早了。

黃豆見爺爺起來，連忙搬凳子開始擺碗筷，小黑狗又跟著黃豆的腳步跟前跟後。

家裡人都還沒有吃早飯，看老爺子起來了，紛紛放下手中的活，準備洗手吃飯。

只有黃家四個妯娌已經早早吃過，在店裡忙碌起來了。

家裡人的伙食由黃米和黃桃負責燒煮，黃豆只負責動嘴，好在姊姊們不計較，大家也就習慣了。最主要的是黃豆的動手能力不行，但動嘴能力挺強的，她三天一個新花樣，店裡也跟著隔一段時間就翻新一次菜單。

不過也幸虧黃豆的鬼點子多，天馬行空的想像，店裡生意才這麼好。

因為掙錢，忙是忙了點，不過全家都高興。現在一家二十多口人的收入來源都靠這家店了，所以也由著黃豆折騰，起碼她折騰的花樣是受歡迎的。

店裡生意一天比一天好，大家已經在商議，要不要把東廂和前屋之間的空地再建一間，因為店裡已經坐不下客人了。

今天早飯吃的是黃桃和黃米特意包的小餛飩，這個也是黃豆教的，算是店裡的一種新品項。紫菜蝦米湯裡是香滑鮮嫩的小餛飩，一口一個，吃得幾個男孩子頭都不抬。

這也太好吃了，比餃子還好吃！湯也好喝，是用豬大骨和豬皮熬的骨頭湯。

對於吃慣了粗糧雜麵的人來說，這樣白麵肉餡骨頭湯的餛飩，不亞於人間美味。

其實黃豆想用老母雞的，但是受災後這些家禽的價格太高，都是從外面運來的，黃豆算算還是放棄了，等以後再說吧，其實豬大骨熬出來的湯也不錯了。

黃四娘怕大家吃餛飩不頂餓，還特意烙了幾鍋蔥油雞蛋餅端過來，一口餛飩、一口雞蛋餅，黃寶貴幾人此刻才覺得，這才是人過的日子啊！

就連黃老漢和幾個兒子，也吃得心滿意足。

黃豆吃了一碗餛飩，又偷偷藏了小半塊雞蛋餅給小黑，要是被奶奶看見又要挨罵了，覺得她糟蹋糧食。

外面還是有很多人在為吃飽而奔波，黃家同樣為溫飽奔忙，只是因為底子還好，所以偶爾一次也不算奢侈。

大家都很高興，畢竟勞累這麼久了，全家一起吃一、兩頓好的，就感覺不虧了。

至於小黑，人都奢侈了，小黑當然也能奢侈一把。

黃豆看著小黑美滋滋地把小半塊雞蛋餅吃了，默默嘆了口氣。「小黑，姊對不起你，姊一定好好掙錢，日後讓你吃香喝辣的。」

吃完飯，黃豆和爺爺準備出門。

今天黃梨沒有跟著，不是她不想，而是黃豆說了有事，不能帶她，她只能悻悻地去找黃桃。

黃豆笑著安慰她。「妳看好小黑，等三姊回來給妳買糖，我保證！」說著，黃豆舉起右手做發誓狀。

黃桃趕緊推她。「走吧走吧，哪來那麼多事？趕緊走，別真惹哭了她。」

黃老漢站在院中笑咪咪地等著，一家人平平安安，吃穿不愁，他就滿足了。起碼現在一家人都在，比那些流離失所的人好太多了。

出了門，順著小鎮一路向東走出三里不到，再拐彎向北，沒多久一片荒蕪的沙石地出現在眼前。

「爺爺，這裡。」黃豆指著面前一片土地給爺爺看。

黃老漢仔仔細細、來來回回地看了看這片土地，土地很寬闊，上面長了不少雜草、矮樹。「豆豆，這地買了能幹麼？」黃老漢奇怪地問。

這樣的土地，南山腳下到處都是，靠近山腳，基本上開不出什麼好地來。即使能開出土地，也要比一般的地方多費一半的力氣，而且還是很難種出東西的薄地。三五年之內原則上沒有收穫，三五年以後也還是薄地，代價太大，收穫太少。

「爺爺，建房子行嗎？」

「建房子沒問題，關鍵這裡前不靠村、後不搭店，離我們家田地最少也有四里地，把房子建在這裡沒意義啊！」黃老漢覺得黃豆有點胡鬧，她可能只是看中這裡地域開闊吧？到底還是個孩子啊！要說如果不考慮別的，單單建房住人的話，這裡沒得說，往西邊走是東湖，後面靠著南山。只是這裡一片荒蕪，沒有村落，沒有良田，真的居住起來並不合適。

黃豆知道自己說什麼都沒用，只拉著爺爺的衣袖。「爺爺，你來。」說著往東湖方向走去。走出一百多公尺，東湖就在眼前，一片非常寬闊的水域，波光粼粼，湖面上飛翔著白色的水鳥。「爺爺，你覺得這裡能做碼頭嗎？」黃豆問。

「嗯，這裡水面開闊，岸邊沒有淺灘，船可以直接到岸，當然能做碼頭。」說完，黃老漢一愣，看向黃豆。「妳、妳是說……妳是說……」

黃豆看爺爺說話都結巴了，連忙接著說：「我這幾天跑了南山碼頭，碼頭船多的時候都需要排隊。那天我聽一個船商說，東央郡那邊有一個叫益豐碼頭的整個被洪水毀了，想再建起來沒有個十幾二十幾年都難，而且開山鑿壁太難，代價太大了。」

「益豐碼頭毀了我知道，要想再建起來要花十年還是二十年都不重要，重要的是，我們若想在這裡建碼頭，要比益豐那邊更難。」黃老漢看著面前的區域，有些發愣。這一片經過這次洪水過後，山體明顯有了變化，簡直是一個天然的碼頭，根本不需要人力去開鑿。「豆豆，爺爺不知道妳有這樣的心智是好還是壞，妳還是個孩子……」說到這裡，黃老漢重重地嘆了口氣。「在這裡建碼頭，雖然從地理位置來說相對要容易，但是它最難的不是建碼頭，而是會不會有船來？有船來了會不會有人來破壞？要知道，這裡若建起碼頭，損害的就不是一、兩個人的利益了！」人賤如螻蟻，沒有一定的地位和實力，誰敢在這裡建碼頭？除非他不怕死。

黃豆怔怔地看著爺爺，她還是太年輕，想得太簡單了。

黃老漢沿著河岸邊一步一步地走，一步一步地測量，在心中飛快地計算著。他跟著以前的東家錢大富去過很多地方，見過很多碼頭，這樣天然、幾乎不需要人工開鑿的碼頭是很難得的。

南山碼頭已經容納不了那麼多船隻了，這裡分流，勢必會帶動一方經濟，但是牽扯也深。不單單是南山碼頭那些人會容不下，就是襄陽府，甚至東央郡，都會有人不能容忍。

可是這樣一片地方，要是放棄實在太不甘心了。遲早會有人發現它，並且占為己有的，那麼到時候，自己別說想買地了，就是子孫後代想來這裡安家也輪不到！

「走！」黃老漢拍拍黃豆的頭。「我們明天去把珍珠賣了，先把這片地買下！」說著，黃老漢轉身向來路走去。

「爺爺，你不是說不能建碼頭嗎？那怎麼還要買地？」

「我們不能建，不代表別人不能建。地先買了，等能建的人來建，分一杯羹總沒問題的。」說到這裡，黃老漢哈哈大笑。

只要這片土地握在我手裡，我黃家就可以等！十年不行就等二十年，二十年不行就等三十年！我等不到，還有兒子，兒子等不到，還有孫子！總會有人眼明心亮地看出這裡的不同，到時候就算碼頭沒我們家什麼事，可碼頭旁邊的土地呢？那可是我黃家的！

黃老漢越想越覺得渾身火熱，他並不是個安於一方的小農夫，他也有過大志向，嚮往過上更美好的生活。

不管怎麼樣，家已經毀了，總要安家建房的，在哪裡建房不是建？這裡和別處也沒什麼不同。

要說不同，那就是給了後世子孫一個機會，一個讓他們一夜暴富的機會！

第十章　錢多多買棗送棗

黃豆跟在爺爺身後往南山鎮走，秋葉飄零，踩在路面上發出嚓嚓的聲響。

一路上，黃老漢只覺得心裡火熱，連日來的疲憊好像一掃而光，走起路來都虎虎生風一樣，一會兒就把黃豆遠遠地甩在身後。

可憐小黃豆，人小腿短，在爺爺後面跑得氣喘吁吁，喊了爺爺兩聲，爺爺都沈浸在自己的世界裡沒有聽見。黃豆無奈地在路邊站了站，歇一下喘口氣，實在跑不動了！

前面，黃老漢一路走進鎮子，走回家，還沒進大門，迎頭碰見站在大門口張望的黃梨。

「爺爺，三妹呢？」

三妹？黃老漢有點發愣，什麼三妹？一回頭，哎呀，黃豆呢？黃老漢回頭就要去找！他竟然把黃豆給忘記了，真是老了，腦子都不好使了。

「爺爺，你別去了，我去吧。」黃德磊趕緊走出來，攔著黃老漢。「五爺爺家的三伯娘來了，說找你有事，你去看看吧。豆豆沒事，我去找她，她丟不掉，指不定跟誰玩去了。」

「嗯，讓她別在外面瘋跑，天氣涼了，早點回來。」邊說，黃老漢邊跨進門，一把抱起黃梨。「走，跟爺爺進去，妳三妹馬上就回來了。」

黃豆好不容易跑到鎮子口，迎面就碰見錢多多，帶著小廝研墨，站在鎮邊一家鋪子前，等著研墨給他挑棗子。

賣棗子的是一個鄉下過來的老農，穿著草鞋，身上是打著補丁的衣服，蹲在一間鐵匠鋪的角落，正和研墨一起低頭挑棗子。

一籃紅棗，裡面還夾雜著偏黃色的綠葉，看起來確實不錯。

研墨已經用衣角兜著，不紅的不要、紅得發軟的不要、有蟲斑的不要、個小的不要……挑了半天，兜著的衣角裡才挑了十幾個棗子。

錢多多正不耐煩地拿腳在碾一顆棗核，無聊地左顧右盼，一眼看見了黃豆。「哎！妳、妳……」妳了半天，錢多多仍是想不起來這個小丫頭叫什麼名字？

「妳什麼妳呀？我叫黃豆，記住了沒？」黃豆走過去，一把拍開錢多多指著她的手指。

「嗯，記住了。黃豆，妳吃棗嗎？我剛才嚐了一個，可甜了！」錢多多也不知道為什麼，一見這個小丫頭就覺得高興，有什麼好吃的、好玩的，就想和她分享。

「不了，我要回家了，謝謝你啊！」黃豆說著，腳步不停地往家裡走。

「別走啊！這個棗子真的不錯，不信妳嚐嚐。」錢多多一把拉住黃豆的袖子，非讓黃豆嚐嚐棗子。

黃豆有點無奈，只得從錢多多手裡撚了一粒棗子放進嘴裡。「嗯，不錯，真甜。」

「對吧，我沒騙妳吧？」錢多多得意地笑起來。「研墨，別挑了，這籃棗子都買了，給黃豆帶回家慢慢吃！」

研墨憤憤不平地站起來看著黃豆。敢情我這半天白挑了，都便宜這個丫頭了？我還沒嚐一個呢！

「不用不用，上次還吃了你兩碗胡辣湯呢！要不你去我家吧，我請你吃餛飩。」

「什麼是餛飩啊？」

「呃……」黃豆看看錢多多，撓撓頭。「就是白麵包的，肉餡的，很好吃，你去嚐嚐就知道了。」

「不就是餃子嘛！」研墨不屑地撇撇嘴。

「不是餃子。你們去吃就知道了，和餃子一樣好吃。」黃豆不介意研墨的態度，一個小屁孩而已。

「好的，我想嚐嚐。好吃的話，下次我帶青娘做的糕點給妳嚐嚐，可好吃了。」錢多多很開心，吃不吃餛飩無所謂，關鍵是能去黃豆家玩！

「豆豆，你不回家在這裡幹麼？」黃德磊一路跑過來。

「嗯，準備回家的，剛好碰見錢多多買棗，我說請他去我們家吃餛飩。」

「餛飩……沒有了。」黃德磊脹紅了臉，有點不好意思地說：「妳和爺爺走後，五爺爺家來人了，就是那個三伯娘和她家孫子小狗蛋，然後……嗯……快吃完了。」

看著黃德磊支支吾吾的樣子，黃豆又好氣、又好笑，黃德磊那是當著外人面不好說。今天早上全家都吃過了，可還剩一竹篩包好的大餛飩呢，怎麼著也夠盛四、五碗吧，就沒了？兩個人給吃光了？豬啊！

三堂伯娘的大兒子小名叫狗蛋，莊子上的人就稱呼她狗蛋娘。狗蛋生了三個閨女，才生了一個兒子小狗蛋，三堂伯娘簡直疼到眼珠子裡。

小狗蛋跟三堂伯娘住在這裡時也沒少鬧風波，小狗蛋都十歲了，還騙黃梨的雞蛋吃呢！三堂伯娘還說「女伢子吃那麼好幹麼？給妳大姪子吃了有力氣，以後長大了出門子，被欺負了，有人給妳撐腰杆子」。

我呸！真是不要臉！也是四嬸好脾氣，換成別人早啐她一臉了！要她家小狗蛋撐腰杆子？他們黃家缺哥哥還是缺弟弟？到時候還不知道誰欺負誰呢！

走的時候也沒消停，小狗蛋竟然趁人不注意，把黃梨的小熊娃娃給抱回家了，害得黃梨哭了兩晚上。黃豆還以為是黃梨抱出去玩弄掉了，被鎮上哪個孩子給撿漏拾去了呢，還是黃德落去五爺爺家拿鋤頭時，看見小狗蛋把小熊當球踢才知道，原來是被那小子順回家了。要知道，那個小熊還是黃豆剛給黃梨做的，沒稀罕幾天呢。只是小熊已經又破又爛，黃德落也實在下不了手撿回來，只能忍氣吞聲算了。

回來一說，黃梨又哭了一場！雖然豆豆姊姊又給她做了小熊，可是這個小熊不是以前那個呀！而且，那個小熊不丟的話，她就有兩個了！晚上睡覺的時候想想，黃梨又哭了一場。

真是越想越生氣，也顧不得錢多多了，一聽小狗蛋來，黃豆就想擼袖子跟他打架。欠收拾的貨，竟然敢吃我餛飩！

「錢多多，你回去吧，下次我再請你吃餛飩，現在我要回家了！」說著，黃豆也不等錢多多回答，一溜小跑，就往家裡衝去。

黃德磊趕緊跟在後頭追。哎呦我去，三妹生氣了，可別惹事啊！

錢多多一看，好像有情況啊，趕緊追！

研墨一看，這棗還要不要啊？算了，拎著吧，別到時候這位爺再想起來，買不到就麻煩了。

黃豆剛從大門進院子，就看見小狗蛋坐在院子裡和她奶面對面吃餛飩呢，而自己的奶奶正坐在旁邊陪著三堂伯娘說話。

估計小狗蛋吃得有點撐著了，正從碗裡挾了一個餛飩逗弄著小黑玩。

筷子一上一下，把小黑急得又蹦又跳。一不小心筷子放低了，小黑一跳，一張嘴把餛飩給吃了！小狗蛋火了，一巴掌拍在小黑的腦袋上，小黑被打得原地轉圈「嗷嗷」叫。

站在一旁的黃梨一看心疼壞了，連忙跑過去要抱小黑，沒注意小狗蛋已經站起來拿腳踢小黑了，結果結結實實被小狗蛋踢了一腳，一下子趴地上了！

還沒等黃梨一嗓子嚎出來，就覺得眼前人影一閃，她三姊已撲過來一下就揪住了小狗蛋的毛頭。

小狗蛋自小就受寵，留了一撮胎毛，編成了辮子。一般人家留到六歲就給剃了，三堂伯娘非要給小狗蛋的毛頭留到十二歲再剃。

小狗蛋踢了黃梨也不覺得不對，正得意呢，只覺得眼前一花，頭皮一痛，被一股大力一下子拽著，摔倒在地上。還沒反應過來，黃豆已經騎到他身上揮拳就打。

叫你踢我小狗！叫你欺負我妹妹！叫你偷我家小熊！叫你吃我家餛飩……

三堂伯娘一看，這還得了，竟然打她的寶貝金孫，立即嗷地一嗓子就撲過去，薅著黃豆就打。

黃豆剛搧著小狗蛋兩巴掌，正起勁呢，一時沒防備，被三堂伯娘一把薅住，就挨了一下子。這一下，剛好搧在黃豆的鼻子上，血一下就竄出來了。

黃德磊一看，急了，忙衝過去，把三堂伯娘一把推開，結結實實讓她摔了個四仰八叉。

這邊三堂伯娘剛被推倒，那邊黃豆的鼻血還橫流著，她也不管，只顧按著小狗蛋打。

原本小狗蛋就比黃豆大、比黃豆結實，他奶奶衝過來打黃豆的時候他還奮勇反抗，準備爬起來給黃豆最有力的還擊呢，可惜他奶奶只揮了一巴掌，就被黃德磊給推倒了。

剛爬起一半的小狗蛋還沒來得及反抗，又被黃豆一下子撲過來壓倒，後腦勺重重磕到院子裡的青石地上，半天都沒緩過勁來，身上也被黃豆不管三七二十一的又掄了好幾拳。

這邊打起來，那邊全家都跑出來了。

黃德磊趕緊抱住一臉血的黃豆，坐在地上的黃梨嚎啕大哭，躺在地上的小狗蛋也是大哭，而被黃德磊推倒在地的三堂伯娘索性坐在地上邊拍大腿邊哭。

一時間，院子裡一片哭聲。

錢多多跑得不慢，從黃豆衝上去打小狗蛋開始，到黃豆挨打，全程一點不漏，站大門口看得一清二楚。

研墨更是目瞪口呆。我去，這小丫頭惹不起呀，原來對我還是挺客氣的啊！

三堂伯娘鐘氏是來借錢的。家裡房子被沖了，一大家子搭著窩棚在地頭住著，要吃飯、要種地，還要顧著幾個小的。好不容易地裡的活忙完了，就尋思著來黃老漢這裡借點錢，把房子給蓋起來。

三個兒子帶著媳婦和老頭子去打土坯了，她就領著幾個孩子，做飯、洗衣有孫女，想來想去，還是決定來南山鎮碰碰運氣。

她家三個兒子，加上媳婦還有孫子、孫女，一大家子，怎麼也得先湊合著蓋兩個廂房，男一間女一間弄兩個大通鋪，先把這個冬天給混過去。

等來年春天，再打點土坯，自己家再搭幾間。土屋花不了幾個錢，家裡有青壯漢子，土坯都是自己弄，茅草的話山上遍地都是，秋天先割了備著，屋樑就直接上山裡選。

就是家裡鍋啊、盆啊、吃飯的碗、種地的農具、過冬的衣服和被子……這些都要錢。

鐘氏手裡也有幾兩銀子，可是這錢不到萬不得已，她可捨不得拿出來，一大家子嚼用，架不住花。

昨天晚上黃老漢剛回家，她就想著上門借點錢，沒錢就借點糧，沒糧就帶著孫子蹭一頓吃的也好。她可是看見了，黃家老少爺們幾個天天下地，吃的都是實實在在的雜糧乾飯，且隔幾天就有肉。黃家二媳婦天天早上去黃家灣，不是帶餅子就是帶雞蛋，要不就是一大碗純肉，連個菜都不加，小狗蛋都去蹭過幾次吃的了。剛剛坐在院子裡吃著餛飩，鐘氏對著黃奶奶誇了又誇，說她家小狗蛋心地可善了，路上看見花都想著給姑姑們摘了戴著，邊說邊往嘴裡塞餛飩。那叫什麼餛飩的可真好吃，都是肉！真是敗家啊，這得多少錢才夠吃一頓飽的！

吃是吃得真好，但吃得好也不能挨打呀！鐘氏是誰？她就不是個饒人的主子！這邊正嚎得起勁呢，翻身還想起來再撓黃豆幾下，餘光看見黃老漢怒氣沖沖地從屋裡出來了，她連忙又坐了下來，可嚎得更大聲了。「天老爺啊，這還有沒有規矩了？我被這嫡親的姪子姪女打，我可沒臉活了……」

因為是姪兒媳婦，黃老漢進門只打了個招呼，就進東屋去了，留著黃奶奶在外面和她閒聊，他怎麼也沒想到會打起來啊！他聽到動靜走出來一看，就見小姊兒倆靠在一起，黃豆滿臉、滿手、滿身都是血；黃梨抱著小黑哭得眼淚和鼻涕一大把，也是一臉的血；黃德磊一手抱著黃豆，一手抱著黃梨，眼睛都紅了。黃老漢的火「騰」地一下就上來了！吃我家的飯，還打我家的娃，真當我家人好欺負啊！可他一個老爺們，既不能打孩子，又不能打姪媳婦，正左右為難時，兩個媳婦跑過來了。

原來黃家幾個妯娌都聽見了院子裡大人罵、孩子哭，心裡很著急，卻不能丟下客人不管，只能黃大娘和黃三娘先騰出手，慌慌張張地從店裡轉出來往院子裡跑。一眼看見黃豆和黃梨一臉一身的血，黃三娘頭一暈，腳發軟，險些就站不住了，被黃大娘一把給架住了才沒跌倒。

黃豆臉上的血是她自己抹的，她一低頭發現鼻血直流，連忙伸手就往臉上抹。抹完了，鼻血又流出來，她又拉過黃梨往黃梨的臉上抹。

抱著她們的黃德磊一看，還幫忙側著身子擋住三堂伯娘的視線。

黃老漢還沒發火呢，錢多多已奔上前。「黃豆，小爺幫妳報仇！」說著就拿腳去踢小狗蛋。

小狗蛋奶奶一看不幹了，撲過去就護著孫子罵道：「哪裡來的野小子？敢打我家大孫子！」伸手就往錢多多臉上撓。臭不要臉的！黃家丫頭我都敢打了，還怕你這個野小子？

研墨嚇得腿都軟了，趕緊撲過去擋。我的親娘哎，小少爺這要是被打了，我回去得脫一層皮啊！

黃老漢三步併兩步地跑過來，剛好一把拉開錢多多，研墨差點就要給黃老漢跪下了！謝天謝地，您老人家就是我的救命恩人啊！

「三姪兒媳婦，妳來我家就是要打我家孩子的嗎？」黃老漢真是忿怒極了，衝著黃德磊一指。「三小子，去喊你爹、你大伯他們回來，讓他們去你五爺爺家問問，他們家的媳婦要是不管，我就打死給她送回老鐘家去！」黃家兄弟幾個帶著孩子進山砍木頭去了，家裡明年春肯定要建房，現在趁空暇趕緊砍點木頭備著。

三堂伯娘的娘家是黃家灣的外來戶，也是四十年前逃荒逃到這裡的。

到了黃家灣，看山清水秀、水土肥沃就不想走了，賴在村邊搭了個茅草棚子住著。先是乞討，再慢慢開荒，一點一點熬著，好不容易熬下來了。

一開始，鐘家這戶外姓在黃家灣過得也艱難，後來家裡閨女、兒子和黃家灣幾戶人家聯了姻，日子才好過點。

「三小子，先別喊你爹了，趕緊把你奶扶屋裡去，你沒看你奶都嚇得起不來了嗎？」黃大娘說著，給黃德磊使了個眼色，和黃三娘兩人，一個去抱黃梨，一個去抱黃豆。

「磊子，我沒事，你趕緊去醫館，找大夫來看看你兩個妹妹傷哪兒了？」黃奶奶揮開黃德磊的攙扶，準備扶著桌子站起來，腳一軟又坐了下去。「奶奶的乖孫哎，這是傷哪兒了？看這滿身的血……她三嫂，妳這是和我家有仇啊！下這麼重的黑手，可疼死我啦！」黃奶奶心疼得直呼哧。

她這一輩子，以前是家裡的小閨女，受寵得很；嫁給黃老漢後，上面沒有公婆，就一個兄弟，一結婚就分家了，黃老漢又是個疼媳婦的，日子累是累點，可一輩子沒受過罪；等到兒子結婚，娶了兒媳婦就分了出去，也沒鬧過婆媳矛盾。因此，今天被這麼一嚇，頓時手腳發軟，站半天都沒站起來。

黃大娘抱著黃梨就往東屋走。「磊子，先把你奶扶進來，你奶肯定嚇著了，得給她熬點安神湯，等會兒再去找大夫，我看豆豆和小梨這是傷得不輕呢！」

黃三娘也抱著黃豆往東屋去，黃豆都九歲了，她抱得有點吃力，黃豆要下來自己走，她也不讓，她是真的被嚇住了。

無奈的黃豆，只能一手捏著鼻子，一手攬住娘的脖子，被抱進了東屋。

哎，嚇到親娘和奶奶了，不知道晚上會不會挨爹揍啊？

「快，快把黃豆抱過來！奶奶看看，這是傷哪兒了？」黃奶奶心疼得眼淚都出來了，正接過黃梨準備擦血，看見黃豆進來，又想接手去抱。

「奶奶，我沒事，我就是鼻子被小狗蛋奶奶打了一巴掌，給打流血了。小梨也沒事，小梨臉上的血是我抹的。」黃豆捏著鼻子，仰著頭對黃奶奶說。

「怎麼沒事？這流了多少血啊，吃多少肉也補不回來！快過來，奶奶給妳擦擦。」說著，黃奶奶伸手就要去擦黃梨的臉。「老大媳婦，妳快去，給端盆水、擰條帕子來。」

「娘，先別擦，等鐘氏走了再擦，先留著。」黃大娘攔著黃奶奶要給黃梨擦臉的手。

聽黃豆說臉上是鼻血，黃三娘的心就放下來了，放下黃豆就氣沖沖地往外走。

屋裡黃奶奶還和黃豆嘮叨呢。「可不能叫小狗蛋奶奶，要叫三伯娘，不然，人家得說我們家姑娘沒禮貌……」

黃三娘走到門口，抓起一把掃帚。「給我滾！不要臉的東西！跑到我家來打我家的孩子，誰給妳臉了？」說著，掃帚就奔著鐘氏去了。

這邊黃三娘要打，黃大娘跟著出來假裝攔著，那邊鐘氏拖著孫子小狗蛋連滾帶爬地跑出大門，還是被黃三娘用掃帚打了幾下。

「妳趕緊走啊，還賴我家呢！」黃大娘一邊攔著黃三娘，一邊衝著鐘氏使眼色。「磊子去找大夫了，她們小姊兒倆要是有個好歹，妳可就別想回家了！快走、快走！」

鐘氏心裡也害怕，她也沒底，那兩孩子一臉血她可是親眼看見的，當時小狗蛋身邊有石頭塊，這小子若野起來，拿石頭砸人……這種事他也不只幹過一回、兩回了，可千萬別打出好歹來啊！鐘氏對黃大娘簡直是感恩戴德，忙拖著小狗蛋一路跑回了家。

一旁的錢多多和研墨是看得目瞪口呆，也趕緊偷偷摸摸地混出門去。

真是大開眼界，原來還可以這樣啊！平時他家幾個庶出妹妹鬧心眼子可沒這麼直接，上手就打的，都是告黑狀、使絆子。嗯，下次出來玩得把錢滿滿帶著，讓她和黃豆學學，會打、會使詐才是王者啊！

研墨更是在心裡慶幸得不得了。少爺沒被打到，這是其一；以後碰見黃豆要客氣點，可不能摺臉子，這是其二。

他還不知道少爺惦記著把親妹子錢滿滿帶出來呢，他要是知道，估計心裡更慌了。一個他都看不住了，還兩個？心好累，做為一個小廝，工作壓力好大啊！

第十一章　跟著爺爺進襄陽

第二天一早，黃老漢吃早飯的時候宣佈要進襄陽府去。襄陽府離小鎮走路去得幾十里地，走水路卻很近，一炷香的功夫都不要就到了，黃老漢說帶著黃豆去就行。

大家都有點詫異，雖然知道黃老漢一直偏愛黃豆，可也沒越過黃寶貴，這次竟然不帶黃寶貴，帶了黃豆。

「爺爺，你帶著黃豆去襄陽有點遠，坐船一來一回就得一天，要不我陪你去吧？」黃德明看大家都不說話，忍不住開口了。

「哪都有你，要去也是德光陪你爺去！你就別偷懶，明天給我老老實實上山去！」黃老二看兒子第一個插嘴，連忙瞪了他一眼。

黃德光連忙搖頭。「我還是和叔叔們一起上山砍樹吧，我年輕不惜力。讓我爹陪爺爺跑一趟吧，爺爺你一個人帶著豆豆，我們也不放心呀！」

黃老漢坐在上首，默不吭聲，手伸進懷裡掏出錢袋摸了摸，又揣進懷裡。

「是啊，老頭子，你就讓榮貴陪你去吧，你都多少年沒去襄陽府了，有榮貴陪著我也放心。」黃奶奶看黃老漢有點小情緒，連忙上陣勸說。

家裡五個兒子中，四個兒子已經結婚，黃榮貴是長子，黃德光是長孫，這在黃老漢那裡是有黃寶貴也不能動搖的位置的。

別看黃家一團和氣，那是因為黃老漢確實有本事。而且兒子一結婚就分家，誰也不占誰便宜，個個兒子分家都蓋了房，這在一般人家是做不到的。

但是，這次大水沖走房屋、淹了田地，大家又不得不住到一起，人心是偏的，總會有點不一樣了。

包括現在，他們一大家住的是黃老四的房，吃的是各家出一份銀子買的糧食。黃寶貴沒結婚，跟著黃老漢算一份，四兄弟各算一份。黃老漢不會計較，那麼其餘幾個兒媳婦呢？你家人口多、我家人口少，他家都是半大小子、我家就兩個小孩子，結果錢都出一樣，心裡會不會有疙瘩？開始只是有點小心思、小情緒，以後呢？

不出意外的話，今年秋天到明年春天，這一大家子肯定是要在黃老四這裡住著的。

這些，黃老漢都想過，也和黃奶奶商量過。只能說，現在走一步算一步。最好各方面都考慮到，不然，一旦撕破臉，以後兄弟、妯娌，包括下面的孫子、孫女，都會受到影響。

看大家說來說去，黃老漢有點心梗，吃完早飯，等黃米和黃桃收拾走碗筷後，黃老漢讓老伴和五個兒子留下，其餘人先出去，該幹麼幹麼去。

屋裡只剩下黃老漢老夫妻和五個兒子後，黃老漢又掏出他那個深藍色的錢袋，從裡面掏出一塊藍色棉布打開，五顆圓潤的珍珠就這麼大剌剌地攤在桌子上。

黃家五個兒子都驚呆了！珍珠他們見過，有的時候在東湖撈出大的河蚌，裡面也會有

一、兩粒小珍珠，那種出的珍珠真的很小，最大的還沒有綠豆粒大，而且形狀也不好看，這麼大而圓潤的珍珠，他們是想都想不出的。

「這是豆豆撿的，她沒私自留著，昨天晚上全交給了我，說要給家裡買地。」黃老漢看了一圈身邊的兒子們。「我知道你們怎麼想的，大家有點小心思很正常，不過，在你們動小心思前先想想，你們是兄弟，這片土地上再也沒有人比你們關係更親的了。你們還不如一個孩子啊！我今天帶豆豆去府城，看看能賣多少錢。你們該幹什麼就幹什麼，有什麼回來再說。」說完，黃老漢包起珍珠揣懷裡，起身就走，也不管幾個兒子如何震驚。走到門口，黃老漢喊了一聲。「豆豆，我們走。」

黃豆看看大家，又看看爺爺，連忙急急跑過去扯著黃老漢的衣袖。「爺爺！爺爺，帶上大伯和小叔行不？我們進城不帶上兩個人肯定不行，還是帶上我大伯和小叔的好，安全！」

最終，黃老漢帶著大兒子、小兒子和三孫女去了碼頭。

其實黃老漢也明白黃豆的意思，黃榮貴是長子，這是以後黃家的當家人，帶上他也是給全家人一顆定心丸；而黃寶貴是老兒子，自小就寵，和黃豆的關係也好，誰不去，黃豆都會拉著她小叔的。

其實，黃豆還想帶上姊姊黃桃和哥哥黃德磊，人心都是偏的，他們還沒有去過比南山鎮更遠的地方，黃豆很想帶他們去長長見識。伯伯家的哥哥、姊姊也好，但是自己家的總是要更親一點的。不過黃豆沒提，她心裡明白得很，要帶，也只能從二伯和四叔家帶。兄弟五個，大伯和自己家，加上小叔都去了，就二伯和四叔家沒去人。

幸虧東西是黃豆得到的，不然肯定不能這樣安排，所以說，一家人和睦相處那也是沒牴觸到各自利益。真要碰到各自的利益，即使爺爺也不能完全掌控這一大家子。

以後有機會再單獨和哥哥、姊姊去襄陽吧，到時候把娘親也帶上，全家去旅遊，好好玩玩。

碼頭上幾乎每天都有貨船去襄陽，黃老漢帶著兒孫到了南山碼頭，去找了自己的老兄弟打聽有沒有去襄陽的船隻。

黃榮貴跟著去了，黃寶貴閒得無聊，就跟著黃豆後面走。

黃豆跑到小商販那邊找趙小雨玩，趙小雨正忙著燒火，看見黃豆來很高興，連忙招呼黃豆和老叔坐下，要給他們端胡辣湯、烙餅子。

黃豆擺手讓趙小雨別忙，她剛吃完早飯，肚子還不餓。見旁邊多了好幾家拎鐵皮爐來做燒餅、熱湯的小販，就隨便晃過去瞅瞅。

有的小販做最便宜的粗麵餅，因為便宜熱呼還有口熱湯，碼頭上的工人很喜歡，中午不想趕回家的碼頭工人會就近來吃一口。

有的和趙家做的一樣，有餡的餅子、熱呼的湯，估計是不會調胡辣湯，就隨便用點相似的湊湊，反正熱呼就行。

趙家的攤子做得早，口味也好，主要的客戶群是那些有點閒錢的小管事、路過的船商，利潤高，看著也不錯。

黃豆歪著腦袋琢磨著，得再想想還能做點什麼，不然趙大娘的餅子吃多了遲早要被淘汰的，何況模仿的人還那麼多。

王大妮看黃豆過來，也湊過來和黃豆說話，聽說黃豆要跟爺爺去襄陽城，連忙摸了兩包花生米塞給黃豆。「拿著路上吃，不然坐船太無聊了。」

黃豆也不客氣，笑嘻嘻地接下來。「大妮姊，妳可以做點炒瓜子來賣呀！」

鎮上也有炒瓜子賣，黃豆兜裡有閒錢，也喜歡去買回來當零食。黃奶奶看見了心裡還有點不好受，家裡菜園子那幾棵葵花盤子頭都垂了，結果一場大雨沖沒了。

黃奶奶每年春天會在菜地邊種幾棵，又好看，又能吃，過年的時候來客人了，炒一盤端出來也有面子，而且黃豆也喜歡，所以每年都會讓奶奶多種幾棵，夏天葵花開的時候，黃燦燦一片，挺好看的。

旁邊小販聽見黃豆和王大妮說做什麼賣，立刻湊近點，耳朵豎起來聽。

黃豆沒注意，但趙大娘看見了，咳嗽一聲道：「豆豆，妳和大妮去那邊坐著聊，妳爺還要一會兒呢！」

黃豆還沒明白呢，王大妮先反應過來，連忙扯著黃豆往旁邊走了幾步。「炒瓜子以前家裡炒過，就是不小心會炒糊了，晚上回去，我和我娘說說試試。」

「妳可以先煮，然後再炒，瓜子也可以炒甜鹹口味的。」黃豆想了想。「等回頭我回來了再和妳詳細說吧，現在我有點想不起來了。」

「好的、好的！豆豆謝謝妳，要不是妳教我炒花生，我都不知道能做什麼了。」說著，王大妮有點不好意思地看看黃豆。「我爹娘一直說要上門謝謝妳，可是我不知道妳家住哪兒，小雨也不告訴我，說讓妳來了再問，她不能說的。」

「哈哈，小雨做的也沒錯。」黃豆衝著有點不好意思的趙小雨張嘴一笑。「不用謝我。我家房子被沖了，現在住我四叔家，就是老張肉鋪旁邊的巷子，一轉進去就能看見一個招牌『黃小廚』，那就是我四叔家。不過我今天要和爺爺去襄陽玩，明天或者後天才能回來，等回來後妳去找我，我幫妳想想怎麼炒瓜子。」

「哎，好！我晚上回去和我爹娘說！」王大妮激動得臉都紅了。

黃寶貴原本遠遠地站著，看黃豆聊得挺開心的，有點不耐煩了，走過來用腳踢了踢黃豆的鞋。「我們要不要買點吃食帶著船上吃？」

「有了，大妮姊給的花生！」黃豆連忙舉起手裡拿到的花生給老叔看。

「給錢了嗎？多少錢？」黃寶貴一聽黃豆說「給」，就覺得不好。這孩子的毛病可不能慣著，人家給妳，妳就拿啊？

「不要錢，是我給豆豆在船上嚐嚐的！」王大妮臉都紅了，連連擺手。

「咋能不給錢？人家的東西也不是撿的。」說著，黃寶貴從兜裡掏出幾個銅板，數數，拿出五文錢遞給王大妮。「夠嗎？」

「真不要！真不要錢！」王大妮急得臉更紅了。

黃寶貴也不管它夠不夠，手一揚，五個銅板丟進王大妮挎著的籃子裡。

「啊？」王大妮連忙放下籃子伸手進去撿，籃子裡都是包好的一包一包花生。好不容易撿出來，連忙走過去，拉著黃寶貴的手，往他手裡一塞，轉頭提了籃子就跑。

黃寶貴傻了，他竟然……被一個小姑娘給拉了手了！

黃老漢找的船是襄陽府販糧食過來的商船，又在這邊收了山貨準備回襄陽府。

南山鎮靠南山，山貨資源豐富，襄陽府、東央郡都有商家在這裡開鋪子收山貨。乾蘑菇、菌子類、山核桃、松子……鮮活的小動物或者硝製好的動物皮毛……魚乾、蝦米等等。這樣的船商在襄陽府或者東央郡都有鋪子，南山鎮也有專門的鋪子收購當地貨物，兼銷售運過來的外地貨物。

船不是很大，一部分放了貨物，一部分載了人。黃豆在船艙待不住，拉著老叔要上甲板，可她上了甲板又害怕，不敢走路，風吹得人顫巍巍的，被老叔硬拖著走了一圈。

走了一圈還不滿足，既不想進船艙，又不敢獨自在甲板上走，索性賴皮，直接一屁股坐在船頭的甲板上。

老叔看她坐甲板上，也就不管她了，在船上來來回回走，看看船帆、摸摸船舷，害得黃豆提心吊膽，就怕他一不小心掉湖裡去。
不過有的人天生就膽大，比如黃寶貴，他在船上沒有半點感覺。
甲板上也沒人，大部分人都是經常坐船來回的商販，也沒有黃豆的好奇心，都待在船艙裡休息聊天。
船艙裡也是一個消息流通的地方，各地的物價、哪裡有什麼貨源，機靈的人都能從這些天南海北的聊天裡捕捉商機。
黃豆在甲板坐了一會兒，感覺不那麼害怕了。怕自己不小心睡著了，趕緊挪挪位置，蹭到船艙邊，靠在船艙上看著河邊的風景發呆。
東湖很大，前後望不到邊，船行的這邊靠著右側，湖邊沒有村莊，基本都是荒涼的野草和雜樹。也有淺灘，停留著大批南飛的候鳥，應該是在這裡歇息，補充食物。
看著蒼茫的水面，黃豆突然心生鄉愁，心中有一種說不出的惆悵。我來自於哪裡？為什麼要來？來了能夠做什麼？只是這樣平淡地活著嗎？
風一吹，黃豆摸了摸臉，竟然不知不覺已經落淚了。還沒等黃豆從惆悵的情緒中走出來，黃寶貴走了過來。
「豆豆，妳說我以後也買條船在這襄陽府和南山鎮做生意怎麼樣？」
黃豆一下子就被老叔拖回了現實。「當然可以啊！」
「可是買船要很多錢呢！而且，我也不會行船。」黃寶貴摸了摸頭，一屁股坐在黃豆身邊。「豆豆，我決定了，等春天破冰的時候，我跟船出海去，既能掙錢，又能學到很多東西，還能像妳說的一樣，見見世面。」

「老叔，我爺奶不會同意的。爺爺走過船，太危險、太苦了。」黃豆沒忍住，給他潑了一盆冷水。她其實也不想老叔去跟船，太危險了。

其實黃豆真的屬於沒有大志的人，她更喜歡的是現世安穩，身邊的親人都能平平安安。

「我要想做就肯定能做成，不行我就偷跑，等我上了船，我爹娘也沒辦法了，他們總不能雇條大船去追我吧？」

黃寶貴純粹屬於欠收拾的那種，說的話都不過腦子的。黃豆忍不住白了他一眼，說道：「你想把我爺奶急死啊？到時候我爺我奶不動手，我大伯他們都能把你給抽死！」

「妳能不能想我點好？我還想著掙錢讓妳做大小姐呢！也給妳買兩個丫頭，讓妳有人伺候著，吃飯都不用自己動手。」

「你可別坑我啊，吃飯都不用動手的，那是傻子！」黃豆用力推了老叔一下。「再胡說我就告訴奶奶去，讓奶奶給你娶個老孀，看你還跑不跑了！」

黃寶貴被黃豆推得晃了晃，趕緊坐穩。「妳才坑我呢！妳二哥、三哥還沒娶媳婦呢！」

「可他們是哥哥，你是叔叔啊！他們可以遲，你不行！」黃豆抿嘴壞笑地看著老叔。

「我告訴妳喔，妳二哥的親事好像要黃了。」黃寶貴突然說起小道消息來。

這一句話，立刻引起黃豆的好奇心。「怎麼了？不是說年前結婚的嗎？要不是這次洪水，應該就快過聘禮了吧？」

「我聽妳奶說的。就是這次走山，不是把我們家房子沖了嗎？現在她家應該是嫌棄我們家沒房子，想悔婚。」黃寶貴仰躺在甲板上，看著天空一朵朵白雲飄過。「妳二哥說的這個媳婦，今年他們村受災不嚴重，糧食也能混個飽，就開始嫌棄妳二哥了，這樣的媳婦娶回來也是個禍害。」

「那就不要了唄！否則到時候還不知道過成啥樣呢！」黃豆沒覺得這是什麼事，不行就換一家唄！

「嗯，關鍵是妳二哥挺願意的，妳二伯娘又是個老實的，什麼都聽妳二伯和妳二哥的。要是換成妳大伯娘，早退親了。」黃寶貴想了想，拍了拍黃豆的胳膊。「花生呢？」

黃豆把花生從隨身布包裡掏出來遞給老叔。「我覺得二伯娘挺好的，就是二哥有時候有點小心眼的樣子。」

黃寶貴把包著花生米的紙包解開，扔了一顆花生米在嘴裡。「不許這樣說妳二哥。妳二哥就是小心思多了點，有點顧著自己，人本質還是不壞的，大致上過得去就行。」

「我就跟老叔說說而已，我和我姊、我娘都不說。」黃豆也湊過去撚了幾個花生米拿在手裡。「我為什麼覺得老叔最親呢？」

「切，就會哄人！哄我也沒用！」說著，還是伸手到兜裡掏出一個錢袋，從裡面數出十個銅板。「給妳，拿著買零嘴。」

黃豆也不客氣，笑咪咪地接過去，一個一個又裝自己錢袋裡去了。黃梨為什麼喜歡跟著黃豆？就是因為黃豆手裡有零錢買零嘴，而黃豆的零錢大部分都是這樣從老叔和哥哥們手裡哄來的。

遠處湖面上，有白色的飛鳥飛過，猛地一頭衝到水裡，嘴裡叼著一條魚又飛出了水面。爺幾個順風順水進了城，襄陽城和鄉下小鎮比確實氣派多了，街道兩邊都是店鋪，路上行人不少，商販也多。

黃豆錢袋裡有老叔給的十個銅板，還有臨走前娘塞的零錢，總覺得自己揣了一筆鉅款。一會兒用手摸摸，過一會兒又摸摸，生怕丟了。

黃寶貴看著她的樣子，覺得又好氣、又好笑，心想，都說黃豆機靈，他覺得這就是個傻的啊！誰撿了珍珠還不偷摸地留著？就算是交，也不能都交了，留一個也要留呀！只有她，傻了吧唧地全交出來了。妳說妳，那麼大的珍珠都不稀罕，就錢袋裡那二十幾個銅板怎麼那麼稀罕？生怕人不知道妳有錢嗎？摸了又摸。

按黃榮貴的意思，直接找一家最大、最氣派的首飾店賣了算了。

黃老漢卻搖了搖頭。「我們先找住宿的地方，吃了飯再說。」

黃老漢也有二十幾個年頭沒來過府城了，還是當初跑船時跟著東家錢大富來過兩次。這次來既是賣東西，也存著看看的心思，至於看什麼……好像還沒想好。

二十幾年了，記憶中的府城已經模樣大變，好在很多老店還在。

黃老漢領著兒孫在城中走了一段就拐入一條小巷，小巷兩邊都是店鋪，要比城中店鋪小也顯得熱鬧。

巷子裡面一家小客棧，掌櫃是個鬍子花白的老人，店裡活計就是家裡兒孫做著，廚房和打掃的是家裡的兒媳婦及孫女。

這是一家典型的家庭式客棧，開在巷子裡已經年頭很久了，在客商裡很出名。一是乾淨且價格不高，二是安全。掌櫃是當地的老住戶，這一片都是姻親故舊。

黃老漢剛進巷子口，就有孩童跑進去，黃老漢還沒走到客棧，掌櫃已經早知道有四個陌生面孔的進了巷子。

四個人要了兩間上房，一間爺三個住，一間給黃豆住。

第十二章　賣了珍珠好換田

天一亮，黃豆是被老叔的敲門聲驚醒的。

揉一揉眼睛，看看四周……喔，不是在家裡。不過即使在家，也很少睡懶覺的，條件不允許啊！什麼時候能夠想吃什麼吃什麼、想睡多久睡多久就好了！

梳洗乾淨，沒有鏡子，黃豆用帶來的木梳給自己編了兩根小辮子，後面的頭髮自然垂下來，她不想梳那種哪吒頭、丸子頭。她最想的是梳個馬尾辮，又簡單、又方便，可是還沒見過有人梳這種辮子呢！

早飯是在客棧的大廳用的，包子、稀飯，黃豆還和老叔分吃了一根油條。

他們今兒要去的榮寶軒在主街，離這裡有點遠。昨天晚上已經摸清楚路了，好在不急，吃完早飯，黃老漢帶著兒孫步行，一路慢悠悠地往榮寶軒走去。

路邊許多店鋪剛剛開始卸板子開門做生意，黃豆很想問問爺爺，會不會有點早？

到了主街道才知道確實有點早，店鋪門都開著，街道上卻沒有多少人，顯得冷冷清清，反而不如小街小巷人多，買菜的、吃早點的，熙熙攘攘。

榮寶軒的門臉有點大，橫開三間，四開的門臉，裝了十二塊板子。裡面裝修得富麗堂皇，門口臺階有點高，黃豆的角度望去，有點富貴逼人的壓力。

黃榮貴站在門口，有點猶豫，這麼一家大店，他們穿得有點寒酸，能接待他們嗎？不會被打出來吧？

黃寶貴有點初生牛犢不怕虎的狀態，看見黃老漢抬步往裡走，他也跟著往裡走，黃豆緊跟著走進去，只有黃榮貴略一猶豫，也跟了進去。

這個時間有點早，店裡還沒有客人，就兩個二十出頭的夥計一左一右站在店裡。兩個夥計看見黃老漢一行四人，微微一愣。

站在左邊的夥計立刻換上笑臉迎了上前。「老爺子好，您是想看看呢，還是需要買點什麼？」

而右邊的夥計則背著身子，不屑地撇撇嘴。

黃豆人小走的慢，一眼看到，也沒吭聲。嫌貧愛富，人之常情。

「手裡有點東西，想找你們掌櫃看看。」黃老漢沈聲答道。

「哎，好的！您老坐，稍等，我去請掌櫃的出來。」說著，夥計掀開後門的門簾，往後面走去。

店鋪很寬敞，對著門是一排玻璃製的紅木櫃檯，裡面放著一盤一盤鋪著深紅色絲絨布的托盤，每個托盤上放兩到三樣或大或小的金飾。黃豆不明白為什麼要用深紅絲絨來配華貴的金銀首飾，以前看見的好像都是明黃？不過，在古代明黃好像是皇室專用吧？別說，深紅色絲絨布配上金飾也很厚重大氣。進門東邊也有一排櫃檯，裡面是精巧的銀飾，也用托盤裝著，配上深紅色絲絨布，竟然比金飾更讓人覺得精緻。

後門門簾一動，進來一位四十多歲的男子，體態微豐，皮膚白皙，看見店裡只有黃老漢四人也是微微一愣，不過反應很快，立刻走了過來。

「老丈久等，在下趙承德，請問有什麼需要購置的？」說著，微微衝四人一點頭。

黃老漢有些猶豫，看了看兩個夥計。

趙承德咳嗽一聲，兩個夥計連忙都退到門口，一左一右站好。

黃老漢站在玻璃櫃檯前，從懷裡掏出一個深藍色錢袋，又從錢袋裡掏出一塊藍色棉布，打開，五顆珍珠在藍色棉布下發出柔潤的微光。

趙承德沒想到，這個鄉下老農手裡竟然有如此大的五顆珍珠！

三個小的可以忽略不計，比黃豆大的只能說是並不稀奇。但是這兩顆有龍眼大小的珠子就比較少見了，或者可以說，他從沒見過。

趙承德連忙看向左右，此刻兩個夥計正站在門口等著客人到來，黃老漢背朝大門，而黃老漢身邊站著一個八、九歲的小姑娘，老漢身後站著一個壯實的漢子、一個布衣少年。老漢身後的大街上，一個人影也沒有。

趙承德連忙示意黃老漢包好珍珠，一抬手道：「老丈裡面請！時間還早，喝一口茶坐坐。」說著，引著黃老漢往後門走，邊走邊吩咐。「三才，去給客人倒茶！」

黃老漢看看大兒子，又看看小兒子。「你們在外面等著，豆豆跟爺爺來。」說著，跟著趙承德掀起門簾，進了後門。

黃豆跟著爺爺往後門走，門簾後面又是一間屋子，裡面放著桌椅、茶壺，牆上掛著字畫，牆角有一個花架，上面放著三盆綠植。

這裡應該是招待客人或者女眷的地方，簡單乾淨，沒有一點奢華。

趙承德示意黃老漢坐，兩人剛剛坐下，那個叫三才的夥計便端著三個茶杯及一壺茶走了進來。

黃老漢鎮定地坐著，黃豆沒有坐，走到爺爺身後站定。

趙承德看著三才倒了三杯茶，走了出去後，才出聲詢問。「老丈，可否把珍珠拿出來，我再仔細看一看？」

黃老漢又從懷中掏出深藍色錢袋，拿出藍色棉布，輕輕打開。

趙承德伸出手，把兩顆最大的珍珠拿在手裡認認真真、仔仔細細看了一遍，放下後，又把三顆小珍珠拿起來看了一眼。「不知道老丈是想賣，還是需要訂製首飾？」

「賣。」

「既然要賣，那我就估個價格，老丈看合適不？」

「嗯，好。」

「三顆小點的珍珠，三十兩一顆，兩顆大珍珠一百八十兩一顆，一共四百五十兩，你看如何？」

黃老漢低頭沈思，當初他預測五顆珍珠能賣到三百兩左右，現在看來，比自己當初預測的要高太多。

榮寶軒開這個價格應該已經算不錯的了，確實沒有欺負人，但一百八十兩一顆也不是這兩顆大珍珠真正的價格，這樣的珍珠一顆可能值個二、三百兩，但是一對的話，價格起碼就翻了一倍不止，做成好的飾品，賣上千兩也不為過。不過，這也是別人的本事。

黃豆站在一邊，不急不躁。她知道，這樣的場合不適合她一個小孩子插嘴，而且，她還是個女孩子，爺爺帶她進來，不過是讓她長長眼界，而不是讓她跟進來討價還價的。

「趙掌櫃，既然這樣，五顆珍珠，你直接給老漢五百兩吧，這兩顆大珍珠值得這個價格。」

趙承德沒想到這一個鄉下老漢，神態不卑不亢，不但懂而且還能知道大概的價格。要嘛就是提前打聽過價格，要嘛就是有人託付而來。

趙承德不禁看向黃老漢身邊的小姑娘。八、九歲的小姑娘，穿著乾淨的碎花衣褲、一雙小布鞋，鞋頭繡著蘭花草。頭上沒有戴首飾，卻長得唇紅齒白、雙眼明亮。這應該不是大戶人家的孩子，卻也不是小門小戶能養得出來的，趙承德不由得輕輕皺起眉頭。

黃豆看見趙掌櫃打量自己，微微一笑，向前一步，走到桌邊端起面前的茶碗輕輕喝了一口。「爺爺，這是明後的龍井。」

趙承德幾乎能確定，這個丫頭才是真正的賣家。她應該是哪戶商家的丫頭或者姑娘吧？

看她端茶的手，手指細白，無痕無繭，一口就能喝出是明後的龍井，這樣的小姑娘，莊戶人家是養不出來的。「小姑娘，妳也懂茶呀？」趙承德笑著看向黃豆。

「懂一點點。」黃豆細聲細氣地回答。

她說的竟然是一口地道的京城官話，和老漢鄉土氣息特別濃重的官話完全不同，吐字清晰，聽不出一點地方口音。「喔？請小姑娘賜教。」趙掌櫃放下茶碗，衝黃豆一點頭。

黃豆也放下茶碗，索性坐到了爺爺身邊的椅子上，她覺得站著說話有點底氣不足的感覺。「明前明後茶主要看外形，明前龍井葉片短小肥厚，明後龍井葉片狹長細小；明前龍井葉片偏嫩綠，顏色淺淡，而明後龍井因為氣溫上升，葉片顏色就偏深。」說著，黃豆又端起茶碗喝了一口。「明前的茶湯特別透亮清澈，喝起來比較甘甜；而明後茶湯口味偏重，茶湯偏深、偏黃。」黃豆放下茶碗，眼神清明，看著趙掌櫃微微一笑，心想：我這是在裝大尾巴狼呀！

趙承德終於確定自己的判斷沒有錯，這個小丫頭肯定不是莊戶人家的丫頭！

「看在這個小姑娘的面子上，今天趙某就作一次主，五百兩收了這珠子，這多出來的五十兩就當給小姑娘喝茶了。只是不知道老丈下次還有沒有這樣好的貨色帶來？」

「沒有了，這也是老漢家兒子跑船時意外所得，這種貴重東西得一次已經是天大的恩賜了。要不是這次遭災，家裡的房屋、良田盡數被毀，老漢也不會把這可以傳家的寶貝拿出來。」黃老漢這話半真半假。

好在趙掌櫃也無意計較真假，東西真、銀錢真，一手交錢、一手交貨就行。

趙掌櫃詢問了黃老漢的意見，是都給銀票還是銀子？

黃老漢想了一下。「煩勞趙掌櫃，直接給老漢銀票吧。不過，老漢想看看店裡的銀飾，想給家裡的孫女們買點小東西。」

「好，老丈稍等。」說著，趙掌櫃起身出去拿了銀票進來。一百兩一張的銀票共五張，趙掌櫃點好後遞給黃老漢。「老丈點點。」

黃老漢仔細看了五張銀票，確認無誤後點頭，掏出深藍色的錢袋，準備放進去。

趙掌櫃先一步站起身走了出去。「我先出去看看，你們稍坐，這裡有茶水，請隨意。」

接著趙掌櫃用一小托盤托起五顆珍珠，開門走了出去，聽腳步聲是一路走到樓上去了。

黃老漢傾聽了一會兒後，又把錢袋掏出來，數出三張銀票遞給黃豆。「收好。」

這是來之前大家已經商議好的。

黃豆掀起褲腳，在她的褲腳繡花處有一個暗袋，黃豆把疊好的銀票拿油紙裹好，塞進暗袋，兩邊線頭一拉，暗袋口收緊，只有脫下來仔細翻看才能看見，從外面看，基本上是沒人會知道這裡有個暗袋的。

黃豆收好後，轉身出去，叫了大伯和老叔進來。「大伯、老叔，爺爺說要替家裡的姊姊們買點銀飾，你們要不要先進來坐一會兒，喝口茶等一下？」

黃榮貴和黃寶貴一聽，就知道東西已經賣了，讓他們進去分錢收藏呢！

兄弟兩人進來，黃老漢給黃寶貴一張銀票，又給黃榮貴一張，都收好。自己只隨身揣著從家裡帶來的散碎銀子和銅錢，準備出去挑幾樣銀飾。

黃榮貴有點激動，這麼多錢，他還是第一次接觸呢！

黃寶貴表現的就比黃榮貴平靜得多，大概是沒經歷過生活的疾苦，對金錢還不是很在意。黃寶貴很想問問黃豆，她身上藏了多少錢，不過想想也不可能比他們多吧？大概也是一張銀票，但數字多少就不知道了。

黃老漢在三才的介紹下，分別給四個孫女選了四種耳釘，黃米是雛菊，黃桃是丁香，黃豆自己挑了對小星星的形狀，給黃梨挑了對心形的。

黃豆又在黃老漢的允許下，給黃奶奶選了一副絞絲銀鐲子，給妯娌四個一人選了一只花紋不一樣的鐲子。

黃奶奶的一對絞絲銀鐲子用了四十克，妯娌四個的鐲子一共八十多克，加上姊妹四個的四對耳釘，七七八八總共花了一百三十七克，三兩銀子都不到。不過加上手工費，趙掌櫃收了六兩銀子，而這已經是趙掌櫃打了折扣後的價格了。黃豆撇撇嘴，這才是真正的暴利啊！如果不是掌櫃打折，這麼點東西就要七兩多銀子呢！

黃豆一行人從榮寶軒離開，還沒走出十幾公尺呢，後面就跟上了兩個鬼頭鬼腦的漢子。

黃老漢看了黃豆一眼。

黃豆心領神會，立即捧著手裡的耳釘開始對黃寶貴炫耀。「老叔，你看，爺爺給我姊買的銀耳釘漂亮吧？我眼睛都挑花了呢！到底是榮寶軒的東西，給姊姊做嫁妝就是風光！爺爺說了，等你娶老婚的時候也來榮寶軒買一對銀耳釘，他家的東西可以傳家呢！」

黃寶貴頓時面紅耳赤。這丫頭，說什麼呢？莫名其妙！

黃老漢卻不由得從心裡嘆息一聲。老兒子還是嫩了點，還沒有黃豆機靈呢！

後面跟著的兩個漢子一聽，原來是一家子窮酸呢！為了孫女的陪嫁，竟然巴巴地跑到榮寶軒來買了一對銀耳釘，真是鄉下人沒見識！還可以傳家呢，我呸！兩人轉身就走。

原本兩個人見黃老漢爺幾個進了榮寶軒，還想著說不定能順手牽羊撈點東西打個牙祭，畢竟蒼蠅也是肉嘛！沒想到，四個人在裡面待了半天，竟然只買了一對耳釘而已？也就是榮寶軒，換了隨便哪一家早被打出來了！真是，活該窮一輩子！

這邊，黃老漢帶著兒子、孫女，看身後的尾巴走了，便先去拿了訂製的斧頭。回到客棧後立刻退了房，租了一輛車，直奔碼頭。到了碼頭，上了順路去南山鎮的大船，心才放下來一半。

一路上，黃榮貴和黃寶貴都不敢吭聲，也不敢問一句賣了多少銀子，就知道兩個人身上已經二百兩了，至於老爺子和黃豆身上還有多少，他們也不敢問！

二百兩，這是全家老少掙一輩子也不一定能攢到的錢啊！

如果不是身上有筆鉅款，黃豆是很想留在城裡逛逛的。

一行四人，回到家的時候剛好趕上飯點，一陣忙亂，終於能安安穩穩吃一口安心飯了。

午飯很簡單，雜糧米飯、一盆南瓜湯，及一大碗黃豆、青椒、茄子一起熬的大醬。

看見南瓜，黃豆就想起南瓜餅，嗯，有空來試試。

吃完飯，黃老漢又把孫子們趕了出去。得虧幾個兒媳婦都在店裡忙，不然趕兒媳婦出去卻不趕黃豆出去就有點不太好看了，好在大家也都習慣了。

黃德光是長孫，又結婚了，按道理是應該留下來的，只是黃老漢沒開口留，他也就和弟弟、妹妹們一起走了出去。

而黃德明出去的時候卻深深看了黃豆一眼，爺爺帶黃豆去襄陽府就很奇怪了，現在回來開家庭小會還留著黃豆，這件事情就不是小事！雖然他很想留下來聽聽，不過大哥都不介意，他就更沒權利表達意願了。

最沒有後顧之憂的是黃德磊了，黃豆是誰？那是他親妹子啊，有好處肯定落不下他的。至於黃德落、黃德忠，這就是兩個憨厚的主，爺爺說啥就是啥，兩個字，聽話！

幾個小的就更不介意了，對於他們來說，只要吃飽穿暖就不愁。

而黃米、黃桃早已經習慣了爺爺對黃豆的偏心，被洗腦得無感了。

孫子及孫女們的神態黃老漢一一落進眼裡，等孫子輩出去了，黃老漢帶著兒子和三孫女進了東屋。

自從房子騰出來以後，黃老四堅持讓爹娘住了東屋。

一開始大家忙著搶收、秋種，顧不得那麼多，現在忙完了，黃老漢爺幾個一回來的當晚，黃老四就讓媳婦帶著姪女把東屋給老倆口收拾了出來。

家裡四個女孩住了西屋；西廂兩間，一間住了黃德光夫妻，一間住著黃寶貴並德明、德磊、德落、德忠、德孝六個半大小子；前屋大門兩邊的四間，已婚的黃老大兄弟四個帶著家裡媳婦和年幼的孩子，一人一間。

一進屋，黃老漢盤腿坐在了床上，黃奶奶細心地把弄皺的床單給扯了扯。

下面站著的幾個人都很激動，見證奇蹟的時刻到來了。

黃寶貴先拿出來一張一百兩的銀票，黃榮貴跟著拿出一張，等黃豆從褲腳裡翻出三張銀票後，屋裡幾個人除了黃老漢和黃豆外，全部鴉雀無聲，傻住了。

他們預想到那麼大的珍珠能值錢，但是沒想到竟這麼值錢！

包括黃榮貴和黃寶貴，他們怎麼也沒想到，黃豆身上的銀票竟然比他們多的多！按他們預想，黃老漢最多在黃豆身上放一百兩就頂天了。

「爹，這麼多錢，你老是怎麼打算的？」老二黃華貴沒忍住，開了口。

其實，他也是問了大家都想問的問題，包括黃奶奶。

「我看中了一片荒地，可以建房，這些錢，我尋思著把地買了，房建起來。」黃老漢把幾張銀票仔細折疊好，裝進了黃豆給他做的深藍色錢袋裡。

「爹，是什麼樣的荒地？能種糧不？我們家就是買地建房也不用這麼多銀子，我看多出來的再買些良田吧？」黃榮貴是長子，他說的話在黃老漢這裡基本上都會通過。

「對，要建房也要買地。」黃老三也點頭同意大哥的說法。

黃老漢看著幾個兒子，他知道他要是說拿這麼多錢去買那一片荒地，幾個兒子一準會以為他瘋了。可是，那片地如果不買，他又覺得不甘心。

五百兩銀子，八兩一畝的良田能買六十多畝，有了這六十多畝地，全家完全就能吃得飽、穿得暖，還能有結餘；如果買荒地，那片荒地基本上是種不了什麼莊稼的，也很難改造出良田……黃老漢突然間猶豫了。

建碼頭也要很多的條件，南山鎮交通便利，但是已經有一個碼頭了，雖然現在已經顯出它受到位置的局限，不夠用了，但是誰知道自己這片就一定能建一個碼頭？

如果碼頭建不起來，自己也就算了，可自己的後世子孫難道就守著這一塊基本上種不出莊稼的土地嗎？可是，如果以後碼頭建成了，最靠近碼頭的這片土地都是他們黃家的，黃家也可以像錢家一樣，建起四十座大倉庫……不，可能黃家建起來的要更多！

是放手一搏賭把大的，還是安安穩穩買地種糧？黃老漢握著錢袋的手不由得微微發抖。

黃豆一看，哎呀，爺爺這是糾結了，可千萬別給整得腦中風什麼的！她連忙伸手扯了扯黃老漢的衣袖。「爺爺，你要不要帶大伯他們去看看地？」

一語驚醒黃老漢！黃老漢下了床，把錢袋給了黃奶奶。「妳收好，我帶孩子們去看看那片地。」這麼大的決定，還是讓兒孫們自己抉擇吧！

第十三章　黃老漢決定買地

黃奶奶拿著五百兩銀子，如握了個燙手山芋，連房門都不敢出了，索性脫了鞋，合衣在床上躺了下來。

黃米看奶奶半天都沒出門，便和黃桃過來看看，結果竟看見奶奶在床上躺著。這可是很難出現的，黃奶奶和黃老漢要不是身體不舒服，從來不會白天還在床上躺著休息的。

「奶奶，妳怎麼了？哪兒不舒服嗎？」黃米輕手輕腳地走過去，伸手摸了摸黃奶奶的額頭。

「沒有，昨晚惦記著妳爺爺，沒睡好，現在躺會兒。沒事，妳們去忙吧，我睡會兒，等妳爺爺回來就好了。」黃奶奶輕輕拍了拍黃米的手，讓她們出去。

黃米和黃桃只好又輕手輕腳地走了出去，兩個人心裡都暗暗擔心著，奶奶不會是病了，卻瞞著大家吧？小姊兒倆輕聲商量了一會兒，決定等爺爺回來再看看，奶奶若真的還不見好，就告訴爺爺。

黃老漢帶著兒孫一起去了南山邊那片荒地，是的，兒孫一起。五個兒子、一個孫女並「光明磊落忠孝」六個孫子，只有黃德禮和黃德儀因為太小沒有來。

一行人浩浩蕩蕩，去了荒土地。

大家都以為，黃老漢會帶他們去看一個驚喜，誰也沒想到，黃老漢帶他們去看的竟是一個意外。

這片幾百畝的荒地，碎石滿地，靠近東湖的那幾十畝，連荒草、樹木都長得稀稀落落的，可想而知，土地有多貧乏；而離東湖稍微遠點的地方，雖然看上去荒草、雜樹叢生，不過也不代表這樣的土地就不貧乏，不過是略微好點而已。

這樣的土地要想改成田地，難度大，而且也不值得費這樣的心思。

可能因為落差太大，大家一時間接受不了，竟然一個人都沒吭聲。

黃家兄弟五個都知道家裡如今有錢，要買地造房，所以看到這樣的土地，心中的失望和落差是很大的；而六個孫輩卻沒有太大的感覺，他們以為爺爺之所以要在這裡買地造房，是因為家裡沒錢。這片土地背山臨湖，住人完全沒什麼問題，就是離黃家灣有點距離，以後收糧種地不是很方便。

黃家的老爺們都屬於比較沈穩的那種，而小一輩也很少有那種跳脫的，所以小的看自己爹都不吭聲，也保持著不吭聲。

「你們是不是對這片土地很失望？其實我剛看見時，也覺得失望得很。可是你們看見沒有？那邊。」說著，黃老漢指了指東湖岸邊。「那邊未來可以發展起來，你們要知道，東湖可是直通大海的，說不定可以做個碼頭。」

「爹，就是做碼頭又能怎麼樣？難道我們還能建出一個碼頭？」黃老大問。

「老四，你在碼頭做過工，你來說說，不說春秋最繁忙的時候，就是夏季，南山碼頭的船可停過？」黃老漢看向在碼頭做過工的四兒子黃來貴。

黃老四想了想，認真回答。「南山碼頭生意最淡的時候，碼頭的船都沒有停過。春秋各處運糧食、販良種山貨，吃穿用都靠這邊的大船運輸，碼頭上的船隻排隊經常都要排個兩、三日才能進港。」

「很久以前，我的東家錢大富帶著我和一幫兄弟去過很多地方，錢大富是個能人，他相當於一人創建了南山碼頭，而他唯一覺得遺憾的，就是南山鎮的地理位置這麼好，交通也便利，碼頭卻不夠大。」說到這裡，黃老漢轉頭看看南山鎮。

「可是……可是爺爺，我們家不是錢家，錢家有萬貫家財，我們家現在連房子都沒有啊！」黃德光忍不住開口了。

黃老漢看看大孫子，對他招了招手。「德光，你來看。這裡，如果從這裡造一個碼頭出來……其實碼頭根本不用造，就是缺條路而已。我們如果從這裡做條路出去，不要多遠，只要做四里地，就可以接上南山鎮外最寬闊的路了。你們再看這裡，這裡以前不是這樣的，應該是這次洪水推進，山體發生了變化，把多餘的一塊帶走了，這等於是老天爺送了一個天然的碼頭給我們啊！我們唯一要做的，就是在碼頭和大路之間再通一條路，讓它們連接起來。而我們買下這裡，做好路後，剩下的就是等待，等待第一艘大船在這裡停靠！你們明白嗎？」黃老漢說到這裡，微微有些氣喘，他太激動了。

在家裡時他猶豫了，他想過要不就買地吧，六十多畝地，五個兒子一人也能分十幾畝。可是站在這裡時，他才發現他的想法太狹隘了。六十多畝地，等兒子以後再傳給孫子，也許一個孫子只能有兩、三畝了，等到孫子再生兒子，可能每人到手的也就剩幾分地了。人在繁衍，而土地不會變化。

黃家老老小小，在這片土地上思索著。他們既渴望像錢家一樣，靠著南山碼頭一飛沖天，又想安穩一點，買幾十畝地，老老實實種地養家。人生就是在無數次的選擇中度過，進一步，未必海闊天空，退一步，也不一定萬劫不復。

「……我不同意買這片荒地。有這個錢和功夫，我們不如買良田，這次有很多地方受災，應該會有一部分人家扛不住饑荒，我們不如乘機收一部分良田。」黃老二看看大哥和三弟，詢問道：「你們覺得呢？」

「……我也覺得買良田比買荒地有把握。」黃老大猶豫了一下後，點頭附和道。

「老三，你說呢？」黃老漢看向黃老三。

「我覺得可以買，反正我們本來也沒有錢啊！大不了就當豆豆沒撿到那幾顆珍珠好了，最少還能賺塊地、賺幾套房子呢！」黃老三無所謂地說。

醍醐灌頂啊！黃豆眼睛閃閃發亮地看向自己的親爹。你說黃豆這幾天不糾結嗎？當然糾結啊！她也患得患失，也怕做錯了，原本明明可以讓一家子過好的，結果卻好心辦壞事。

黃德光聽見黃老三說「豆豆撿到珍珠」這句話時還沒反應過來，他腦子裡還在思考著黃老漢說的碼頭和通路。

黃德明和黃德磊的反應就不一樣了，黃德明想的是「豆豆」撿的珍珠?!那麼爺爺帶豆豆和大伯、老叔去襄陽府是去賣珠子？賣了多少錢？想到這裡，黃德明心裡的感覺立刻就不一樣了。去賣珠子，帶了大伯、老叔還有黃豆，就落下他們二房和四房！

這當中最吃虧的是誰？肯定是二房啊！因為四房已經在鎮上買房、開鋪子了；而珠子是三房的豆豆撿的，好處肯定少不了三房；大伯是長子，大哥是長孫，這在爺爺心裡是最重要的，別看爺爺對老叔寵得不行，那只因為是老兒子，爺爺心裡真正在乎的還是長子、長孫的大房；老叔就不用說了，還沒成親，本身又是最受寵的老兒子。

心裡忍不住有點翻滾的黃德明，看了自家老實木訥的老爹一眼，又看了看正跟著黃德孝在荒地裡走來走去的親弟弟黃德忠，真是有點百般滋味在心頭。

至於黃德磊的反應，是直接生氣了。豆豆撿到的珍珠？這個丫頭竟然沒偷偷告訴我？回家一定要好好審審，這丫頭，心裡沒有我這個親哥哥啊！

而那邊的兄弟幾個，看黃老三都這樣說，也釋然了。嚴格說起來，珍珠是老三家的豆豆撿的，她完全可以不拿出來，現在豆豆拿出來了，帶著大家買地建房，如果碼頭建起來，那麼對子孫後代是有百利而無一害；即使碼頭沒建起來，地買了、房建了，這也是白白得來的啊！不然要靠全家種那幾畝地，何年才能把房子建起來呢？

想到這裡，黃老大立刻表示贊同了。

黃德光看他爹同意，他也沒意見。

一旁的黃德明怔怔地準備說話，他爹瞪了他一眼，他立刻把到嘴的話嚥回去了。

黃老二也表示同意。

至於黃老四和黃寶貴原本就是支持黃老漢在這裡買地建房的，因此全家順利通過。

黃老漢看著站在這裡的兒孫，心裡湧起豪情萬丈。他二十多歲跟著東家出海，那時候懷揣夢想，夢想著能發財，結果，差點葬身大海。而現在，這片土地也許是他黃家的另一種開始，是真正福及子孫後代的大事啊！

全家商量好後，立即就去鎮裡辦手續。

無主荒地太多了，因此所需的手續非常簡便。

黃家看中的荒地就屬於南山鎮的，只要去南山鎮量好面積，做上標記，交了錢、備好案，就可以去縣衙登記，交齊手續費用，這塊土地就屬於黃家了。

商議好買地後，黃老漢一刻也沒耽擱，就往南山鎮的土地管理處去。朝廷土地管理歸戶部，而一個小鎮的一片荒地只要經過鎮裡的辦事人員就行了。

黃老漢帶著四兒子去找了鎮長，鎮長聽說要買荒地，不由得喜笑顏開，立即大開方便之門。

要知道，南山鎮因為有座大山，沒人開墾的荒地太多了。大家都覺得去開荒地不如去捕魚，不如進山打點松子和核桃，不如去碼頭扛活做工，這些來的都是現錢。而開荒，那是需要大量人力和時間來培養才能養出好的土地，三年養好了還得交賦稅。

得知黃老漢挑的地塊，竟然是鎮東約三里地外那片無人耕種的荒地，鎮長更是高興得合不攏嘴，當即大筆一揮，半買半送，買兩百畝荒地送後面連在一起的兩百畝山林！

這是意外驚喜，不過黃老漢考慮了一下後，和鎮長商議，能不能挪出一百畝山林換成灘地？

鎮長看著黃老漢，有點吃驚了，這老漢莫不是傻子？要知道，山林地有樹木、山石、野獸，最不濟打點柴火也能賣錢，而灘地可以幹麼？看水漲水退？本來黃老漢想買荒地，鎮長就覺得這老漢怕是魔障了，現在見他竟然還要拿山林地換灘地，直接就肯定了，這老漢的腦子不好啊！鎮長看看黃老漢身後的黃老四，很想問問他：你爹今天吃藥了嗎？

黃老四看鎮長的表情，就知道他無法理解，趕緊跟他解釋一下。「我們家以前在黃家灣蓋了前三後三的四套石頭房子，那是我爹當初為錢家出海賣命賺的錢，結果這次走山，若不是我爹發現的早，差點全家都葬在裡面了，所以我爹怎麼也不肯再回黃家灣建房了。可是我們又離不開南山鎮，畢竟是故土難離，因此就想著，在靠近鎮子的周圍買片地，我們兄弟幾個一起建房，至於灘地，是想試試能不能改了種植水稻。」黃老四說著話題一轉。「聽說鎮裡要安置外面來的災民？我覺得，大人您完全可以把我們周邊的土地拿出來賣給他們啊！只要他們買地建房，就允許他們安家落戶在南山鎮，如此不用多久，說不定南山鎮的範圍就可以直接擴大到一倍多都不止呢，這可是大人您的政績啊！」

黃老四一番話說的，讓鎮長大人是眉開眼笑。對呀，他怎麼沒想到呢？就這麼辦！鎮長心裡覺得，這黃家老漢的頭腦不怎麼好，生個兒子怎麼這麼有腦子呢？可惜兒子作不了主，不然肯定不會同意買下這片荒地的，畢竟胳膊擰不過大腿，兒子壓不了老子啊！

一番討價還價後，黃家買了兩百畝荒地，二兩銀子一畝，再送一百畝山林地及一百五十畝灘地。

可以種糧、開墾好的沙土地，也就值二兩銀子，這就是為什麼黃家買荒地還送山地。

你吃大虧了，我覺得良心不安，所以貼補點給你啊！雖然補的不多，起碼也算是給自己一個心理安慰——我可是青天大老爺，沒有魚肉鄉里喔！

當然，灘地又多了五十畝，算是黃老四給鎮長出了個大主意的獎勵。這主意若發揮得好，確實能增加不少政績。

可能有人覺得黃家傻，因為現在有好多流民，所以縣裡都發文了，無主荒地可以自由開墾，只要開好兩畝地、種上糧食，就可以去辦戶籍，開好的荒地就屬於你了，黃家完全可以以開荒地的名義佔有那塊土地，然後在土地附近建房。

不過，黃家人不這樣想，他們怕如今占小便宜，日後要吃大虧。

假如這個碼頭真的建成了，到時會有多少雙眼睛盯著這裡？如果有人鑽空子，以無主荒地為由巧取豪奪了這片土地，黃家能怎麼辦？

買了，就是我的，誰也不能動。犯我土地者，寸土必究。

而黃老四提議把災民安排到那邊，也是深思後的。臨近碼頭的那一片兩百畝地都被他家占了，自己家吃肉，得讓別人也喝點湯啊！這麼多災民買地建房，到時誰要想伸手，也得好好考慮考慮才行。

來給黃家量土地的是兩個青衣衙役，南山鎮本地人，低頭不見抬頭見，大家也算眼熟。

黃老漢繳了錢，從鎮長辦公處出來已經快近中午，兩個衙役就說，要不他們倆回家吃了飯再去，反正好幾百畝地呢，一天兩天也勘量不完。

黃老四立即一把攬住其中一個衙役的肩。「回家吃什麼飯啊？張五哥你又不是不知道，我家就是做吃食的呀！杜大哥，走，今天兄弟陪兩個哥哥喝一杯！」

南山鎮一共就兩個衙役，一個姓張，和賣肉的張伯是兄弟；一個姓杜，是黃老大媳婦娘家侄女婿的親表叔。

論起來，不是親戚就是關係戶，去黃家小鋪子也沾過點油水。

幾人從黃家大門進，連店裡都沒去，直接奔了堂屋。

黃老大幾兄弟過來陪著說話，黃老四則出去吩咐黃桃姊妹三個做菜。

別人家來親戚朋友，都是家裡主婦做菜，但黃家不，黃家是三個姑娘。沒別的原因，這三個姑娘會做菜。黃米負責洗切，黃桃負責燒煮蒸炒，黃豆負責動嘴，就連小黃梨都能端個小凳子在一邊幫姊姊剝蔥。再隨便從家裡小子裡面拎一個去幫忙燒火就不用管了，只等著吃就行了。

很快地，黃寶貴就忙著往堂屋端菜，韭菜蝦米煎雞蛋、地三鮮、毛豆肉絲、平橋豆腐、酸菜魚、紅燒肉、紅燒仔雞、雜燴湯。這樣的菜，別說在南山鎮，就是襄陽府，那些富戶也不是輕易能捨得吃的。

屋裡黃老漢帶著四個兒子陪著兩個衙役喝得是興高采烈，喝完一看太陽，都有點西斜了，估摸著得申時多了，便趕緊拿上工具，準備丈量土地去。

吃飯前，黃老四早悄悄地在兩個衙役哥哥手裡一人揣了一個紅包，兩個人彼此看了一眼，用手感覺一下，好像是銀子，而且還不少，不由得一喜。

兩個衙役趁著去茅房放水時打開一看，乖乖，真是大手筆，一人一個五兩的銀錠子，還不是普通的銀子，是從榮寶軒出來的梅花銀！榮寶軒的梅花銀是榮寶軒專門訂製的，上面有梅花的圖案，在銀錠子底部還有榮寶軒的印記。兩人對看了一眼，心裡都明鏡一樣。

吃罷飯，黃家一行人跟著兩個衙役，直奔東邊的荒地而去。

量地的「叉尺」是用竹子做的，又叫「五尺杆子」，有點像英文字母A，它兩腳之間的距離是固定的，為五尺，也就是一「步」。

民間有諺語云：長十六（叉尺），寬十五（叉尺），不多不少正一畝。

張衙役負責測量，杜衙役負責計數。

兩個人一個量、一個記，走了幾十步就覺得跑得煩了，索性就把叉尺交給黃寶貴，讓黃德磊拿著紙筆去計數。

黃老漢連忙說：「不可、不可，他們倆可還是個孩子呢！」

杜衙役擺擺手。「就是孩子才實誠！沒事，讓他們量，量好了，我們去把標記釘下去就行。」

黃家其他人就站在荒地上，看著遠處黃寶貴帶著黃德磊和黃豆一步一步仔仔細細測量著土地。

黃昏前，杜衙役和張衙役把今天最後一根刷有紅漆的木棍釘進了泥土，黃家兩百畝荒地便測量完成。

第二天一早，杜衙役和張衙役早早來到黃家鋪子，一人吃了一碗餛飩、兩籠灌湯包後，黃寶貴和黃德磊又唉聲嘆氣地跟在後面替他們工作了。

上午先量了一百五十畝灘地，到黃家吃完午飯，酒足飯飽後又去量了一百畝山林地。

山地量得很快，做好標記，大致估算一下地形後，杜衙役和張衙役就先回去，在鎮上的地形冊上，用紅色的筆細細描繪出黃家測量出的地形。

至此，這些土地便是黃家的了，等明日帶著黃老漢去縣衙交了手續費，就是加了最後一道保險了。

晚上黃家擺了三桌宴席，請來肉鋪張伯、棉花店張家兄弟、黃老大媳婦娘家姪女女婿，一起來陪杜衙役和張衙役喝酒。

菜過五味，酒過三巡，眾人踉蹌散去後，黃老漢躺在院中的搖椅上向黃豆輕輕招手。「豆豆過來，爺爺問妳話。」黃老漢喝的不算多，有他五個兒子加幾個大孫子在，他根本不用陪客人喝太多酒。「豆豆，妳告訴爺爺，我們家量了多少地？」

「嗯，老叔的步子邁得太小了，我們家就量出兩百六十畝荒地、兩百畝灘地，山林也沒仔細量，剛好我們家地後面的山頭有點小，我就讓哥哥都圈進去了。」

「……爺爺沒聽清，我們家買了多少地？」

「荒地兩百畝、灘地一百五、山林地一百，這是測量好的、有標記的。明天爺爺去把地契拿回來就行了！」黃豆聲音清脆地回答。

黃老漢從搖椅上慢慢坐起來，愣了愣，而後輕輕拍拍黃豆的手。「去吧，玩去。」

黃豆轉身「噠噠噠」地跑向姊姊黃桃。「姊姊，明天我帶妳出去玩！」

「還有我、還有我！」黃梨趕緊跑過來喊道：「三姊，還有我呢！」

「嗯嗯嗯，明天也帶上妳！還要找大姊，我們上我們家地裡拔草去！」黃豆笑嘻嘻地摸了摸四妹妹的小辮子。小屁孩，明天就讓妳累哭了！

第十四章　黃家有個聚寶盆

地已經買好，地契也拿到手後，黃老漢回了趟黃家灣，找族長談了買地建房的事情。實際買了多少地沒說，只是說不準備回黃家灣建房，因為經歷了兩次走山，怕了，想離南山鎮近點，靠著老四。但南山鎮的房子買不起，就買了這片無主荒地，回來問問大家有沒有一起買的想法？大家靠在一起，以後也好相互有個照應。

又說鎮上也有把災民安置在那片地的意思，說不定那邊以後會和南山鎮連成一片。黃老漢不能把話說得太明白，也不能說得太簡單，他不能提碼頭，但他還是很隱約地提了，以後那片土地會和南山鎮連接起來。

黃家灣的一個村子都被泥石流掩埋了，要想重新建村，必須重新選地方。在什麼地方建村，這是很重要的，也是要找人看風水的。

黃家族長考慮了三天三夜，又和王里正商量了半天，最後決定召集黃家灣的村民討論，把黃老漢的意思傳達一下，而他自己已經有了去那片荒地買地建房的打算。

大家一聽這個消息都炸了，去那麼遠的地方買地建房，是不是瘋了？雖然離南山鎮近，但是也有三里地啊！而他們要回來種地，最近的地也有四里多，遠點的得走五、六里路呢！原本在家門口的土地，種起來是很便利的，現在要跑那麼遠，種地、吃飯、打糧食都不會那麼方便了，因此大家不由得紛紛提出反對意見。

而一小部分的村民卻有了不同的意見，這一部分人包括黃老漢的親大哥大爺爺一家、私塾先生七爺爺一家，以及族長一家。

其實這種買地建房的事情，村裡人買不買黃老漢都覺得無所謂，他只是不想有一天這碼頭真的建成了，落下埋怨，他想帶大家一起發個小財。但是，他也不能肯定地說這裡能建碼頭。這句話要是傳出去，別說他地已經買了，可能房還沒建，就要被人強占了去。

黃家灣一個莊子二十多戶，一半多姓黃，一小半姓王，加上一戶外來戶鐘家，而和黃老漢家關係親近的，無非黃老漢的大哥家、族長家和七爺爺家，其餘關係也都不錯，但算一般，不好不壞。黃老漢說動親哥哥和七爺爺，再加上族長一家，已經是頗費了點心思。話不能說透，也不能不說，只能點到為止。好在，這三家都不是傻的，家裡都有聰明人。

黃老漢的大哥一直對弟弟很信任，也受自家親兄弟幫助良多，沒等村裡聚會討論，第二天就全家湊了錢，緊挨著黃老漢家的位置買了十畝地。黃老漢的大哥家有兩個兒子、三個孫子，家丁暫時沒有黃老漢家興旺。十畝地，直接就給兩個兒子一人分了五畝。這五畝地，準備按黃老漢提議的，前面暫時不動，後面先建起房子住人。

黃老漢問他哥要不要多買點地？錢不夠，他來想辦法。黃大爺爺拒絕了，他覺得十畝地足夠了，人有多大的嘴就吃多少的飯，貪多嚼不爛。

隨後去買地的是聚會討論完後的族長，也買了十畝。

七爺爺猶豫再三，看黃老漢的大哥和族長都買了，便也去買了五畝地。七爺爺家有三個兒子，五畝地目前住是沒問題了，但是以後孫子輩多了，就要往周邊建房了。

按黃豆的規劃，建的房是前面統一門面，後面統一住宅的模式。這個黃家也和鎮長談過，不管誰在這裡買地建房，都由鎮裡統一管理，房型和朝向要求統一。

還有路的問題，他們買的地是不包含中間貫穿的一條六公尺寬的路。也就是說，黃家兩百畝地，是在道路兩邊各一百畝。

原本黃豆還希望路再寬一點，最少八公尺寬，可惜鎮長不同意，他覺得他們是想以路的名義多占地，要知道，南山鎮裡的路也才三公尺。

後來，等黃家和一批在此買地建房的人，按要求在規定的朝向和樣式下建起房子，中間留了足足六公尺路，綠化和排水都做得非常好，鎮長才不得不佩服起黃家的高瞻遠矚。這樣的村鎮模式，那是在任何一個地方也達不到的。

這也讓後來的黃港碼頭，因為道路寬敞、房屋規劃整齊、倉庫安全性更高而出名。不過，現在這裡就是一片荒地，最先建起來的，也不過是一片或土屋、或石屋的普通房屋。

黃家灣人看族長、七爺爺，和黃老漢的哥哥都去買地建房，心便開始慌了，畢竟族居才能獲得更多的保護和安全感。因此黃姓家族的人開始紛紛來買兩、三畝地，最多的也就四、五畝。

而每次只要有人來買地，黃老漢都會苦口婆心地勸他們多買點，哪怕現在沒多少錢，可以建房的時候簡單點。可是少有人聽他的，甚至有人對他抱著怨恨的態度，覺得就是因為他煽動了族長和七爺爺來這裡買地，才逼得他們也得花錢到這裡買地建房的。

要知道，平時一畝地想建三、四間房肯定是沒問題的，不過這片荒地卻要求最少得前二後二的房型，那麼一畝地定是不夠的。更多人的選擇都是花二兩銀子買兩畝地，建套前三後三模式的房子。畢竟，前三後三才是這片區域最常規的房型，而且還能留出足夠寬闊的院子，以後還能在院子中搭建廂房。

黃豆也去碼頭找了趙大娘，詢問她家有沒有想去買地建房？旁邊聽見黃豆說話的王大妮也感興趣地問了又問。

趙大娘說，等晚上問問兩個兒子的意見。

王大妮也表示，晚上會回去問問爹娘的意思。王大妮家是來南山鎮的災民，她和趙大娘一家一樣，迫切地想在南山鎮買地建房。

王大妮在碼頭賣花生、瓜子，又加了鹽炒豆子和一些當季水果；王大妮的爹在碼頭扛包掙錢；王大妮的娘平時在家炒花生、瓜子、豆子，順便照看王大妮的弟弟王新玉。

南山鎮的鎮裡已經沒有公有土地可以買賣，他們只能買私人想售賣的房屋，不過最低三十多兩一套房的價格，也不是他們所能承受的。

要是去買荒地，兩、三畝地的面積完全可以建一套非常寬敞的前後屋帶院子的房子。再加上建房錢，就是青磚烏瓦的屋子，也不用二十兩就能建成了。

第二天一早，趙大山來了黃家，請黃老爺子幫忙買地，趙家決定買三畝地，因為他們家手裡全部家產只有六兩不到的銀子，留三兩銀錢勉強能建三間土坯房先住著。

看著趙大山面紅耳赤地說家裡沒錢的表情，黃豆突然有點可憐他。一個已經快成年的孩子，站在黃老漢面前卻是極狼狽的樣子，這只是因為他沒有父親，而他身為長子，付出的辛勞就要比別人多得多。黃豆把爺爺叫進東屋商量了幾句。

黃老漢出來後就對趙大山說：「大山，這樣吧，你買六畝地，然後爺爺再借五兩銀子給你建房安家，等你以後有錢了再還我。」

趙大山一愣，看看站在一邊假裝若無其事的黃豆，他心裡明白，這五兩銀子肯定是黃豆叫她爺爺借的。可是，趙大山不能借這個錢，因為黃家買地建房也是需要錢的。

「大山，你聽爺爺一句勸沒錯，你們兄弟倆，買六畝地，一人三畝地建房，以後哪怕孩子多點也能住得開。現在鎮外那些災民也要在這裡買地建房，那些人大概有七十多戶，買地的應該會有四、五十戶。你們兄弟倆不可能一輩子住一起，你總不能以後讓你兄弟分到那群人中間去住吧？你們靠著爺爺住，爺爺也能放心點。」

黃老漢這一番話，說得趙大山的眼睛都紅了。他知道黃老漢是把他當親孫子看待，才這樣照顧他們兄弟倆的。他拒絕不了一個老人的好意，卻又覺得受之有愧。

最後趙大山還是接了黃老漢遞過來的五兩銀子，跪下來恭恭敬敬地給黃老漢磕了一個頭，喊了一聲。「爺爺。」

黃老漢慌得忙伸手去扶他。

趙大山站起身後，又瞅了一眼在他跪下時已經悄悄溜到門口準備出去的黃豆。

黃豆剛從堂屋裡溜出來，就見敞開的大門走進來兩個人，一看都認識，是王大妮和當初賣小黑的王重陽。

王大妮領著她爹來到了黃家，他們也是要買地的，而且他們家不是一家買地，這次逃荒過來時足足來了十戶本家，都要在這裡買地安家。

王重陽一進院門，小黑便從灶房裡跑了出來，繞著王大妮的腳邊轉了一圈，又跑向了黃豆。

王重陽「嘿嘿」一笑。「小丫頭，原來是妳啊！我家大妮每天都要在我面前提起妳好幾遍，我耳朵都要磨出繭子來了呢！」

「叔叔，你家還有狗王沒有？」黃豆還沒說話呢，那邊在院子幫姊姊挑菜的黃梨就跑過來問。

一句話，把王重陽的老臉都問紅了。他哪裡有什麼狗王，不過是家裡土狗跟著他們逃荒，半路上下的四隻小土狗，剛剛滿月就被王重陽冒充黑狼的後代狗王賣出去了一隻，後來，都是一隻五個到十個錢賣掉的。今天黃梨一問，他有一種被搧臉的感覺，他怎麼也沒想到，自己當初坑的竟然是這陣子幫助自己女兒出謀劃策的小姑娘。

好在黃豆並不介意多花錢買了小黑，對於她來說，這是周瑜打黃蓋的事情，當時王重陽確實困難，而她也確實喜歡小黑。

黃老漢帶著趙大山和王重陽去鎮裡買地。

而黃豆找了張紙，用炭筆仔仔細細地畫了一份設計圖。以後所有在新黃家灣這片地買地建房的人家，前屋都要按她的設計要求去建，這也是她當初讓爺爺去和鎮長談買宅基地只需一兩的真正目的。因為要建房安家，黃老漢還特意領著族長和七爺爺與鎮長談了買地的價格問題，最後達成宅基地按一兩銀子一畝來賣，不過建房必須按要求來建。

至於黃家買的兩百畝，並不在這個照顧範圍。

黃家小兄弟得知這個消息後還有點憤憤不平，但黃老漢和幾個兒子心裡卻和明鏡一樣，因為他們家雖花了四百兩，卻實實在在是買了兩百六十畝荒地、兩百畝灘地和整整一座小山頭啊！

黃家的兩百畝灘地是黃豆選的，離這裡有一里多，是片多年淤積的土地，恰好就在黃家自家的小山頭下。也不完全是灘地，其中還有一個沖刷出來凹進去的池塘，所以黃家灘地多出的大約五十畝，就是這個池塘。這片池塘邊的土地非常肥沃，黃豆的規劃是開發出來種糧食。

東湖夏季漲水的時候，池塘就會被淹沒；夏季過去，秋後退水的時候，池塘就會完全顯露出來。對於別人來說，這個幾十畝的池塘基本上就是廢地，但黃豆卻覺得它是個聚寶盆。它將會在雨季時帶進大量的東湖魚蟹進入池塘，而黃豆所要做的，便是引誘魚蟹進入，並且留下牠們。其實黃豆還想過靠養珍珠蚌來產珍珠，不過，這樣的方法有點不太容易讓叔伯們接受，而且所需時間也長，不如坐等魚蝦進塘來得快捷而簡單。

那邊黃家買地忙得熱火朝天，而這邊黃德明未來的岳丈家卻是吵得不可開交。

黃德明未來的岳丈姓許，叫許土根，屬猴。因為瘦，而且精明，得了許猴子這個外號。許猴子生了三個兒子、一個女兒，兒子都相貌平平，唯有女兒許秀霞長得十分的好看，細腰豐臀、面皮白淨、雙眼細長。

作媒的媒婆是許家莊的許媒婆，她家的閨女就嫁到了黃家灣，是黃豆七爺爺家的小兒媳婦。黃家房好地多，凡是知道黃老漢的，就沒有哪家不同意家裡的閨女嫁過去，他家不但家底子好，而且兒孫多，這是妥妥的嫁過去不會受欺負的。

當初黃德明跟著許媒婆去許家莊，原本要相看的姑娘是許老實家的許彩霞，結果剛走到隔壁的許猴子家時，因他家院牆低矮，許秀霞從牆頭伸出頭來張望，被黃德明一眼相中了。

其實許媒婆是有點不願意的，因為許猴子這個人就是那種好吃懶作並且無賴的人。許秀霞的三個哥哥說起來還算不錯，像他們娘，老實木訥。而許秀霞雖然是個姑娘，性格卻像她爹，從小也是個掐尖要強的主子，得理不饒人。

黃德明一眼看到院牆裡的許秀霞，還沒反應過來，許猴子就那麼巧地開門走了出來，滿面春風地攔住了許媒婆，嚷著「嬸子，妳是來給我家秀霞說親的吧？這小夥子哪家的？看個頭不賴啊！快快快……屋裡坐」，邊說邊拉著許媒婆就往家裡拽，邊拽還邊喊著「秀霞，妳南莊老奶來了，快給妳老奶打幾個糖水雞蛋出來」，然後早先還在牆頭張望的許秀霞就從屋裡羞答答地走出來，細聲細氣地喊了聲「老奶」，又拿眼睛瞟了一眼黃德明，就進了廚房，沒一會兒端出兩碗糖水荷包蛋來，一碗裡面都有三個白白胖胖的荷包蛋和兩個紅棗。

許媒婆能說什麼？忍氣吞聲地吃了人家三個糖水雞蛋，把黃德明送回了家。

而黃德明吃了人家三個糖水雞蛋後，心都被甜住了，回家就對他娘說，要說這個許秀霞。

黃二娘見兒子喜歡，心裡也高興，和黃老二一商量，就找了許媒婆作媒。

兩家口頭上說好了，只等著秋後黃家上門談聘禮，娶個媳婦好過年。

誰知道，還沒到秋收，黃家灣被一場泥石流沖平了，人雖然沒事，家業卻沒了。

許猴子找人打聽後才知道，家裡未來的姑爺一家都住在鎮上他四叔的家裡。等了一個多月，該收收、該種種，只聽說黃家在地頭搭了三個草棚子，沒聽說黃家要在鎮上買房，最後反而傳來準備在鎮東的荒地上買地建房的消息，於是許猴子坐不住了。

原本，他以為瘦死的駱駝比馬大，黃老漢底氣那麼硬實，在南山鎮買兩套房肯定沒問題的，可現在看來，失算了！鎮東那片荒地誰不知道啊？附近村子裡去南山鎮，遠遠都能看見那片地，荒涼得不成樣子，白送都沒人要！黃家去那裡買地，明顯是沒錢了，想著和災民一起建村，蹭點鎮裡的福利。

許猴子便想找許媒婆去黃家說一聲，這個親不做了，他如花似玉的閨女，嫁鎮上他都覺得委屈，何況黃家如今破落了！

原本，許媒婆聽說許猴子找她，心裡還挺歡喜的，覺得以前看許猴子還是看走眼了，你看黃家出事了，人家還主動找她要說親事呢，說明許猴子還算個地道人。

她這個人，作媒從不當面一套、背後一套，都是有一說一、有二說二，所以風評不錯。

進了許猴子家的院門，就看見許猴子坐在院子裡曬太陽，他媳婦和兩個兒媳婦在院子裡坐著，正在剝玉米粒。也都不是外人，論起來，許媒婆還是許猴子的遠方嬸子呢！

許猴子看見許媒婆進來，眼皮都不抬，也不說搬個凳子給許媒婆坐。

還是許猴子的大兒媳婦低著頭，從一旁端了個小凳子遞給了許媒婆。「老奶，妳坐。」

這邊許媒婆屁股還沒落在凳子上呢，那邊許猴子就開口了。

「嬸子，妳看我家秀霞也十六了，再不說年紀就大了。今天請嬸子來，就是想讓嬸子尋摸著給挑個家庭殷實的人家。」

許媒婆一聽，當場愣住了。「土根，你說什麼呢？你家閨女不是相看了黃家灣黃老漢家老二的大小子嗎？」

「嬸子，妳可不能壞了秀霞的名聲啊，她可是妳親孫女呢！黃家一直沒個說法，也沒下過聘禮、換過庚帖，這事不能算！」

「怎麼不能算？當初你不是答應得好好的，說等秋收後過庚帖，準備聘禮嗎？」許媒婆急了，不由得提高了聲音。

「嬸子！我叫妳一聲嬸子，那是尊重妳，妳怎麼能把我家秀霞往火坑裡推？黃家現在窮得叮噹響，搭了三間草棚子就想娶我家閨女，哪有那麼好的事情！」許猴子看許媒婆發火，也跟著提高了聲音。

「秀霞！妳給我出來！」許媒婆氣極，喊著往屋裡走。

許猴子家三兒媳婦從房裡走出來，攔道：「老奶，秀霞受了涼，剛喝完藥躺著呢！」

「躺著沒事，我就問她一句話，黃家的親事她還說不說了？」許媒婆一把將許家三兒媳婦推開，一腳踢開西屋的門。

許秀霞哪裡在躺著？正端端正正地坐在窗前繡花呢！

「老奶，不用問了，我聽我爹的。」

許媒婆當即氣得大罵。「一家子不要臉的破爛貨！許猴子，你不是個東西！黃家若不是看我面子，怎麼會看上你家閨女？如今人家一出事，你家就趕緊撇清，就怕有一天黃家發家了，你再求上門，人家也不會看你一眼！」罵完，走進院子，順腳把許猴子家門口半罎子醃菜踢倒，一股酸臭氣味頓時充斥了整個院子。

許猴子家的院牆是泥土夯成的，風吹日曬下已經剝落得不成樣子，許媒婆的聲音又響亮，立刻就有人從院牆外探頭往裡面看。

「許家嬸子，許猴子當初截了許老實家的女婿，如今又反悔啦？反悔得好啊，妳再去許老實家說合去吧，我覺得彩霞比秀霞好多了！」

許彩霞就是一開始許媒婆想要說給黃德明的姑娘，她爹許老實和許猴子是堂兄弟，許彩霞上面有一個哥哥，下面一個弟弟。一家子雖然不富裕，卻也過得很和睦。

許彩霞是個勤快的，天天幫著爹娘下地，幫哥嫂帶姪子、姪女，人長得又不差，濃眉大眼、身材修長，就是膚色沒秀霞白。

許媒婆出了許猴子家門，立定想了又想後，果然拐進了隔壁許老實家的院子。

許老實家院子也是泥土夯的牆，牆邊種了晚豆角、秋絲瓜，花開得正熱鬧。院子裡一棵棗樹，棗子已經沒了，地上乾乾淨淨，只飄著幾片落葉。

許媒婆是知道黃家買地一事的，買多少她不知道，但是肯定不少，這說明人家腰桿子還是粗的，這樣的人家，她還是捨不得就這麼回了，所以又厚著臉皮來彩霞家探探。

還有一個原因就是，她確實很看重彩霞這個丫頭。

第十五章　與徐彩霞重新結親

許媒婆說明來意後，許老實有點微微變了臉色。

原本許媒婆要給彩霞說黃德明的時候，許老實全家都很高興。黃家家風好，兄弟幾個一結婚就分家，家裡沒那麼多雞毛蒜皮的事情。還有最重要的一點，黃家的家境不錯。

結果，還沒走到他家，竟被許猴子攔路搶了準女婿！現在黃家灣被沖得房倒屋塌，許猴子反悔了，所以黃家又想到他許老實家了？

許媒婆一看，知道這是誤會了，連忙解釋道：「老實，嬸不騙你，許猴子家不想做親這件事情，我還沒去和黃家說呢！我就是尋思著，黃家確實不錯，黃老漢不用說，黃家幾個兄弟也是人人稱讚，四個妯娌的關係也好。這樣的人家，我一直都是想說給你家彩霞的，結果許猴子不要臉給攔了。現在他眼皮子淺，又不想做了，我才厚著臉皮來問問你們的意思。要有這個心，我這臉皮也不要了，一定去探探黃家的意思。主要是我實在喜歡彩霞這個丫頭，黃家也確實是不錯的人家，錯過這個村可沒這個店了。」

「嬸，妳這話說的。我問問孩子的意思吧，孩子若願意，我們沒話說，孩子要是不願意，那就算了，妳看成不？」許老實這才憨笑著，一直搓著手。

「行，你問問。」許媒婆自己拖了條凳子坐了下來。

許老實連忙讓自家媳婦進去和閨女把話說清楚。

許老實媳婦進去沒一會兒，許彩霞就跟著她娘一起走了出來。

許彩霞長得不錯，最好看的是她一頭烏黑又油光水滑的大辮子，一直拖到腰際。

「老奶，您屋裡坐吧，我給您倒水。」許彩霞笑吟吟地去灶房提了壺開水過來，給許媒婆倒了大半碗開水。

「彩霞，妳娘和妳說了吧？老奶也不瞞妳，老奶就是看這家子都好，黃德明這個孩子也是個穩重的。這樣的人家，出來的孩子都不會差。」許媒婆喝了一口水，是甜的，這孩子竟然在碗裡放了糖。

「老奶，我是您看著長大的，您為我好，我都知道，就是我心裡怕他還惦記著秀霞，這樣做親就不美了。」許彩霞大大方方地對著許媒婆說出了自己的看法。

許媒婆一聽，不由得一喜。「我就喜歡妳這孩子的爽利勁！行，老奶懂了。妳也別多想，這個不成，老奶就是滿南山鎮扒拉也會給妳扒拉出一個頂頂好的！」說完，許媒婆端起糖水一口喝乾。「行了，我走了，你們也別客氣，我去南山鎮一趟，現在去，還能趕上黃家的中飯呢！」許媒婆也不讓許老實夫妻送，直接出了門，攔了一輛車，往南山鎮去了。

許媒婆到了南山鎮，正好趕上黃家中午的飯點。許媒婆和黃家是老熟人了，也不客氣，坐下來端碗就吃飯。

黃奶奶忙叫黃桃去廚房再炒兩個菜來。

許媒婆趕緊攔住了。「這是做啥？我就是來你們家趕飯點的，有啥吃啥，妳特意去做，我下次還有臉來趕飯點嗎？黃桃，趕緊坐下吃飯，別聽妳奶的。」

看許媒婆這樣，黃奶奶也不和她客氣了。她們算是認識多年的老朋友，黃家四個兒媳婦有三個都是許媒婆介紹的。

吃完飯，黃老漢又帶著兒孫上山打石頭、砍樹，準備蓋房的材料。按黃豆的想法，乾脆就雇那些逃荒過來的人做，可是黃老漢他們都不同意，覺得家裡壯勞力多，不能浪費錢。

好在現在家裡有山，打石頭、砍樹也方便。

黃米和黃桃收拾了桌子和碗筷去了灶房，黃奶奶便搬了凳子和許媒婆坐在屋簷下的陽光處邊嘮嗑邊曬太陽。

黃二娘有心來聽一耳朵，但中午店裡忙，走不開，她急得不行。

黃三娘連忙給黃豆使眼色，示意黃豆去聽著點，她家大小子也十五了，過了年就十六。

拎著一壺茶，黃豆又裝了一碟炒瓜子、一碟炒花生，端了過來。

「哎呦，豆豆就是會來事！老姊姊，不是我誇，妳家孩子都教得好呢！我剛才瞅著，妳大孫女也不小了，說人家沒？」

「還小呢，才十三，就是個子高點，看著像個大姑娘罷了。」黃奶奶笑咪咪地給許媒婆倒茶。「大妹子，吃茶。」

「妳家孩子都隨妳和老黃，個子高。」許媒婆端起茶碗喝了一口茶。「老姊姊，我呢，今兒是為了妳那二孫子來的。妳也知道，不是春天給說了個媳婦嗎？哎，我真是沒臉啊……」許媒婆也知道自己這事做得不地道，不過她也是沒辦法啊，說的是許彩霞，結果被許秀霞給攔了，黃德明還願意了，她能怎麼辦？拆穿了說不是這個？

黃豆拉著黃梨在另一邊的陽光下，邊用樹枝教黃梨在泥土地上寫字，耳朵邊豎起來，聽許媒婆把事情從頭到尾仔細說了一遍。

那個什麼秀霞的不想嫁過來最好，黃豆覺得，這樣嫌貧愛富的人嫁過來就是個攪家精。何況，還有那樣一個不講理的老丈人。

黃豆還在腹誹呢，黃奶奶的臉色卻變了。

黃奶奶沒想到，原來許媒婆當初要給二孫子說親的不是秀霞，是彩霞，半路被截了！這事許媒婆沒說，黃德明回來後竟然也沒提，弄得老二家兩口子還以為許媒婆當初說的就是秀霞那姑娘呢！早知道，當初就不應該答應的！全家還尋思著許媒婆怎麼說了這樣一個人家？肯定是姑娘不差，不然不會說這樣的人家。你說，這都什麼事情啊！

幸虧走山把莊子沖平了，這個秀霞嫌貧愛富不想嫁過來吃苦，要是當初沒出事，如期嫁過來了，那就是一個攪家精啊！

當初黃家同意說許家姑娘，也是看七爺爺家的小媳婦是個不錯的，現在這樣一看，許家莊的姑娘也不是個個都好啊！想到這裡，黃奶奶就覺得二孫子的親事還得再考慮考慮了，未必要定許家莊的姑娘。我家孫子，也不是隨便人挑的，這個不行就再給我塞一個，當我老黃家是那等破落戶了？

「老姊姊，我今天就是厚著臉皮來的，我知道這事妳肯定不高興。不過我可說了，這彩霞真是個好姑娘，不然當初我也不會想要說給妳家二孫子，我這不是看妳家家風好嘛，看妳幾個兒子和媳婦都是個好的，十里八村誰不誇黃家的兄弟齊心，妳也是個不搓揉媳婦的人呀！而且彩霞那丫頭，真不是我誇，就是家底子薄了點，其餘真沒得挑啊！」許媒婆到底是做媒婆的，誇了黃家又誇許彩霞，一個也沒落下。

「大妹子，這事我也作不了主，妳也知道，我們家是個寵孩子的，我得問問德明他爹娘，也得問問孩子自己的意見不是？」黃奶奶抓了花生往許媒婆手裡塞。「吃花生。妳的性格我是知道的，不然我家三個媳婦也不能都是妳作的媒。這許秀霞的事，我老婆子作主了，就當沒這回事！反正當初也沒定下來，咱家就不說這些了，沒得壞了人家閨女的名聲。」

兩個人又開始張家長、李家短地嘮起來，黃豆一聽，大致情況都知道了，又蹲不住了，便拖著黃梨帶著出了門。

小黑跟在後面，跟出院門十幾公尺遠，最後還是被黃豆踢出的一腳給嚇得夾著尾巴「嗷嗷」地跑回家了。

「三妹，不要踢小黑，疼！」黃梨看得有點心疼，拉著黃豆的手搖了搖。

「沒真踢牠，就是嚇唬嚇唬牠而已，不然牠跟出門去，被人抓到會……回不來了。」黃豆本想說「會被剝皮燉湯」，想想這個小蘿莉淚眼矇矓的樣子，還是算了吧。

兩人又晃悠悠地晃上了街，黃豆牽著黃梨的小手。

黃梨的一隻手由著三姊牽著，一隻手則抱著小熊，美滋滋地想著：姊姊心裡最喜歡我了！

家裡除了她，就是黃德儀最小。三姊去哪兒都願意帶著她玩，黃德儀看見三姊走就鬧，可是三姊不愛搭理他，會流鼻涕、尿炕的小孩子，玩玩可以，帶出來玩肯定不行，太小了！

黃梨一本正經地當自己是個小大人，嫌棄黃德儀小，卻沒想過自己也不大，只比黃德儀大三歲，而她家馬上還要有個更小的小嬰兒出生了。

小姊兒倆走到雜貨店門口看了一眼，黃豆眼見一個三十多歲的大娘趁老闆不注意，往懷裡塞了一個東西。

「她偷東西！」

黃豆還在琢磨她偷什麼，就聽見黃梨尖著嗓子叫了起來，肉乎乎的小手指還指著那個大娘！

一時間，店裡選東西的客人、收錢的老闆，都尋著聲音看向黃梨，又順著黃梨的手指看向那個大娘。

「妳個死丫頭，誰家爛肚腸子裡拽出來的？妳說什麼呢？老娘撕爛妳的嘴！」說著，那個大娘放下手中的東西，氣勢洶洶地奔著黃豆姊妹倆就來了。

「妳偷東西，妳就是偷東西了！塞妳懷裡了！」

黃豆直想扶額。我的親妹子啊，妳這小聲音，能傳出三里地啊！不過黃豆還是有點擔心黃梨被打，她連忙拉著黃梨後退了兩步，那個大娘就被雜貨店老闆給攔下來了。

「小孩子不懂事，東西沒付錢就裝起來了，她以為是偷呢，妳別跟孩子一般見識。先把錢付了，再看別的吧。」

雜貨店老闆是個和善人，天天笑嘻嘻的，從來沒看見他發脾氣，偶爾看見鎮上路過的孩子，還會給顆糖果什麼的，所以一個鎮子上的人都喜歡來他家買東西。

「放屁！你哪隻眼睛看見老娘拿東西沒給錢了？要不你搜啊！」那個大娘老臉也不要了，挺著胸脯就往雜貨店老闆面前湊。

雜貨店老闆哪敢搜她的身？別說搜身，光是衣角沾一下，估計也要被訛錢了！

黃豆連忙在黃梨耳朵邊嘀咕幾句。

小黃梨點點頭，立即從貨架之間鑽過去，往雜貨店後門跑去。

雜貨店老闆家的兒媳婦在坐月子，老闆娘天天忙著伺候大孫子，基本上都不到前面店裡了，反正店裡有老頭和兒子看著也能忙得過來。

「塗奶奶！快，有人偷妳家東西，塗爺爺讓妳快去！」黃梨跑得氣喘吁吁的，進了後院就扯開嗓子喊。

「小黃梨……啊？誰啊？這麼不要臉！」塗奶奶說著就往前面跑。到前面就看見一個婦人直往自己家漢子面前湊，自家漢子退無可退，都要退出門外了！兒子則在一邊，急得張著手，拉也不敢拉，讓也不敢讓。塗奶奶上去，一把薅住這個婦人。「這位大姊，有事和我說！」一拉一拽，從懷裡滑出來一把木梳、幾張花樣、兩根紅頭繩！

黃豆連忙接住跑過來的黃梨，心想，乖乖，塗奶奶上手就是不一樣，一薅一個準，東西這就出來了！

這邊有人偷東西，那邊街上買東西的、賣東西的都圍了過來，黃豆連忙拉著黃梨往雜貨店堆貨的角落站，可別因為看個熱鬧而被擠了。

塗奶奶這邊薅著這個偷東西的婦人，不依不饒。她家開店，逢集是經常少東西，今天不逢集，她就尋思著在後面給兒媳婦燉點魚、煨隻老母雞，誰知雞剛下鍋，這邊竟然就有人偷東西了。偷東西還這麼不要臉，她心裡又急又氣，忍不住破口大罵。「妳個不要臉的！偷東西還這麼橫，咋這麼大臉呢？」說著就伸手往那大娘懷裡掏。

黃豆看外面站著一個兜售瓜子、花生的小子，連忙從兜裡摸出一個銅錢遞給他，買了一包瓜子，和黃梨分著邊吃邊看。

塗家是做生意的人家，講究的是和氣生財，雖說是被這些小偷小摸氣狠了，鬧哄哄地說要送官，但最後也只是把東西沒收了，放她走了事。一個鄉下婦人，有點小偷小摸的習性，能拿她怎麼樣？何況，也不清楚她是不是帶著同夥呢！

那偷東西的大娘臨走前，回頭看了黃梨姊妹一眼，黃豆看見這充滿怨毒的眼神，不由得又好氣又好笑，妳偷東西還賴別人了！

沒有熱鬧可看，瓜子也嗑完了，黃豆便懶洋洋地拉著黃梨準備回家。

「三姊，我好久沒有看見小雨姊姊了，我們去碼頭玩好不好？」黃豆低頭看了黃梨一眼。妳根本就是想去碼頭玩吧！還說想小雨姊姊，我差點就信了妳！「走吧。」反正回去也沒事，就去逛逛吧！

還沒走到碼頭，就看見趙大山急匆匆地往家跑。「大山哥，你幹麼？」

「喔，豆豆和小梨啊！我娘做的菜飯快沒了，現在她和小雨忙，走不開，我回家幫她們端過去。」趙大山停住腳步，用袖子抹了一把臉上的汗。

「那你去吧，我和小梨去找小雨玩。」黃豆看他著急的樣子，也不敢和他多話，趕緊揮手讓他先走。

和趙大山分開後，沒走多遠，就聽見後面有人喊。

「小丫頭站住！」

黃豆一回頭，就見剛才偷東西的那個大娘領著兩個男子往這邊跑來。啊，壞了！壞人來報仇了！黃豆拉著黃梨就跑，只要跑到碼頭，她們就安全了。可惜，黃豆自己跑不快。

而黃梨更是人小腿短，沒跑出幾步，就被人一把從後面抓住後衣領，給拽住了。

「妳個死丫頭，我讓妳多嘴！」

黃豆就見那個偷東西的婦人抓住黃梨的胳膊，伸手就要往黃梨的臉上打。黃梨一隻手舉著要擋，一隻手還把手中的小熊拚命往後面藏，生怕小熊被那婦人打了，嚇得閉上眼睛拚命大哭。黃豆眼睛都紅了，拚命一掙，從抓住她的漢子手中掙脫開，一頭撞向婦人的肚子。這招，是黃豆從黃德磊那裡學來的。

婦人沒料到黃豆會這麼彪悍，一下子被撞得倒退兩、三步。

黃梨被扯著跟著踉蹌了幾步，一屁股坐在了地上。

黃豆跟瘋了一樣，拚命去撓婦人抓著黃梨的手，又抓又撓，看對方還不放，頭一低，直接張嘴就咬！

大概咬得太狠了，婦人尖叫著鬆開抓著黃梨的手，另一隻手薅住黃豆的頭髮死命往後扯，抬起另一隻手高高舉起。「老娘打死妳！」

黃豆眼看一巴掌就要呼在臉上，只覺得身後人影一閃，一隻胳膊突然擋了過來！

婦人一巴掌呼到了趙大山的胳膊上，震得手掌發麻。

趙大山遠遠看見黃豆被人抓住，急得飯桶往地上一放就迅速跑了過去，恰好截住了婦人對黃豆的全力一擊。擋住了婦人的巴掌後，趙大山一把將黃豆拉到身後，又一把拉過黃梨也塞到身後。

看見趙大山來了，黃豆忐忑的心稍稍安定了下來，連忙摟著妹妹往安全的位置躲躲。她還是很擔心的，畢竟趙大山只是個十六歲的少年，而對面可是一個凶女人加兩個漢子。

「大山哥，你護著小梨一點，我去碼頭喊人！」黃豆躲在趙大山後面悄悄地說。

回答她的是趙大山突然躍起的身姿，一個飛踢，趙大山直接把最先衝過來的年輕漢子一腳踢飛了出去……好吧，其實用飛有點誇張，是「蹬蹬蹬」地退後幾步，一下子摔倒在地。

另一個年長的漢子一愣，趙大山卻不給他反應過來的機會，一個轉身，又是一個迴旋踢，年長的漢子也直接被一腳撩倒在地。

「你個殺千刀的！老娘——」婦人剛準備撲過去，見趙大山長腿一抬，她話都沒喊完，直接又嚥了回去。

「滾！下次再看見你們，打死活該！」趙大山冷冷地看著躺在地上的兩人。

兩個人連滾帶爬地爬起來，也不管婦人了，拔腿就跑，婦人嚇得跟在後面追。

這就打完了？黃豆疑惑地看看趙大山，武力值這麼強悍嗎？

「我小時候跟我爹學過幾招，就會這幾招而已。」趙大山看著黃豆疑惑的眼神，不由得有點不好意思地撓撓頭。

「哥，你回家拿的菜飯呢？客人等著呢！」遠遠地，趙小雨跑過來，看見趙大山就喊。

「哎，馬上！」趙大山連忙又跑回去，把一桶米飯端起來，走到黃豆身邊。「走，我帶著妳們去碼頭，等會兒我送妳們回家。」

「豆豆，妳們怎麼來了？哎呀，小梨怎麼哭了？不哭不哭，跟小雨姊姊去吃菜飯！我們小梨不是最喜歡吃小雨姊姊做的胡辣湯嗎？晚上給妳做胡辣湯喝喔！」小雨跑過去，先拉住還在小聲哭的黃梨。

說。

「小雨姊姊，我不喜歡吃胡辣湯，我喜歡吃酒釀元宵！」黃梨臉上掛著淚滴，對著小雨說。

「酒釀元宵是什麼？小孩子不能喝酒，知道不？」

黃豆聽得不禁有點好笑，到底是小孩子，轉眼就惦記起吃的了。酒釀元宵是前幾天黃豆和二姊試做的，因為不敢給黃梨多吃，所以黃梨吃完就念念不忘。看黃梨被小雨三言兩語給安撫住了，黃豆連忙小跑兩步，跑到趙大山身邊低聲說：「大山哥，剛剛的事你別告訴小雨她們，也別告訴我家人。那個女的剛才偷東西，小梨喊破了，她惱羞成怒才追來的。」

「嗯，我知道了。以後妳們也要小心點，不要什麼事情都去管。」

「好，我以後一定看好小梨！」黃豆點頭保證。

「也要看好妳自己。」趙大山看著一臉正經的黃豆，不由得有點好笑。真是個孩子！

第十六章　趙家的豬油拌飯

因為鋪子裡飯點時間比較忙，所以黃家吃飯早，每天都會提前一個時辰吃飯。這個點，碼頭上的工人剛好休息在吃飯，趙大娘的攤位就有點忙不過來，趙大山和趙大川都會趁中午休息時間來攤子上幫忙。

現在趙大娘的攤子早晚賣餅和胡辣湯，中午一個爐子溫了菜飯，一個爐子燒了鍋清湯。擺小攤就是跟風快，趙大娘沒做幾天餅子，就有兩、三個小攤也跟著學，黃豆去了趟襄陽府回來就給趙大娘提了建議。她一開始想的是做速食，原本四嬸店裡就有做，現在轉型，已經放棄不做了。只是做速食不適合碼頭，碼頭的工人不講究吃好，只要能混個飽就行，所以乾脆菜和飯一鍋燴了賣，又好吃、又管飽。

其實，多數受災過來的人，中午都不吃飯的，一天只吃兩頓，不過碼頭扛活的不行，不吃飯就扛不動活，扛不動活掙錢就更少。

菜飯就是拿點鹹肉和青菜或者豆角一起和雜糧飯蒸好，然後裝到特製的鐵桶裡推過來，溫在爐子上，三文錢一大碗、五文錢兩大碗。趙大娘的菜飯沒有鹹肉，就是一大勺豬油，放點鹽，切點青菜或者豆角，煮上一鍋雜糧米飯。那些豆子、碎玉米粒混合在米飯裡特別扛餓，加上豬大油和青菜，一碗米飯吃下去只覺得渾身是勁。湯是免費的，吃完飯可以去喝半碗湯。就是普通的青菜蘿蔔一類的湯，沒有雞蛋，滴幾滴油，少抓點鹽，不圖味道，圖個吃乾飯有口熱湯。到了冬天沒菜的時候，放點蔥花炸一炸，也能熬一鍋湯。

糧價又開始掉了，糧食從外地運過來不少，隔幾天掉一次，最近幾天已經日趨平穩，不過價格還是比以前偏高許多。

趙大娘的餅已經掉到三文錢一個，五文錢兩個了。家裡受災後買的麥子早磨了麵粉做光了，就是糧食還有很多，都是豆子、玉米、稻穀一類的，黃豆就想著做點雜糧米飯賣著試試。趙大娘煮了一鍋後拿大碗試了試，覺得三文錢足夠了，薄利多銷，而且碼頭上工人都是靠勞力吃飯，掙點錢不容易。如果要讓這些人敞開肚皮吃，三、四碗雜糧飯是隨隨便便的事。農閒的時候還好，農忙的時候，別說黃豆那些叔叔、伯伯，就是黃德磊和老叔這些半大小子，一人都是三大碗雜糧米飯，這還是勒著肚子的。

不過，真正能敞開肚皮吃飯的日子還是太少了！

在黃豆的記憶裡，她一頓也就拳頭大的小碗吃個半碗。那些鬧騰著減肥的女生們，甚至幾天都能不吃主食，叼兩根青菜葉子就能管一天；而現在，一大碗雜糧米飯黃豆眼都不眨一下就扒拉進肚子裡了，她可還是個九歲的孩子。

以前的黃豆是不愛吃豆子的，熬稀飯裡放點紅豆、豇豆、豌豆類的她都不吃，她總覺得豆子有一股豆腥味，所有豆子裡，她只吃可以做菜的毛豆。又不是吃不飽飯的年代，不吃豆子就不吃吧，天天不吃飯只喝牛奶都行；而現在，天天雜糧米飯就是不錯的生活了，早晚那些卡嗓子的玉米麵稀飯她也喝得滋溜帶響。

人還是不能慣啊，餓了吃什麼都是香的！

王大妮看見黃豆和黃梨過來就高興，因為黃豆，她家炒的瓜子、花生就是比別人家的好吃，行船的人出海，一走就走好久，水面上無聊得很，沒事弄點花生、瓜子喝幾杯是很正常的事情。她現在賣花生、瓜子、鹽豆子，還順便帶點當季水果過來賣，也不多，每天夠賣就行。

黃豆和王大妮站在一邊說話時，一個和王大妮差不多年齡大小的姑娘，在一個大娘的慫恿下也蹭了過來。

「大妮，這就是妳說的豆豆吧？小姊兒倆長得真好看呢！」說著，一伸手，遞給了黃梨幾塊糖。

黃梨抬頭看看黃豆，搖搖頭，抱著小熊往黃豆身後躲了躲。

小姑娘有點急了，又把糖遞給黃豆。「妳嚐嚐，我自己家賣的，可甜了！」

看著面前這個有點緊張又有點害羞卻強撐著過來說話的小姑娘，黃豆有點莫名其妙，但還是拿了一顆遞給黃梨。「小梨，說謝謝姊姊。」

黃梨拿著糖，細聲細氣地說：「謝謝姊姊。」

「不用不用！妳們叫我桃花就行。大妮、豆豆，妳們也吃一塊！」說著，小姑娘把糖往黃豆面前遞了遞。

王大妮擺手拒絕。

黃豆也擺手道：「我不愛吃糖，不信妳問小雨。」

看著桃花有些失望地縮回手，黃豆明顯感覺得出，這個送糖給黃梨的小姑娘有點討好她的意思。但……我有什麼好讓人討好的？難道是她知道我家哥哥多？

好在大家都是小姑娘，很自然就聊開了，何況人家還誇她姊兒倆漂亮呢！

不過，黃豆確實覺得自己和黃梨長得好看。黃老漢和黃奶奶都屬於長得體面好看的，生的兒子也個個都不差，四個媳婦又因為家境不錯，更是精挑細選娶來的，要人品也要樣貌。只要黃家孩子不長歪了，怎麼長都不會差。

中午飯點過了，趙小雨那邊也輕鬆了，趙大山和趙大川又回去碼頭做事了，看這邊幾個小姑娘在說話，也沒過來。

趙小雨忙完一波後走過來，遞給黃豆兩塊糖，是要給黃梨的。

黃梨喜歡吃糖，而黃豆不怎麼愛吃甜的，但是趙家兄妹每次給黃梨糖都是拿給黃豆。怕黃梨蛀牙，黃梨每天吃多少糖，都是要經過黃豆同意的，大家也習慣了，要給黃梨吃糖就會先問問黃豆。

看見黃豆很自然地接過趙小雨遞過來的糖，桃花心裡微微有點發酸。如果不是她娘逼著她過來，她根本一點都不想和這幾個小姑娘打交道！

桃花是南山鎮人，她一直覺得自己是鎮上人，有點高人一等的感覺，又長得不錯，更是自視甚高。她天天在碼頭跟著她娘賣糖果、小點心，也賣瓜子、花生，她娘的推車上滿滿當當都是小零食。一個碼頭不是阿姨就是大嬸，她這樣的小姑娘本來就不多，桃花理所當然把自己定位在碼頭一枝花的位置。其實她很想把自己定位得更高一點，比如南山鎮一枝花。可惜南山鎮太大了，而南山鎮那些富戶人家的閨女可不是她能比的。

沒想到，她美豔一方的日子卻被幾個後來的小姑娘給打破了。

王大妮雖然長得好，但是家境貧寒，穿的衣服雖然乾淨，卻是補丁打補丁的。先是來了個王大妮，長得好看，就是太窮。

後來又來了個趙小雨，長得也好看，還沒那麼窮酸，她就有點不高興了。結果，趙小雨還帶來了更好看的黃豆，和圓鼓鼓、胖乎乎，長得特別可愛的黃梨。

桃花的心裡充滿了嫉妒和不甘，可她娘竟還叫她去討好黃豆！她娘說，就是那個小姑娘教王大妮炒瓜子、花生的，她娘那天都聽見了。而且那個小姑娘每次一來，趙小雨家就會推出新花樣。聽說黃豆她叔叔家在鎮上開了個生意非常好的小飯館，肯定都是黃豆那個丫頭在家裡看大人做，又來教給趙小雨和王大妮的。

桃花娘覺得，交好黃豆，肯定有好處沒壞處，可是桃花不同意。上次讓桃花過來她沒過來，結果黃豆來一趟後，王大妮又加了鹽豆子、又賣起了水果！而趙小雨家，中午直接不做餅子，改賣盒飯了！雖然沒嚐過，可趙家一揭鍋蓋的香氣能飄出老遠。一碗雜糧飯就能賣三文錢，這一桶一桶的賣，可以賺多少錢啊？

這次這兩個小丫頭又來了，桃花若再不過來，她娘定能掐死她！

趙小雨邊忙邊和黃豆說話，幾個小姑娘就站在趙小雨家的攤子旁邊聊天，黃梨抱著小熊，蹲著拿根小棍子去捅鐵皮爐子下面的炭火。

幾個小姑娘長得都好，來來往往的人路過的時候都忍不住要多看兩眼。

黃豆和趙小雨年齡小不覺得，王大妮和桃花很快就察覺到了，兩個人都有點臉紅。

好在敢來碼頭做生意的，也都不是那種矯情的，臉紅歸紅，說話、做事還是落落大方，有客人過來買東西，就停下做生意，沒有客人就繼續一起嘰嘰喳喳聊一些碼頭上的趣事。

站了一會兒，黃豆明顯感覺來買東西的年輕人多了起來，當然也有年齡大點的小管事，看人的眼神就有點讓人不舒服。黃豆和趙小雨還小，但是桃花和王大妮卻都是大姑娘了。桃花明顯是和她娘一起來的，而王大妮自己一個人，要是被欺負了，連個幫忙的人都沒有。

唉，黃豆覺得自己有點多操心，這些也不是她該管的，人家也有爹娘。不過王重陽已經在南山鎮和黃豆家同一塊地方買地準備建房了，以後大家就是鄰居了，要不要提個醒呢？不過那個桃花一直賴著不走，黃豆也不好說。

不知道為什麼，黃豆有個不太好的交朋友標準。她看人完全憑第一眼，第一眼印象好的，毛病再多她都能忍，能當朋友一樣對待；第一眼不舒服的，以後這個人對她再好，或者說這個人非常不錯，她也很難和這個人做朋友。

而桃花就屬於後者，黃豆第一眼看見她就覺得不是和她一路的人。

看黃豆準備拉著黃梨回家，王大妮笑著點頭，趙小雨卻有點捨不得。她忙著做事，都還沒來得及和黃豆好好說話呢！

趙大娘看黃豆要走，又見小雨的黏糊勁，索性放下手中的活，揮手讓趙小雨跟黃豆一起玩去。

趙小雨畢竟還是個孩子，聽她娘說放她去玩一會兒，不由得喜笑顏開。

其實，趙大娘也是看小雨天天在碼頭陪她忙，連玩的時間都沒有，有點心疼。

趙小雨高高興興地洗了手，脫下圍裙準備和黃豆一起走。

王大妮羨慕地看著趙小雨和黃豆，她也想玩，可是她不能，她還要掙錢呢。

桃花看黃豆要走，有點急了，她可是接了任務來的，連忙親熱地一把拉住黃豆的胳膊。

「豆豆，妳來我家攤位看看！我娘賣好多零食，妳看有沒有喜歡的，拿回家吃，不要錢！」

黃豆連忙搖頭。「不用、不用，我不愛吃零食！」其實黃豆哪裡是不愛吃零食？她只是不想欠別人人情，畢竟吃人嘴軟嘛！

桃花也不給她拒絕的機會，生拉硬拽地把黃豆拽到她家攤位前。

桃花家的攤位確實賣不少東西，石頭壘成的攤子，上面鋪一塊木板，木板上放滿了一小筐、一小筐的瓜子、花生、糖果等各種小點心，上面蓋上蓋子防止灰塵。

這種露天的小食品確實很方便，唯一的壞處就是露天的，這樣敞著口賣容易髒，不敞著客人來了又看不見。桃花娘每次見客人過來就把蓋好的蓋子一一拿下，讓客人挑選，客人走了再蓋起來，生意也還不錯。

見黃豆帶著黃梨過來，桃花娘連忙把一個一個蓋著的蓋子揭開，熱情地招呼黃豆嚐嚐。

黃豆當然不會吃，但桃花娘還是非常熱情地抓了把乾紅棗塞進黃梨褂子上的大兜裡。

天氣涼了，黃豆讓黃米給黃梨和黃德儀各做了兩件類似於現代罩衣一樣的衣服，吃飯、玩耍都不會弄髒裡面的衣服。做得寬鬆，現在當秋衣穿，冬天當罩衣穿，可以護裡面的棉衣不髒。黃米做的時候，特意按黃豆的要求在衣服前面做了一個大兜，像哆啦A夢肚子上的百寶袋，給黃梨他們裝零食。看見這個大口袋，黃豆就想起老叔小時候褂子上兩個比別人大的、裝零食的口袋，她從裡面掏出過許許多多好吃的。

黃梨用手小心按著面前的大兜，笑瞇了眼，好多棗！她把大兜拉開，小心數了數，一、二、三、四、五，嗯，有五個呢！黃梨已經會數到二十了，五個是難不倒她的。

黃豆看著桃花娘掀起又蓋上的蓋子，忍不住說：「大娘，妳為什麼不準備幾個小碟子，每樣小零食只放一點在小碟子裡打個樣，客人看樣品挑好了，就把碟子拿開再拿，這樣不是又可以挑選又不麻煩，還乾淨嗎？」

桃花娘一拍大腿。「哎呦，妳個小丫頭就是聰明！我咋沒想到呢？等會兒我就讓桃花她爹去買，下午我就用起來！碟子雖然貴，但是小心用，可以用好幾年呢！」

「嗯，妳就選那種純白、不要花的小碟子，不要大，酒樓用的那種蘸料碟就行了。樣品也不要多，放久了反正也不能吃了。」黃豆說著，笑咪咪地揉了揉正啃著棗的黃梨的髮。

「小梨，只許吃兩個。我們回家嘍！」

黃梨趕緊把手裡的棗子整個塞進嘴裡，使勁嚼吧嚼吧，然後把棗核吐出來，伸出黏糊糊的小手抓住黃豆的手。

黃豆也不介意，跟桃花、王大妮等人招呼一聲就和小雨一起往家走。

走出沒多遠，就聽見後面傳來腳步聲，一回頭，趙大山正汗流浹背地跑了過來。

「走吧，我送妳們。」

趙小雨奇怪地看了看她大哥。「我們自己可以走啊！」

「我去鎮上替工頭買點東西，順便送妳們。」趙大山臉不紅、心不跳地撒謊。

於是大家一起往鎮上走去。

黃豆看趙大山滿頭大汗的樣子，有點不忍。「大山哥，你總不能在碼頭扛一輩子活吧？太辛苦了！」

「我已經和管事說好了，明年開春就跟著他們跑船去，現在先做著。」

趙大山竟然和老叔是一個想法！要是老叔和趙大山都要去跑船的話，那麼最好讓他們上同一家船，這樣起碼相互有個照應。嗯，回去就和老叔商量商量，看老叔怎麼說。

就怕爺爺、奶奶不同意，其實黃豆也擔心，不過好男兒志在四方，黃豆更希望老叔和哥哥們多出去闖一闖，掙錢不是最重要的，人的眼界開闊了，想法就不會墨守成規，爺爺就是最好的例子。

黃梨走的慢，跟著姊姊時她不敢犯懶，但是跟著趙大山她敢啊！當即拉著趙大山的衣襟不肯走路了，要抱。

黃豆看著，也不說話，反正不要她抱就行。

趙大山從小沒哄過孩子，妹妹雖然比他小了六歲，可他自小就是當小大人培養的，天天跟著爹後面練拳腳，沒抱過孩子。抱起黃梨時，他覺得心都是軟的，這麼小的一個孩子，軟軟地趴在他的肩頭，漸漸地睡著了，他不敢走太快，慢慢放緩腳步。

四個人晃晃悠悠地往家走，午後的陽光照在人身上暖洋洋的，就連黃豆都有點犯睏，也有點犯懶了。

剛走到巷口時，就看見黃大娘慌裡慌張地往外跑。

「大伯娘，怎麼了？」黃豆直覺有事發生了。

「喔，豆豆啊！妳四嬸要生了，妳和大山、小雨先回家，我去找穩婆！」黃大娘腳步不停，從四人身邊擦肩而過。

要生了？雖然知道就在這幾天，但還是有點意外。黃豆拖著小雨，拔腿就往家裡跑。

趙大山還抱著小梨呢，在後面跟也不是、不跟也不是，最後只得硬著頭皮跟著，先到了店門口，剛好看見黃三娘。「三嬸嬸，黃梨睡著了。」趙大山微微有點臉紅，人家家裡的嬸嬸生孩子，他跟進去總不像話，畢竟他也是十六歲的大人了。

「噯，大山吶！你吃了沒有？」黃三娘連忙接過黃梨。這個丫頭睡得還挺熟的，換個人抱了竟然都沒醒。

「吃了！三嬸，我去上工了！」說著，趙大山就跑了出去，好像後面有人追趕一樣。

黃三娘伸頭看看，這孩子，一溜煙都跑出巷子口，轉到街上去了。

黃豆拉著小雨進了院子，黃米和黃桃正並肩站在院中的花壇旁邊。一個十三歲，一個十一歲，姊妹倆幾乎差不多高，都是身材窈窕、面容秀美的小姑娘。

「大姊、姊，四嬸生了嗎？」黃豆走過去問。

小雨也跟著喊了一聲。「大姊、二姊。」

「還沒有。小雨來了，妳吃飯了沒？」黃米轉回頭拉著小雨的手。

黃桃則摸了摸妹妹的後脖頸。「妳又跑了吧？看妳後面都出汗了，小心吹了風又感冒！」自從黃豆上次落水發熱後，黃桃就特別緊張黃豆，生怕她生病，每天盯著黃豆，這不許、那不許的，簡直比她們的親娘管得還多。

穩婆是早就說好的，黃大娘很快就領了一個索利的婆子進了院子。

「水燒了嗎？」穩婆邊走邊捲起袖子，捲好後，拿條細帶子繫了起來。

「好了、好了！」黃二娘連忙端著一盆水走了過來，放在前屋門口的一個洗臉架子上。

穩婆就著熱水，仔仔細細地洗了手後，就進了屋。

黃奶奶看家裡三個姑娘帶著小雨都在院中站著，連忙走過來趕她們。「玩去吧，妳們小孩子待這裡不合適。」

黃米有點臉紅，連忙拉著妹妹們去了灶房門口的棚子下，一邊拿塊破瓷片給土豆去皮，一邊側耳聽著前屋的動靜。

大家都很好奇，也不說話，都幫著黃米去土豆皮。

並沒有像電視上所表演的那樣大呼小叫，疼應該還是疼的，只因為是第三胎，所以下來的很快，大概小半炷香的時間都沒到，就聽見一聲嬰兒響亮的啼哭傳了出來。

黃豆大喜，不由得站起身子，剛跑出去幾步，想想，又回頭丟下土豆和碎瓷片，洗了洗手，再往前屋跑，正撞見黃大娘抱著孩子出來給黃奶奶看。

「娘，您看，是個大胖小子呢，整七斤！」

黃奶奶分外高興，笑得合不攏嘴。「好好好！快抱進去，外面有風。」對於黃奶奶來說，添丁進喜無疑是最好的事情，在他們心裡，生男孩和生女孩的喜悅是完全不一樣的。

黃豆只來得及伸頭瞅了一眼，其實瞅不瞅她都知道肯定不好看。她見過剛出生的黃德儀，頭擠得長長的，臉上皺巴巴的，像個小猴子一樣醜。

不過長個幾天就會變了，越長越好看，越長越可愛。

黃家添了新丁，於是黃老漢又跑了一趟先生處，再替孫子取了四個字回來——

「智勇雙全」。

第十七章　多謝妹妹成全我

轉眼秋天就要過去，黃家備石頭、砍樹木的事已經大致告一段落，大家開始砌房了。

黃德明的親事也說好了，那日去相看的時候，黃老漢不放心，特意派了黃豆跟著黃德明一起隨許媒婆去了許家莊。

路過許秀霞的院子門口，黃德明頭都沒抬就走過去了。

黃豆還是有點心疼自己二哥的，少年情竇初開，卻所愛非人，還好及時止損，也算是運氣。

許秀霞家院門關得緊緊的，一絲聲音都沒有。她家隔壁就是許彩霞家，中間不過一個一公尺多寬的空地。

見到許彩霞的第一眼，黃豆就覺得滿意。許彩霞爽朗大氣，待人接物不卑不亢，如果黃德明不是黃豆的二哥，黃豆私心都覺得二哥配不上許彩霞這樣的女子。

親事商議得很順利，換了庚帖，定好十月初六小禮，十一月二十八成親。

小禮這一日，黃家送上細銀鐲子一對、銀耳環一對、喜餅六十四只、福團六十四只、四式糕點各十二包、老酒兩罈、衣料六件、禮金六兩。

黃家聘禮搬進許家小院時，鄰居親眷不由得震驚譁然。這也太貴重了，全南山聘媳婦也很少有這麼高的禮金和銀首飾的！

許家莊歷年娶媳婦、嫁女兒，禮金就沒有超過三兩的，更別說還有這些銀首飾。這邊許老實家熱熱鬧鬧，那邊許猴子家卻靜悄悄。

酒過三巡，黃德明微微有了點酒意，獨自起身，去了屋後的茅房。

許家前面有院子，後面沒有院子，茅房就在屋後的豬圈旁。黃德明一泡尿撒完，提了褲子出來，就看見許秀霞站在自家屋後，看著他未語淚先流。

要是黃豆在這裡，肯定要拍黃德明一巴掌的！這種白蓮花理她做啥？

黃德明有點慌張，頭一低就往許彩霞家大跨步走去。少年的情誼空付流水，他是恨的。剛走了幾步，就聽見一聲嬌怯怯的聲音響起——

「明哥哥，你能不能聽我說一句話？」

黃德明嚇得趕緊就跑！他今天是來下聘的，如果被人看見他和許秀霞在屋後說話，可就說不清了。到時候不被爹娘打死，也要被三妹妹她們嘲笑死，他也不是那麼沒腦子的人！

還沒跑到許彩霞家的前院，迎面就撞上了一個人。誰？許彩霞！

許彩霞看見了許秀霞，也聽見了那句「明哥哥」，更看見黃德明如見鬼一樣的表情，不由得笑了起來。「你怕啥？難道秀霞妹妹還能吃了你？」說著，一把拉住黃德明的胳膊，站住身形，輕輕對許秀霞一福。「多謝秀霞妹妹成全了我這份好姻緣。」說完也不管許秀霞什麼表情，拉著黃德明轉身就走。

黃德明一顆心「撲通撲通」，幾乎要跳出胸腔了。他怕許彩霞誤會，也怕別人看見許彩霞拉著他的胳膊，可是他又捨不得把胳膊從許彩霞的手下挪開，他們好歹也算未婚夫妻了。

許彩霞根本不給他糾結的機會，剛轉過屋角，走出許秀霞視線的範圍內，她立刻鬆了手，若無其事地站住，輕輕一笑。「明哥哥，我先回。」說完一甩手，進了前院。只留下黃德明站在原地，臉上火燒一樣的難堪。

十一月初六，黃家五兄弟搬家。

十一月二十八，黃德明和許彩霞結婚。

然而黃德明來接新娘子時，遇見了一點小插曲。

黃德明帶著一行人在許彩霞家吃了宴席後，趁著天還亮，趕著接新娘子的驢車就開始往家回了。一般是天黑之前要到家，只是冬天日短夜長，時間上就顯得不那麼寬裕。誰知剛出了新娘家的院落，就見許秀霞家門口的路被堵了。

十幾塊石頭堆積在許秀霞家門口那條窄窄的路上，來接親的小夥子們忙要過去搬，結果許猴子出來了，不讓動。他說，這是他家要砌院牆用的，搬走了，耽擱他家砌院牆！

許老實一家聽見外面有動靜，出來一看，許老實當即氣得頭上青筋都爆出來了。這是故意找茬啊！天馬上要黑了，砌什麼院牆啊？再說，這也不是什麼砌院牆的石頭，根本不知道是從哪裡扒拉來的，都是那種表面風化、不結實的石頭，這也欺人太甚了！

可是許猴子也沒錯，畢竟他是把石頭堆在他家門口，又沒堆別人家門口。

黃家這邊的長者，去的是黃德明七爺爺家的大兒子黃書貴。黃書貴就是個老實憨厚的，也是個嘴拙的，根本沒想到會有這一台戲。

別說他沒想到，黃家跟許老實家都沒想到！人總是要臉的，何況許秀霞還沒說親呢，這樣一鬧，許彩霞家固然不好看，就是許秀霞也沒撈到便宜啊！

黃書貴忙拿了喜糖、喜餅遞了過去，可是許猴子根本不理會他。黃書貴沒辦法，又憨厚地笑著把一包喜糖、喜餅往許猴子面前送了送。

許猴子不耐煩地一抬胳膊，「啪」一下把一包喜糖、喜餅打落在地。「哎呀，你看你看，你這也太不小心了，可不關我的事啊！」說著，許猴子一抬腳，踩在了一塊喜餅上，還用腳尖碾了碾，給踩進了泥土裡。

黃家這邊真怒了，這明顯是打臉了！

黃德明牙一咬，就準備衝過去和許猴子理論。

趙大山一把拉住了黃德明。「我來。」

許猴子人不高，又瘦，就那麼踮著腳，仰著頭，冷笑地看著面前的眾人，這是在他許家莊，他當然不怕。

趙大山走過去，抬腳一踢，一塊石頭就撞到另一塊石頭上，「啪」一聲悶響。緊跟著，趙大山一腳踩在踢出去的那塊石頭上，只一下就把石頭踩碎、踩進了泥土裡。他又向前走了一步，把被撞到的那一塊石頭又一腳踩碎、踩進了泥土裡，這才開口說話。「許大叔，不好意思，你家這個石頭不適合砌院子。砌院子要用青條石，這種石頭風化得太厲害，都不結實了。我幫忙給你往旁邊搬搬吧，別擋著大家的道就不好了。」

看著站在自家面前、比自己高一個頭的趙大山，許猴子感覺到了從心底散發出來的寒意，這少年是個狠人！他不禁結結巴巴地道：「行、行……既然不能用，那就不要了……」

到了黃港，天已經黑透。新娘子不敢在驢車上繼續坐著了，怕被鬧新人的堵了，可是她又不熟悉路，正無措的時候，聽見黃德明喊了一聲「三妹」。

就見一個八、九歲的小姑娘，提著一盞紅燈籠，從前面的路上向這邊走來。到跟前，小姑娘舉起燈籠咧嘴一笑，許彩霞正掀起蓋頭的一角看著她。

「二嫂，快，我帶妳跑！」

許彩霞握著黃豆的手，從車上下來，被黃豆拉著就跑。兩個人跌跌撞撞地繞過一座房子後，走上了一條很寬的路。

「這是我們家後門的路，等會兒我們從後門繞到前面再進去，我已經和大姊、二姊說好了。」說著，黃豆拉著許彩霞，走到一扇後門前，敲了敲，隨著敲門聲，門被人打開，門後站著一個十一、二歲的小姑娘。

「二嫂，我是黃桃。妳跟我來。」黃桃伸手從黃豆手中接過許彩霞的手。

站。

等許彩霞拉著黃桃的手跨進門去，黃桃關起後門，先拉著許彩霞往燈光的陰影處站了

而黃豆則提了紅燈籠又原路返回，走到一半，繞到屋前。

接新娘的驢車已經快到黃德明的家了，堵著的漢子們一看，車上沒新娘子，就知道壞了，新娘子下車跑了！

這時一掛迎新的鞭炮響起，就像一個信號，黃豆提著紅燈籠從屋前空地向黃德明家的大屋就跑，驢車也順著大路向黃德明家去。

青壯的漢子只看見一盞紅燈籠從不遠的地方跑過，於是攆驢車的往那邊追，守路口的往那邊堵，就連大門口留著的兩個也伸長脖子往那邊望。

這時，黃桃拉著許彩霞，三步併兩步地從屋後繞了過來，拔腿就跑，一直衝進堂屋，推開房門，進了新房。

站門口守著的兩個人還在發愣，半天才反應過來，大喊一聲。「新娘子進房了！」

遠處把提燈籠的黃豆當成新娘子堵的人，此時已經跑到了黃豆的身邊，一看竟然是黃豆，不禁又好氣、又好笑，忙轉身又往新房跑去，可千萬不能讓新娘子進新房。

這邊娶新人有個規矩，新婚三天無大小，不管輩分、不管年齡，大家都可以鬧新娘。娶親當日，新娘在路上被堵住是要被罰的，至於怎麼罰？喝酒、唱歌、說笑話都算是文明的。若新娘跑得快，或者有新郎這邊的弟弟、妹妹、姪子、姪女幫忙掩護而順利進了房間，那麼

今天晚上的鬧洞房就只能是吃幾顆糖、喝一杯水而已。

別人都往新房去看新娘子了，黃家以前的老鄰居，王家二兒子的孫子王仁義卻沒走，因為他正氣得很。

王仁義跟著大人們跑來跑去就是想占個熱鬧，結果熱鬧沒占到，氣得伸手推了黃豆一把。「多管閒事好放屁！」

黃豆沒提防，被推得差點摔倒在地。

王仁義也不管輕重，又追上去準備再推一把！

趙大山突然從後面一把抓住他的胳膊提起來。「再看見你打豆豆，仔細你的皮！滾！」

王仁義嚇得屁滾尿流地跑了！

趙大山看黃豆拉著新娘子就跑時，有點不放心，把車送到黃德明家門口，就轉過來看看。天黑路不好走，別把這個丫頭給摔了碰了。結果剛跑過來，就看見王仁義欺負黃豆，要不是看王仁義年齡不大，自己都想揍他了。

王仁義被趙大山嚇跑後，黃豆一手提著紅燈籠，一手牽著趙大山的衣角往家走。「大山哥，你不去喝酒嗎？」

「嗯，馬上去。以後晚上不要亂跑，怎麼不讓妳兩個姊姊來接妳二嫂？妳還小。」趙大山繞開各種建房材料，一路把黃豆帶到黃家的地盤。

「我兩個姊姊都大了，我娘說被陌生人衝撞到就不好了，所以讓我來。」黃豆跟著趙大山小心翼翼地走，生怕被絆倒摔一跤。剛才拉著二嫂跑的時候沒覺得亂七八糟的東西多，現在跟著趙大山走才發現，到處是雜物，還真是挺危險的。

黃家建村的這一片有外地來的災民，因為並不清楚各家的習性，所以黃老漢三令五申，讓家裡的女孩子不要隨便出來走動，去哪裡都得有家裡的兄弟跟著。

黃家就四個小姑娘，黃米和黃桃說大不大，說小也不小了，而黃梨還算小。其實就是黃豆，也算半個大姑娘了，不過她本人沒有這種自覺。

想和黃家做親的人家不在少數，男孩子黃老漢不怕他們吃虧，而且家裡兄弟多，出去基本上都是成群結隊的，很少落單；女孩子就不一樣，碰見那種心術不正的，什麼也不幹，光攔著妳拉拉扯扯就能夠讓人說上大半年的。

趙大山心裡有點不高興，覺得黃三娘這是沒把黃豆當一回事！大閨女是親的，二閨女就不是親的嗎？今天要不是他過來，黃豆就要被王仁義打了！而且天黑路又不平，要是摔了磕了碰了怎麼辦？

黃豆沒感覺到趙大山的情緒變化，提著燈籠高高興興地跟著趙大山走，到了家門口沒心沒肺地就往新房跑。「大山哥，我去看新娘子了，你要少喝酒啊！」話說完，人就鑽進人群裡去了。

趙大山又好氣、又好笑，剛才還拉著新娘子跑呢，現在又跟從來沒見過新娘子一樣，真是個孩子！

黃德明帶新娘子三朝回門後，家裡終於安靜了下來。
黃米和黃桃天天跟去店裡帶小八、小九；黃豆是職業帶黃梨的，小姊兒倆天天逛街，逛吃逛喝，一條街到南山碼頭，都快被黃豆和黃梨逛爛了！
這天逛到張小虎家的肉攤，黃豆興致勃勃地看著張小虎站在肉攤後面愁眉苦臉地幫忙。天冷，買豬肉的人家多。不是每家每戶都有錢殺年豬的，今年豬肉又貴，大部分人家養著過年的豬都被大水沖跑了，只能上鎮上打點肉醃製。原本還能每天出去溜達的張小虎，就被張伯給留在鋪上，肉鋪從早到晚都有人來買肉，張小虎只能從早到晚在肉鋪幫忙。
看黃豆小姊兒倆逛過來，張小虎擠眉弄眼地給黃豆使眼色，意思是：妳給我找個藉口讓我出去溜達一圈啊，我快憋死了！
結果黃豆當沒看見，站一邊看張伯剁肉，又給黃梨剝了一塊糖，然後轉身，頭都沒回地走了……走了?! 張小虎一口老血差點沒吐出來！
黃豆妳個沒義氣的，不夠朋友，以後再不和妳玩了！
可惜他只能在肚子裡腹誹，黃豆聽不見，因為黃豆遇見錢多多和錢滿滿了。
這是黃豆第三次遇見錢多多，第一次遇見錢滿滿。
錢多多是鎮上錢家的孩子，不用腦子想都知道，這是南山鎮最有錢人家的小少爺。
至於為什麼很少遇見錢多多，那是因為錢多多住襄陽府，他在那邊的書院讀書。錢多多隔一段時間就要來南山碼頭，他祖母住南山鎮呢。錢多多的祖父就是錢大富，曾經是南山鎮首富。錢多多的爹，就是黃老漢從死人堆裡揹回來的少東家。

錢多多看見黃豆就高興，他覺得這個小丫頭和那些親戚家的小丫頭不一樣，他今天回來，是特意帶著錢滿滿來找黃豆的。

跟著錢多多和錢滿滿的是提筆和研墨。研墨一看見黃豆就想翻白眼，可是又想起黃豆打小狗蛋時候的彪悍勁，他又孬了，臉上的表情變了又變。

提筆是第一次看見黃豆，但是他對黃豆是久仰大名，如雷貫耳，他手裡的點心盒子就是錢多多給黃豆帶的點心。

錢滿滿更是對黃豆熟悉得很，架不住她哥天天在她耳朵邊唸叨，說「黃豆怎麼怎麼樣」、「妳以後要學學黃豆，不要做怯懦的人」等等。

要是黃豆知道，黃豆肯定會說：我們不熟好嗎？一共就見過兩次面、說了幾句話而已！

黃豆看見錢多多也很高興，上次她說請錢多多吃餛飩還沒請，就和小狗蛋打了一架，結果錢多多還買了一籃子棗放她家大門口了。

今天相請不如偶遇，乾脆帶回去做點好吃的，把兩碗胡辣湯及一籃棗的人情還了！

街也不逛了，碼頭也不去了，一行五個人當即興沖沖地往黃家小飯鋪走去。

黃家的小餛飩餡料足，味道鮮美，在南山鎮頗有名氣。

錢多多帶著錢滿滿，黃豆領著黃梨，四個孩子坐在小飯鋪裡吃餛飩。

黃豆簡單地說了說她二哥結婚了、家裡蓋房子等事。

錢多多也和黃豆說了他在襄陽府的事情，和同窗的矛盾、他爹身體不好，他娘逼著他進步等等。

而錢滿滿已經勇敢地伸出小手，抓住了黃豆的另一隻手，正滿心歡喜地看哥哥和黃豆姊姊說話。

錢滿滿是個害羞的小姑娘，一點也沒有大家閨秀的傲氣。

錢家和黃家不一樣，錢多多的爹是個獨子，被黃老漢揹回來後病了幾年，好不容易娶妻，又過了幾年才生下錢多多。錢家主母錢多多的娘是小戶人家的女兒，爹是個童生，沒多大出息。錢多多的祖母為了錢家香火，在錢多多的娘剛進門一年多就給錢多多的爹納了一個妾，是錢家祖母娘家的遠房姪女，生了個女兒叫錢歡歡，和錢多多同齡，小他一個月。錢家後院還有個妾，是襄陽府巡撫手下師爺的親妹子，生了個女兒叫錢喜喜，比錢滿滿大一歲。

錢歡歡、錢喜喜的出生就是為了和錢滿滿爭寵的，她們不敢去惹錢多多這個獨子大哥，但是她們敢去惹錢滿滿這個小妹。

錢多多這次帶她來，就是讓她多和黃豆接觸，學一點黃豆身上的東西。錢多多覺得，黃豆身上有一種別的女孩子沒有的東西，他說不清楚，但是他希望妹妹也能有，哪怕只學個皮毛，也比現在的怯懦強。

如果黃豆知道錢多多的想法，肯定會說：錢多多，你讓你妹妹跟我學什麼？學做個小潑婦嗎？

第十八章　姊姊妹妹去襄陽

這個春節黃老漢決定帶兒孫去襄陽府購物，趁著剛進臘月，順路去採購年貨。原本定好，這次由黃寶貴、黃德磊、黃德落跟著，因為他們春天的時候就要跟船走了，這次也算帶他們出去玩玩，見見世面。

結果黃豆歪纏了半日，最後黃老漢鬆了口，也帶上四個孫女一起去。女孩子家，只有在娘家是被寵的，到了婆家，終究要做別人家的媳婦，再想好好出去逛逛就難了。

這個決定，驚羨了一家老少，誰都想去襄陽府好好逛逛，哪怕不買，就看看也好。黃大娘和黃三娘還特意把自己的銀鐲子翻了出來，緊了緊給自己閨女套上。大人在這方面還好，幾個孩童就難免意動，可惜他們年齡太小，還輪不上，只能千叮嚀、萬囑咐姊姊們記得帶好吃的、好玩的回家。

因為帶著四個孫女，所以乾脆又帶了黃德忠，讓他給姊姊妹妹們跑跑腿。

於是這一日，黃老漢帶著一子三孫，護著四個孫女，一行人浩浩蕩蕩地來了南山碼頭。船行還有一會兒，大家都是提前到碼頭等的，總不能等船要行了再來，到時候船如果要早一點走可是不會等人的。

因為來的早，黃豆沒事，索性就帶著姊姊妹妹去了趙大娘的小攤坐一坐。

不是飯點，攤位上沒人，姊妹四個一來，可把小雨歡喜壞了。聽她們說是爺爺帶著要去襄陽府玩，連五歲的黃梨都帶了去，真是又羨慕、又高興。

一旁的王大妮也替她們高興，也羨慕她們受家裡人的寵愛。

要知道，趙小雨和王大妮她們還在為溫飽而奔波著，黃家幾個女孩卻從來沒有為生計愁過。這次，竟然因為要過年了，黃老漢還提出帶她們去襄陽府見見世面，有幾個哥哥為她們保駕護航，真真是捧在手心裡的嬌寵了。

桃花看黃豆帶了姊妹過來，也蹭了過來。她一直覺得自己是南山碼頭一枝花，結果後來有了王大妮她們幾個，她氣恨了一陣子，但後來想通了。

王大妮雖然長得好，但是家境貧寒，穿的衣服乾淨，卻是補丁打補丁的。

趙小雨家境也是一般，翻來覆去就兩件換洗的，年齡也小，還沒長開，所以不足為懼。

再比黃豆，雖然長得好看，家境也殷實，但是年齡一樣小。

至於黃梨雖然可愛，但年紀更小，就更不用比了。

所以說，桃花一直覺得，她這南山碼頭一枝花的位置是穩穩的、牢不可破的。

直到今日，黃豆帶著自己家的姊妹們過來，她才驚覺自己自視甚高了。

四個姊妹，個子高䠷、文靜秀氣的應該是黃家大姊。一身嶄新的粉紅色襖子，繫腰的帶子也是粉色，裙子卻是深青色，與繡鞋同色。頭髮挽成朝雲近香髻，深青色繫帶，斜插著一朵粉紅色的花朵。耳朵上是一對銀色雛菊耳釘，左手腕一只明晃晃的雕花銀手鐲。

略微矮一點的是黃家二姊，也是一身嶄新的桃紅色襖子，繫腰的帶子是桃紅色，裙子是湖藍色，與繡鞋同色。頭髮側挽著少女的傾髻，並排簪著兩朵桃紅色的花朵，繫著與裙子同色的湖藍色絲帶，整個人顯得非常俏麗。而且，她也是耳朵上一對丁香模樣的銀耳釘，左手一只雕著花紋的銀手鐲。

再看穿著橙紅色襖子的黃豆，竟然配了松石綠的裙子，這兩個顏色被她搭配得並不突兀。梳著雙平髻，纏著松石綠絲帶，左邊一朵橙紅色花朵，右邊兩朵橙紅色花朵，三朵花的顏色、造型一模一樣，卻分了大小，右邊兩朵明顯是一大一小，擠在一起感覺非常合適。配上星型銀耳釘，讓人眼睛一亮。

和黃豆拉著手的是一身大紅色襖裙的黃梨，大紅色棉襖和大紅色的棉裙都滾了白色的兔毛，整個人顯得又機靈、又可愛。梳著雙丫髻，繫著深青、湖藍、松石綠三色絲帶，兩邊各兩朵大紅色花朵。她的棉靴竟然也是這三色拼接而成，繡著粉色、桃紅色、橙紅色的三色花朵。這最小的妹妹，竟然是把三個姊姊衣裙的顏色都融合到了自己身上，又因為搭配得當，反而更顯得好看。她同樣戴一副銀耳釘，是心形的。

姊妹四人頭上戴的花朵，完全是按長幼順序來佩戴的。

桃花已經有點眼花了，這哪裡是普通人家的姑娘？如果不是因為衣服的料子都很普通，完完全全就是一副大家小姐的作派啊！

桃花看看自己粉紅色的襖，石墨色的裙，深藍色的繡鞋，再想想自己今天早上插的大紅色絹花。她明明剛剛還在為自己新買的絹花沾沾自喜，轉眼就恨不得立刻拔下扔了才好。

原來，美麗也是沒有對比就沒有傷害啊！

王大妮和趙小雨完全是真心的歡喜，覺得黃家姊妹四個打扮得真是好看，在南山鎮也沒有哪家有這麼好看的四個姑娘了。

幾個小姑娘正擠在一起嘰嘰喳喳地說著閒話，就見張小虎興沖沖地跑過來。

「我聽黃三哥說，妳們也要去襄陽府啊？」

黃德磊排行第三，家裡兄弟叫他三哥，張小虎與他們也相熟，就叫他黃三哥。

「對呀！虎子，你不在家幫張伯賣肉，來碼頭幹麼？」黃豆奇怪地問他。

「我外祖母過壽，我娘帶我去外祖母家給她老人家賀壽。」說著，虎子從身上揹的包裡抓了一把糖果出來。「給妳們吃！我娘買了準備給我舅舅家的弟弟、妹妹們分的。」

黃豆也不客氣，從小虎子掌中撚了一顆糖果丟嘴裡。是花生糖，新做的，味道很濃郁，黃豆最喜歡吃花生糖，滿足得眼睛都瞇起來了。

其餘幾個女孩子看黃豆拿了，也紛紛在小虎子的掌中挑糖果。她們都是在鎮上住著的，和小虎子都算熟悉。就連外來戶王大妮，也因為天天跑碼頭，對張小虎也算熟悉。

只有桃花，擺手拒絕了，理由很簡單：我家就是賣糖果的，不缺這一口！她其實是因為看見黃家四姊妹穿新衣打扮得齊整，心裡不服氣，態度明顯就有點敷衍。

幾個人也不在意她，正吃著糖、說說笑笑時，突然跑來一個穿錦衣的小丫頭。

黃豆一看，咦？這不是錢滿滿嗎？

「豆豆姊姊！我剛剛來南山鎮，正準備讓哥哥帶我去找妳玩呢，就在碼頭看見妳了！妳是來接我的嗎？」錢滿滿看見黃豆非常高興，她聽哥哥說了好幾次黃豆，自從上次見過面後，就覺得黃豆不單是哥哥的朋友，也是自己的朋友了。

「滿滿呀，我是準備跟爺爺去襄陽府玩，在這裡等船的。妳來南山鎮過年嗎？」黃豆看見錢滿滿也很高興，她就喜歡錢滿滿這種一眼看上去單純可愛的小姑娘。

「妳要去襄陽府啊？早知道我就不來，在襄陽府等妳了，這樣妳就可以去我家做客，我也可以跟妳介紹我的朋友了。」錢滿滿還是很失望的，她甚至有一種想再坐船回去的衝動。

說著，錢滿滿朝旁邊招手。「哥，你過來！」

錢多多一上碼頭就看見了黃豆，一群漂亮的小姑娘站一起，還是很吸引人注意的。錢多多還小，但是並不代表他不喜歡看漂亮的小姑娘。

錢多多很想過去找黃豆玩，可她身邊有一群小姑娘。他已經十歲了，先生說，男女七歲多不同席。那麼多小姑娘在一起，他還是要避避嫌的。但現在妹妹叫他，那就不一樣了。不過錢多多過去的時候還是把研墨和提筆給攔了一下，讓他們遠遠站著，不能跟過去。

「怎麼了，滿滿？」

「豆豆姊要去襄陽府了，我們再回去好不好？」錢滿滿仰起頭，扯著哥哥的錦袍問。

「去襄陽府？」錢多多愣住了。他怎麼運氣這麼不好，就沒有一次能和黃豆好好玩的！昨天晚上他可是一夜都沒睡好，過來的時候都在想，下午就帶滿滿去找黃豆玩呢！

現在不單單是錢滿滿，就是錢多多也想乾脆跟著黃豆一起坐船再回襄陽府了。想歸想，但是他不能任性啊！雖然嘴上沒說，但是臉上就帶出來了，有點不高興。

黃豆一看，這兩個錢家小祖宗不會是在鬧脾氣吧？趕緊哄道：「我今天去，明天就回了。你們在南山鎮等著我，剛好今天好好陪陪你們祖母，明天我回來，後天就帶你們玩去！虎子哥知道很多好玩的地方呢！」說著，黃豆趕緊看向張小虎，想給他使個眼色，又怕錢多多看出來。

小虎子也不是個笨的，一看黃豆的神情就明白了，連忙點頭保證。「嗯，沒錯，等我們從襄陽府回來，帶你去打冰溜！」

錢多多沒打過冰溜，很想玩，但是他不想和張小虎玩！他聽張小虎這口氣，好像也要跟著黃豆去襄陽，他就更不高興了。他還沒和黃豆逛過襄陽府呢，這個胖小子憑什麼跟著黃豆去玩？錢多多太生氣了，竟然忘記了自己是個比張小虎還胖的小胖子！

也不說好，也不說不好，錢多多轉身跑到行李邊，翻出一盒點心過來遞給黃豆。

「這是我從襄陽府帶來的點心，給妳路上吃。襄陽府的點心沒有青娘做的好吃，等會兒我去祖母家讓青娘做，明天妳回來就能吃到了。」說著，把點心盒子往黃豆手裡一塞，拖著戀戀不捨的妹妹轉身就走。

黃豆看看點心，又看看前面被錢多多用力拖著走卻還掙扎著回頭的錢滿滿，不由得嘆口氣。哎，錢家小少爺好像生氣了？可是，他為什麼生氣呢？好奇怪。

錢家雖然因為錢大富去世受到了一波衝擊，但是他家還是南山鎮最大、最有錢的大戶。連姻親宋家使了不光明的手段也沒有超越錢家，還害得錢大富遺孀宋家的姑奶奶連娘家都不要了，一心扶持兒子，牢牢護著錢家家業。

錢多多的爹經過一場驚嚇，又受過傷，單薄的身子沒受住，如今天一涼就會犯病。為了讓兒子安心休養身體，也讓孫子錢多多能夠用心進學，錢家特意去襄陽府買了宅子。錢多多的爹娘帶著錢多多並兩個妾、三個妹妹都住在襄陽府，獨留錢大富遺孀宋氏一個人住在南山鎮，操持著南山碼頭的大小事物。

黃家碼頭要是正式營運，勢必會衝擊到錢家的利益，到時候，她和錢多多別說做朋友了，可能還會成為敵人。這是黃豆不想看到的，她其實很喜歡錢多多和錢滿滿。這個傲嬌的小少爺一點都不傲氣，非常的投黃豆的脾氣。包括他的妹妹錢滿滿，也是一個和黃梨一模一樣的可愛小姑娘。黃豆想和錢多多交好，不僅僅因為他是錢家的孩子，更多的是因為他確實是個值得交往、值得做朋友的人。

大概是好事多磨，也可能是老天注定他們要成為敵對關係吧，所以她和錢多多每次相遇都會出點意外。回來一定要請錢多多和錢滿滿吃一次薺菜餡的肉餛飩，黃豆在心中暗暗下定決心，不管以後她和錢多多會成為什麼關係，起碼他們現在是朋友。

「豆豆，走了。」趙大山從船那邊大跨步走過來。趙大山現在不在碼頭扛包了，而是跟著商船來往於襄陽府和南山鎮，替各商家送貨。

他人不大，卻有力氣，還有拳腳功夫，頭腦又靈活，只在襄陽府跑了幾趟，就深受幾家貨主的讚譽，銀錢也比碼頭上扛活掙得多了。

看見趙大山過來，桃花連忙理了理衣裙，又扶了扶頭上的絹花，全然忘記剛才自己恨不得把絹花拔了扔掉的衝動。「大山哥，你今天又要去襄陽府啊？」說著，桃花就向前一步擠開黃米。「你有沒有空去襄陽府裡的店鋪看看，幫我帶兩朵絹花？」

「沒空。」趙大山甕聲甕氣地回了一句。

變聲期的少年，聲音果然不悅耳啊！看桃花這樣惺惺作態，黃豆忍不住看了一眼抱起黃梨的趙大山。可能是天天練拳腳功夫的原因，趙大山比一般十六歲的男孩子顯得精壯。趙大娘容貌本來就好，趙大山的爹應該也是個長相不錯的，與趙大娘並不相像的趙大山，整個人顯得又陽光、又俊朗，是個極容易吸引女孩子的帥小夥子，難怪桃花都動了心。

黃豆看了看站在一邊的王大妮，王大妮好像顯得很淡定，根本沒有像桃花一樣犯花癡；接著又忍不住看看自己的兩個姊姊，好像還沒開竅啊！

黃豆忍不住摸了摸下巴，趙大山配桃花……好像有點暴殄天物哎！

趙大山你可千萬要把持住，不要眼瞎啊！

這邊桃花和黃豆上演著各種內心戲，然而趙大山根本沒在注意桃花，他走過來喊了黃豆，只是因為順便。他每次走，都是要來和娘還有妹妹打聲招呼的。

黃德磊他們兄弟幾個正在往船上搬東西，黃家這次去襄陽府也是帶了山貨的，起碼能順便多賺一點。

一行人往船上走去。這是黃豆第二次前往襄陽府，她拉著黃梨，兩個傻大膽輕輕鬆鬆就走到了甲板上；黃米和黃桃人還沒站到跳板上，光仰頭看著高大的大船就開始頭發暈了。

看見站在下面半天沒敢動彈的兩個妹妹，黃德磊連忙和黃德落下去，一人拉一個，給硬拽了上來。到了上面，小姊兒倆一頭扎進船艙，半天才緩過勁來。

黃豆上次是兩個月前去的，那時候天還不冷，她和老叔坐在甲板聊天，而現在她只能坐船艙裡發呆，因為甲板上風大又冷，她不敢帶黃梨帶上甲板，怕她人小受不住凍，而兩個姊姊雖然也好奇，但是都屬於文靜淑女型的，不會陪著她胡鬧。

船艙人多，坐久了，黃豆覺得氣悶，屁股下就好像扎了針一樣難受。

看看幾個哥哥，正坐在一邊聽貨商聊天，天南海北，興致正濃，完全沒注意黃豆如坐針氈的樣子。趙大山在上面忙活完了，一進船艙，黃豆就眼巴巴地看著他，希望他能主動帶她到甲板上溜一圈。

果然趙大山不負黃豆所望，走過去問她。「豆豆，妳們要不要去甲板上看看？」

黃豆趕緊點頭，一下就站了起來。

黃寶貴也和三個姪子互相看了看，站了起來。「我們也去看看。」

冬天，湖面上的風非常大，吹得人有快站不住的感覺。

黃豆不甘心，非要趙大山拉著她溜一圈。

黃寶貴他們都進去了，甲板上也沒什麼人，趙大山乾脆把自己的大圍巾解開，給黃豆細細圍起來。

趙大山跟著船跑，湖面上行船的時候風大，這條圍巾還是黃豆教趙小雨，兩個人特意一起給趙大山織的。趙大娘紡的線，把棉花搓成條夾雜在裡面，粗粗織好，雖然不好看，卻很保暖。

圍上圍巾後整個人都暖和許多，黃豆便拉著趙大山的手開始在甲板上溜圈。

不過甲板上確實風大浪急，走了半圈黃豆就受不住了，哆嗦著話都說不全了，卻還不肯進船艙。

趙大山一看，這要是把小姑娘凍壞了可怎麼得了？當下也顧不上什麼，直接把大襖釦子一解，就將黃豆拖到懷裡包住，只單單露出個圍著圍巾的腦袋好看風景。

趙大山是個十六歲的少年，黃豆也不過是個九歲的小姑娘，兩個人都沒覺得不妥當，興致勃勃地在甲板上站定，看船邊浪花飛濺。

冬天的湖面上有陣陣霧氣，幾乎看不見水鳥，岸邊的樹木和雜草都枯黃了，從船上隔著霧氣看，顯得朦朧又好看。

最後黃豆還是被趙大山強硬地帶回了船艙，外面確實太冷了，他是已經習慣了，可黃豆畢竟還是個小丫頭呢，真凍出個好歹來就麻煩了。

進了船艙的黃豆，應該是氣溫驟變，一進來不由得打了兩個噴嚏，鼻涕、眼淚都打出來了。

趙大山一看，腦瓜子都疼，看樣子就這麼一會兒還是受了冷。掀了簾子轉身又出去了，不一會兒端了一杯熱水進來遞給黃豆。

黃豆接過去小心地抿了一口，有點燙、有點甜，應該是放了糖。

看黃豆抱著杯子一小口、一小口地喝，趙大山才轉身去了商戶身邊坐下，和他們攀談起來。

第十九章　初遇少年塗華生

這幾個商戶都是經常跑襄陽府和南山鎮的，其中一個還經常去東央郡。大家開始還說點生意上的瑣事，最後不由得就談笑起來。

其中一個十幾歲的少年，人不大，說話做事卻非常沈穩，他是襄陽府塗家雜貨鋪的少東家。一說塗家雜貨鋪，黃豆就想起南山鎮的塗家雜貨鋪，上次因為黃梨指出小偷，她們差一點還被打了。

就連趙大山聽少年說是襄陽府塗家雜貨鋪的，也忍不住轉頭看了黃豆和黃梨姊妹一眼。黃豆見他轉過頭來看，不禁訕訕一笑，哼了聲。上次打架又不是她的錯，不能賴她！

趙大山不由得又好氣、又好笑，轉頭不再看她。

原來南山鎮的塗家雜貨鋪，是這個少年的小叔祖家，而襄陽府的雜貨鋪是他祖父建立的。少年叫塗華生，是塗家長房長孫，六、七歲識得字就在鋪子裡幫忙；十一、二歲就跟著父親去各地收購貨物；十五歲這年就單獨一人行走在各地採購貨物，是真正的商人。

幾個少年，年齡相仿，脾氣相投，閒談中，竟然有種惺惺相惜的感覺，恨不得立刻備案插香磕頭結拜才好！

塗華生和黃德磊、趙大山聊得興起，竟不覺得坐船煩悶，下了船還一再邀請大家去塗家雜貨鋪玩。

這次就是為了年前採購的，黃老漢還想給即將遠行的兒孫各買一把防身用的刀具，因此塗華生的提議，黃老漢也心動了。

一行人下了船，塗家的馬車已經在岸邊等著。

塗華生讓黃米姊妹四個先上他家馬車，他們幾個又雇了一輛車在後面跟著。

停下車，黃豆第一個踏出車廂。塗家雜貨鋪，在正興大街，臨著西市，這邊都是販夫走卒、家境一般的人家居多。而他家整整占了五個店面，裡面貨物、品種分外齊全，從農耕用具，到行船打魚的漁具，再到家裡用的日常雜貨，幾乎應有盡有，四個小夥計在店裡招呼。自從塗華生可以跟船送貨後，塗華生的父親就很少在跟船了，大部分時間都在店裡幫忙。

一行人在塗家雜貨鋪挑挑揀揀，半天都捨不得出來，幾乎所有能想到的日用雜貨，他們家都有，貨品之全、樣式之多，讓黃豆不禁刮目相看。

四周的貨架高高到頂，塞滿了各種貨物。中間三道貨架，把一個店面硬生生分成三間，來回走動非常不方便。不過貨物分佈還算合理，家庭日用在一起，農耕用具在一起，行船打魚用具又在一起。

看小夥計陪著客人在店裡看貨翻找，黃豆覺得這一對一的服務好是好，卻總有點覺得哪裡不如意，想了許久才想到問題在哪。店裡只有四個夥計，加上塗華生的爺爺和父親兩個老中掌櫃，也不過六個人。像黃家這次九個人一起到來，四個小夥計就有點不夠用了。

黃豆姊妹四個走在一起，一個夥計就夠了，黃家四叔姪那邊由塗華生和一個夥計招呼，黃老漢這邊由塗華生的父親陪著，還能餘下兩個夥計招呼別的客人。但要是一下子進來十幾個客人，各有各的需求，這幾個人照顧起這五間大店面就有點不夠用了。

「塗大哥。」黃豆向塗華生招了招手。

塗華生不過十五歲，卻因為經常在外面行走，顯得少年老成，看見黃豆姊妹幾個，一直沒好意思近前，都在黃德磊那邊陪著。聽見黃豆叫他，他連忙招呼一個夥計過來陪著黃家兄弟，自己理了理衣衫，走了過去。「黃三姑娘，有事？」

「你家這個鋪子，為什麼不能改成這樣放貨？」說著，黃豆找塗掌櫃拿了一枝筆、一張紙，在地上畫了起來。她畫的就是後世的超市模式，這樣擺放貨架，可以充分利用空間，又便於店裡夥計看守，一個夥計可以站在通道中間看管兩、三排貨架。

塗華生原本看黃豆拿著筆在地上的紙上比比畫畫時還微皺著眉頭，不知道這個小姑娘在幹麼？待看到黃豆在紙上畫出貨架、通道，寫上各貨架的貨物分佈後，突然茅塞頓開，知道自己一直想找卻又找不到的癥結在哪裡了。

兩個人就這麼蹲在地上寫寫畫畫，一直到黃老漢幾個人挑好東西，準備結帳，黃豆才勉強把五間店面的結構分佈圖畫好。

「我只是覺得這樣更方便，至於到底怎麼做，還要你家根據實際情況來改。」

塗華生頻頻點頭，等黃豆一畫完，立刻把紙從地上拿了起來，視如珍寶一般，晾了晾、吹了吹。

黃豆看他這副珍重的神態，不由得有點臉紅。雖然她畫線還算直，但到底是毛筆，畫的直線總有點接不上去的感覺。幸虧字還行，勉強能看，不覺得丟人。

等黃家一行人充分滿足了自己的購買慾，和塗家約好，明日來取貨物後，一家老少又去了以前住的客棧，定了兩個床鋪的兩間房，四、五個人的一間屋，也能擠擠。

黃家人一走，塗華生就把懷裡的紙張掏出來，鋪在櫃檯上仔細研究。

塗家老中兩大掌家人見塗華生看一張紙看得很認真，也探過頭去看，一看見上面畫的，都覺得這個辦法可行，而且節省人力。

等知道是黃家丫頭畫的，塗老爺子不禁拍了孫子的腦袋一巴掌。「你小子，這麼大的人情不早說！」想想，明天黃家還要來拿今天購買的貨物，心才又定了下來。

黃家的丫頭，是那個大的，還是小一點的？好像都不錯呢！包括那個最小的，看起來都像很有家教的樣子。唔，這樣人家的男孩子，華生想結交就由他們結交去吧。

塗華生不知道爺爺和爹心裡已經把黃家男孩女孩估摸了一遍，他正在仔仔細細地研究那張紙。因為時間倉促，黃豆的技術也有限，只是畫了一個大概的模式，一切還得仔細按照現在店鋪的大小和實際情況重新構圖。

直到晚上，塗華生還在畫圖。他覺得黃豆給了他一個靈感，不單單是店鋪改裝的模式，還有，他去各村鎮送貨的時候，怎麼做到讓別人能夠在眾多批發商這裡選擇自己。

沒有什麼是不可以的，只看自己努力不努力？用不用心？

中午在客棧吃了簡單的飯食後，下午黃家一行人開始逛街。黃老漢帶著兒子及黃德忠逛日雜鋪、鐵匠鋪；黃豆領著姊姊妹妹逛首飾店、布料店、成衣店，她們一直不離黃老漢三人太遠，門外也永遠有兩個小跟班黃德磊和黃德落。

其實姊妹四個都沒多少錢，這次出來，做父母的一人給了五十文銀錢讓她們零花，如果買買零嘴，這些錢肯定夠了，但是想買稍微值錢點的東西，就顯得捉襟見肘了。黃豆乾脆提議，姊妹四個錢放一起。四個人一人五十文不算多，放在一起兩百文，就覺得很多了。

碰見賣糖葫蘆的，先花十文錢買了六串，本來是兩文錢一串的，但是架不住黃豆她們窮，就討價還價買了六串十文錢。

走走看看，看見一家賣布疋的店面，大約兩間門面，好像還做成衣的樣子。姊妹幾個在外面把糖葫蘆吃乾淨，用手帕沾了路邊攤阿婆賣菜帶的水，仔細擦了手，才敢邁步進店。

店裡招待的掌櫃和夥計都是女的，掌櫃三十出頭，有幾分姿色，又勝在會打扮，整個人就顯得比較漂亮。

看見進來四個小姑娘，門口又站了兩個小子，老闆娘抬了抬眉瞧去。衣裙都是新的，但都是普通的棉質布料，說明小姑娘們家境一般。再看四個都戴著銀耳釘，兩個大的還戴了銀鐲子，老闆娘眼光毒辣，一眼就看出耳釘和鐲子是榮寶軒的，說明這是個寵姑娘的人家，大概是鄉下有點閒錢的富戶吧。老闆娘原本想讓店裡的夥計去招呼，一群小姑娘，看樣子也不是手裡有錢的，大概就是進來看看而已。

黃豆要是知道老闆娘這麼想，心裡一定大呼老闆娘果然厲害，竟然猜得準準的！這樣的老闆娘別說開店賣貨，就是出去給別人算命打卦，估計也能掙個不錯的收入。

老闆娘還沒來得及使眼色，就看見領頭進來的小姑娘頭上三朵橙紅色的漂亮絹花，明顯就是做上衣裁剪下來的零碎布頭做的，也不知道怎麼做的，老闆娘連忙迎了過去，邊和四個人說話，邊細細端詳。「小妹妹，妳們是來看看，還是想添置點什麼？」

「掌櫃的，我們就看看行嗎？」黃豆歪頭看向老闆娘。

「行，沒事的，隨便看啊！」老闆娘說著，又把目光瞅向另外三個小姑娘的頭上。

哎呦我的親娘哎！這是誰啊，這麼心靈手巧？四個小姑娘，四種造型的花，都是用做衣服的零碎布頭做的，卻樣式各不相同。布料是普通的布料，卻做出了讓人覺得花朵很好看但布料不廉價的效果。如果把這些花換成綢緞絹布，效果肯定驚人呀！

老闆娘自己開布料店也做成衣，店裡經常會有零碎的布頭，基本上沒什麼大用，要是能做成這樣的絹花，平時零售，遇見客戶還能做個添頭。

商人畢竟是商人，別人看見的是美麗的表面，而她卻透過表面看見了商機。

「我可以冒昧地問一句，妳們頭上的花朵是誰做的嗎？」老闆娘心裡覺得，這四個小姑娘家裡應該有一個心靈手巧的娘，或者姑姑。

「我們姊妹四個自己做的。」黃米並不覺得有什麼，伸手拔下頭上的花遞給老闆娘。

老闆娘很想接過來仔細研究一番，可她是個商人，知道這樣做顯得不太地道。「我可以看嗎？」

「可以，不難的。」黃米笑著把花放在老闆娘的手上。

粉紅色的花朵，做成玫瑰花造型，用了火燙，不知道用了什麼黏到一根打磨光滑的木簪上，下面飄了兩條繫帶也是黏上去的。做法很簡單，卻分明也用了心，插在頭上看上去像真花一樣。

老闆娘拿著花朵，有點捨不得放手。「我可以再看看妳們頭上的其他花朵嗎？」既然已經伸手了，那就索性不要臉一次吧！

黃米看看老闆娘手中的花，這是黃豆閒得沒事時和她們一起做的，黃豆愛美，家裡買不起簪花，姊妹三個就自己試著做，反正是做衣服剩下的布頭，也不覺得浪費。現在就連黃梨也能鼓搗出一朵差不多的花朵了，所以黃米才並不覺得有什麼稀奇。不過她的花給老闆娘看是她的事情，妹妹們的她不能替她們作主。

黃米輕輕一笑，對著老闆娘搖頭。「這個我作不了主，妳要問我妹妹她們。」

「如果幾位小姑娘不介意，我可以買……」老闆娘有點臉紅，感覺自己這樣對待幾個十來歲左右的小姑娘有點巧取豪奪的樣子。

「掌櫃的要看就拿去看吧，不用買，等會兒買布給我們打點折扣就行。」黃豆大大方方地從頭上拔下一朵花遞給老闆娘。

這是一朵橙紅色海芋花的造型，中間用了細絲圈出弧形，摸上去應該是削到極細的竹子。花朵不大，所以沒有那種軟塌塌的感覺，小姑娘還在花中間做了黃色花蕊。

看了兩種花朵，老闆娘只覺得越來越感興趣了。「如果，我提供零碎布頭，妳們給我做這些花朵，可行嗎？」老闆娘並沒有想過要把這些花朵樣式買下來，第一個極易模仿，第二個她專門找人做也要花錢。而這四個小姑娘頭上的四朵花，明顯各不相同，說明她們是極有想法的，給她們更好的布料，說不定能做出更多好看的樣式。

「怎麼做呢？」黃豆沒出聲，黃桃卻感了興趣。

「我店裡有很多零碎布頭，還有一批裁剪下來染色不均勻的綢緞，如果妳們幫我做成花朵，造型簡單的五文，造型複雜的八文。每出一朵新樣式，我給妳們五十文。」

老闆娘給出的價格是相當高了，要知道，布料是她出的，而店裡面賣得最好的花朵也不過二十文一朵，貨郎攤子上兩、三文的那種也有。

「那這種小熊呢？」黃梨突然從自己拎著的小籃子裡拿出一個小熊來。

這個小熊是姊姊們幫她做的第三個小熊，第一個被壞小狗蛋給偷去了，第二個上次去水邊玩掉湖裡了，姊姊不讓撈，又給做了一個。

黃梨已經有一種怪癖，就是晚上睡覺不能離了小熊，換一個小熊就跟戒一次奶一樣，不折騰個兩三天不會完。

後來黃豆又比劃著給她做了小猴子、小兔子，都不能取代她對小熊的寵愛。這次出來，聽說要坐船，她怕小熊又掉湖裡，特意提了一個小籃子把小熊放在裡面睡覺，還給蓋了一塊三姊幫小熊做的小被子。

「挺可愛的小熊，也是妳們自己做的？妳們可真是我見過最聰明的姊妹花。」老闆娘雖然覺得小熊很可愛，可是她店裡是賣布疋和訂製成衣的，看見姊妹四個頭上的花朵，覺得店裡每年都有大批零碎布頭，丟掉挺浪費的，不如利用起來。

棉質布料的碎布頭會有人買回去糊鞋底什麼的，而綢緞絹布碎布頭，大點的可以做巾帕，再小就是雞肋了，棄之可惜，想利用也用不起來。

若真讓她把精力放在這些小東西上，以這個為主，她並不覺得很划算。做幾朵造型新穎的頭花，吸引一下顧客可以，真正當營生做就是另一回事。

看老闆娘笑著又把小熊遞給自己，黃梨心中有說不出的失望。在她心裡，她的小熊是最好的夥伴，竟然會有人不喜歡它？

「掌櫃的，我看妳店鋪這邊有一個獨立的小通道是怎麼回事？」黃豆站在門口好奇地看向布店門邊的一間小屋。說小屋也不算，大概就一公尺多、兩公尺不到的一個過道，裡面堆放著一些雜貨。

「這是我家當初建房時留的過道，上樓用的，後來店裡生意做的不錯，就從後面重新建了房子、做了樓梯上去，這個進出不方便就棄了。拆了和這邊合併吧，又怕動了牆，樓上房間不牢固；不拆吧，放這裡太狹窄也沒用處，只能把樓梯推了放放雜貨，閒置在這裡。」

這樣一些大戶人家的女眷們，可以從後巷把馬車趕進來，從院子裡直接上了樓去訂製衣物。而前面店鋪，進來男客或者家境一般的客人，也不會妨礙到後面的交易，看得出老闆娘是個會做生意的人。

「如果我們要租妳這個樓梯間，多少錢一年？」黃豆歪頭看了看樓梯間，又看了看老闆娘。

「租？」老闆娘一愣。「妳們準備租這個樓梯間賣這些頭飾花朵嗎？」

果然是有頭腦的老闆娘，一說租，立刻就想到了黃豆的目的。

「豆豆。」黃米拉了拉黃豆的衣袖，她知道這個妹妹主意多，但是到襄陽府租房子開鋪子可不是小事，哪怕是這個看上去沒用的樓梯間。

「沒事，大姊，我就是問問，便宜就租，不便宜就算了。」黃豆笑著握了握黃米的手。

「小妹妹，我這個樓梯間有一百八十公尺寬，妳要是想租來開個小鋪子未嘗不可，這個價格……」說著，老闆娘皺起了眉頭。

她竟然沒想到，這樣的樓梯間也可以出租！能在這條街開店的，都不是一般的店鋪，接的大部分都是大戶人家或者富戶的生意。像她家這種鋪子，一間年租金都三十幾兩銀子以上，有那更好的，上百兩的也有。這個一直棄在這裡的樓梯間，都快成為她的心病了。

這裡開鋪子的最少沒有個兩、三間門臉的，根本吸引不了大戶進出，都覺得不夠好。她家當初買下這棟樓時只有兩家門臉，已經算是不大了。把房子拆了重新建，代價太大；不拆，這個樓梯間一公尺多的位置就一直閒置著，實在可惜。

好在後巷足夠寬敞，把後院利用起來，又建了一棟連在一起的樓房，把這只有四公尺多深的鋪子深度擴到了八公尺多，才顯得不那麼局促。

「掌櫃的，我們姊妹要是租下來，就專門賣絹花、小飾品，或者這種小熊玩具。如果我們生意做好，襄陽府的小姑娘都知道這裡有這麼一家小店，可以說，於貴店也只有好處，沒有壞處。」看老闆娘猶豫不決，黃豆直接指出了重點。老闆娘的樓梯間完全可以租給別人，但是租給什麼樣的人、做什麼樣的生意、能不能給她店鋪帶來利益，這就完全不知了。

「好，我就喜歡妳這個爽利勁！這麼著吧，這樣四公尺寬的一間鋪子得三十八兩租金一年。這個樓梯間雖然狹窄了點，也有近兩公尺的寬度，妳們給我八兩銀子吧。我也不白得這八兩銀子，我店裡不用的零碎布頭可以送妳們，雖然在我手裡用處不大，但是對妳們來說肯定是可以利用的，說不定每年這些零碎布頭做好賣出去，就足夠妳們的租金了。」

「五兩。」黃豆伸出五根手指，她們只有這麼多錢。

「小姑娘，妳要知道，這條街可是襄陽府最繁華的街道，我這裡不算寸土寸金，也算相當不錯的了，妳就是在我門口擺個攤位，風吹日曬，一年也得給衙門交二、三兩銀子。」

其實，老闆娘並不在意能租多少錢，她更在意黃豆給她畫的大餅。如果這個小樓梯間生意做好，確實給她帶來的利益就不是幾兩銀子的事了。大戶人家隨便一張大單，她也能賺出個大半年的嚼用了！

「掌櫃姊姊，妳這個店租給我們，別說五兩，就是一分錢都不要，也只會賺不會虧喔！」黃豆感覺自己省錢也是不要臉了，叫一個和自己娘差不多大的人姊姊。別說，這招去哪裡都行得通。

老闆娘聽見這麼小的小姑娘叫她姊姊，笑得花枝亂顫。「可別，妳們叫我宋姨就行，我家的大閨女可比妳大了。」

「宋姨妳娘家哪裡的？我娘也姓宋，是南山鎮小宋家莊的。」黃豆這個不要臉的，竟然立刻開始往親戚上面拉關係。

「哎呦，那可是本家呢，我是南山鎮大宋莊的姑娘。」老闆娘一聽，竟然還真沾了親，也不由得覺得好笑。

「喔，那宋姨和我們南山鎮錢家的老太太是一家呢。」黃豆轉頭對兩個姊姊解釋，其實也是在告訴老闆娘，她們也是南山鎮人。

「是，錢家老太太算是我堂姑，只是分了支。妳這個小姑娘真是聰明，有我們宋家人的脾氣。」老闆娘越看黃豆越覺得喜歡，如果她家姑娘有這麼聰慧，以後的日子她也不用愁了。

第二十章　想租宋娘子的店

「這樣吧，五兩就五兩，零碎布頭也給妳們，就當給家裡親戚孩子練手了。」說到這裡，老闆娘停頓了一下。「不過，妳們怎麼經營呢？幾個小姑娘不至於出來拋頭露面吧？」

「我家裡有哥哥，已經十二歲，明年就不用去私塾了，可以讓他出來練練手，就是沒地方住。大姨，妳這裡可有地方介紹？能住個人，生個火就行。」黃豆順杆子往上爬，轉眼就叫人家大姨了！

「識字啊？十二歲確實不大，不過鎮上學徒比他小的也有很多，只要識字，那應該沒問題了。」聽黃豆說家裡哥哥識字，老闆娘不由得又高看了她家一些。在這個為溫飽奔波的年代，能讓家裡孩子讀書識字，這是要有相當擔當的人家才會做的事。

黃豆已經在心裡想好，大哥、二哥結婚了，三哥、四哥要出海，如今五哥也不小了，而且人也忠厚老實卻不迂腐，可以考慮讓五哥來看店。

五哥十二歲，剛好私塾也不用去了，出來鍛鍊個三年，十五歲就可以出去做事。到時再讓六哥來，六哥也九歲了，等五哥大了，六哥剛好也從私塾出來，接著替上。

十二歲，說大不大，說小不小，既不會驚擾了女眷，也能討個喜，不過最初大概自己要來盯著點了。

「後巷有一家姓劉的有屋子租，我知道有一間空屋子，就是房子有點小，妳哥哥要是一個人住沒問題，門口還能搭個地方燒飯。我去與他家說說，一兩銀子估計能租下來。」

「那，宋姨能叫個人帶我們姊妹去看看嗎？」

「行，這個點還不忙，我帶妳們去看看。從我家後門走，幾步路的事情。」說著，宋老闆娘招手叫來夥計叮囑了幾句，就要帶著黃家姊妹往後門走。

黃豆連忙跑到站在門外的黃德落面前。「四哥，你去和爺爺說一聲，我們隨老闆娘去後院看看房子，讓爺爺他們在門口等我們。」說著又噔噔噔跑了回去，跟著老闆娘往後門走。

黃德落傻眼了，這是去哪兒？丟了可怎麼辦？來的時候娘千叮嚀、萬囑咐，一定要跟緊爺爺、姊姊。一猶豫，黃豆四個已經跟著老闆娘進了後院，黃德落想了想，一跺腳，跑進旁邊的店鋪去找黃老漢了。

小姊妹四個跟著宋娘子一起推開後院的門，後院是一條小巷，走了十幾步，就到了老劉家。老劉家院子很大，房子也多，擁擠在一起，是專門做房屋出租生意的。

院子裡大概有五、六戶人家，大部分都是在這裡做工、讀書的人家。一家租個兩間屋子，一年二兩五到三兩銀子左右，一家子擠在一起。

除了柴火堆，就是橫七豎八的繩子，上面晾滿了衣物。

宋娘子給黃豆介紹的屋子，就在靠大門牆邊的一間，是老劉挪了又挪，擠出來的一小間。確實小，好處就是靠牆，可以沿著牆搭個小棚子做飯。

屋裡雖然小，後牆還是有個小窗的，並不覺得黑暗和壓抑。有一張舊桌子、一個舊櫃子，據說本來有張小床，被別的租戶搬走了，其餘一無所有了。

這麼一小間想住一家子是不可能的，不過院子住的人多卻不髒亂，這點黃豆很滿意。她和老劉說好，等會兒讓爺爺來訂。

黃老漢怎麼也沒想到，自己只是陪三個少年買把刀的功夫，孫女竟然就訂了一個鋪子，連住處都找好了！

黃德忠一聽，以後這個狹窄的樓梯間就由他經營，不由得面紅耳赤，一直擺手。「我不行不行，叫大哥或者二哥吧！」

「有什麼不行？大哥和二哥都成年了，要種地、要管理山林，這個小鋪子是我們兄妹試手用的，賺了當然好，不賺也沒壓力。」黃豆說是這麼說，但在她心裡還是覺得要賺的，不賺錢她忙活什麼勁？

租鋪子和房子的六兩銀子由黃豆姊弟五個向黃老漢借，共借十兩。不白借，一年後還六兩，第二年再還六兩。

黃米和黃桃有點擔心，但是她們也相信黃豆，至於黃梨，她只要吃喝玩樂就行。

訂下房子和鋪子後，姊弟五個也不逛街了，一頭扎進鋪子裡收拾起來。

黃豆借了宋娘子店裡的紙筆，畫了平面圖，琢磨著怎麼裝修。鋪子小，不能打大櫃子，那就都上牆吧！可都掛牆上也不好看，那就打一面牆的窄櫃子，最裡面一面牆也打上櫃子，另一面直接刷白，物品上牆。一定要吊頂，黃豆可不喜歡那種在店裡一抬頭就看見屋樑的感覺了。

回去讓黃老三和黃德光帶上工具來，先給店裡打上櫃子，再給租的房子裡打一個上下鋪的床。房子不大也要打個一百五乘二百的上下鋪，以後家裡人再來襄陽府，三五個人完全可以湊合著臨時住住，省得再去客棧。

黃豆興致勃勃地設計房子，黃米和黃桃則進進出出地幫著黃德忠掃地、糊窗紙。

下午吃了飯，又買了石灰，姊弟五個把兩間屋的牆給刷了個雪白。

因為要吊頂，所以不用刷得很高，就這樣，姊弟五個還是累得腰痠背痛。高的地方搆不到，還是黃德磊回來後幫他們做的。

黃寶貴和黃德磊加上黃德落三個人買了三把刀，普通的隨身刀具，有護套，可以削水果，估計著位置捅得準確也能殺人。黃豆想起自己有一把匕首，又想，算了，回頭給趙大山吧，他家裡應該沒閒錢給他買刀。

一行人第二天下午才收拾了東西回去，上午被黃豆強硬地留了下來，買了店裡櫃子用的木料，和打上下鋪所需的木料板子。她又用炭筆，在需要打櫃子的西牆和後牆細細描繪出大致的圖形，到時候黃老三叔姪只需要按照圖紙畫的尺寸，再按照牆上畫的線打出高度和中間間隔的高度就行了。

到了家，黃米和黃桃迫不及待就進入了各種花飾和小動物的製作中去，只用了小半天，姊妹倆就把宋娘子給的兩大包零頭碎料分得清清楚楚，這個可以做花飾、這個可以做娃娃、那個可以做香包。黃豆看她們的精神頭，實在不忍打擊她們，不過還是很誠懇地建議，在村裡找點小姑娘一起來做。其實黃豆是真的懶，她覺得光靠自己動手，完全是沒必要，讓別人替自己掙錢才能掙大錢，靠自己，要到猴年馬月啊？

黃德忠也進入一種亢奮狀態，去山上砍了竹子回來，跟著他爹後面開始編製花籃。黃梨拎小熊的籃子，就是黃德忠編製的，在黃豆奇奇怪怪的要求中，編出來的小籃子出乎意料的好看。若換成他爹來編製，那就更好看了。

黃家對姊弟幾個開個小鋪子大部分持反對意見，不過黃老漢支持，再想想黃豆賣珍珠的錢，家裡人就都沈默了。

賣了那麼多錢，本來是準備分個十幾二十兩給黃豆做私房錢的，但黃豆沒要。家裡建房造物用了不少，現在這十兩，就當是給黃豆的補貼吧。

黃老二家沒有閨女，就沒有這小鋪子的股份，但是小兒子去做了管事的小掌櫃，不管鋪子能不能開下去，歷練個一年半載後，以後去城裡做個小夥計也算不錯。

黃老二兩口子這麼想，黃豆卻不。她家的哥哥、弟弟不多，怎麼能去當小夥計？哪怕在別人眼裡，做夥計可比種田有出息多了。

對於黃豆來說，寧願哥哥和弟弟們以後種田，也不能去受人差遣，低眉順眼的一副奴才相。人的脊梁，有時候彎習慣了，就會忘記直起來了。

期間黃豆又跟著黃老三一起跑了一趟襄陽府，黃老三和黃德光打床、製貨櫃，黃豆就跑去各家貨行、雜貨鋪子翻找她需要的東西，比如各種式樣的木梳、一些可以做簪環的材料。還去最有名的銀匠鋪定製超細的銀絲，這家小店會出售一部分外來貨，再加上一部分自己手工製作的貨物。黃米和黃桃在家，已經組織了一個大約七、八個人的手工小組。

按照黃豆的想法，會在這些人中擇優留下三到五個小姑娘，為黃家姊妹做事掙錢，也為她們自己賺嫁妝錢。

一個冬天很快過去，春節過後，年十五下午，黃豆和黃德忠就踏上了開往襄陽府的大船，她要在這裡陪黃德忠一個星期。一個星期後，這裡就丟給黃德忠，好也罷，壞也罷，一切都要靠黃德忠自己了。年十八，黃家小姊妹的鋪子「米巷」開張了。

春天似乎一夜之間來臨了，積雪融化，山澗的小溪開始歡快地流淌，河裡的水面已經破冰，而綠色一天比一天更蒼翠起來。

山上一部分地方已經整理出來，原本黃豆是打算種果樹的，後來被黃老漢攔了，說還是種核桃，方便管理，也方便儲存。

南山深山裡，有很多野核桃樹，附近村民秋後不怕吃苦，會去打了野核桃回來賣，也是一筆不菲的收入。

而他們需要的核桃樹苗，只需春天進山去找枝幹粗壯的挖回來就行。

在這片山裡還有一大片松林，這是不用動的，只需要維護一下，讓它往周邊發展就行，每年採摘下來的松子數量也很可觀；另有大片地方被圈了起來，養了一百多隻雞；一小片地方散養了二十隻母羊、一隻公羊。

小山的好處，就是山不大，便於管理，主要的進出口注意一下，比如養兩條狗、幾隻大公鵝什麼的，也就差不多了。

近水的這邊養了十來隻鵝、四十多隻鴨子，黃老漢預備在公鵝裡挑出兩、三隻留著看山護家。感覺爺爺是不是有點腹黑啊？用大鵝看山護院，好像有點狠呢！小時候鄉下孩子看見大鵝就要跑，跑慢了就會被追，特別是那種額頭有大瘤的老鵝，紅了發紫的那種，別說孩子了，大人都怕，一嘴咬過來就是一個紫疙瘩，疼得鑽心。

靠近村子的這一邊養了兩條狗，是黃老漢在襄陽府特意買的看家大狗，看著頗兇悍。白天拴住，晚上放了繩索，一般人根本不敢近身。有一隻反應很快，有一點風吹草動就是一陣狂叫；另一隻悶不吭聲，大家一度都以為牠是沒膽，直到有一次，有流民想偷上山，一隻叫著追著一個流民跑了，另一隻卻一聲不吭，悄無聲息地跟著另幾個流民，等四個人進了山，牠一下子就竄了出來，直接撲倒其中一個，一口咬住，接著又去追另外三個，等黃老漢聽見動靜，四個人早躺了一地，個個傷在腿上。

等早先追著人跑出村口的那隻狗回來，這邊的戰鬥都結束了。果然是咬人的狗不叫啊！

這些買狗、買家禽的錢，都是黃家以壯勞力的名義向南山鎮貸來的，用黃豆的話說，又沒有利息，不貸白不貸，拿別人的錢掙錢的感覺才爽。

黃家灣穿村而過的大路大致鋪出了一個路形出來，基本上下雨也不會一腳水、一腳泥了。

而這個時候，老叔和黃德磊、黃德落的出海行程也上了日程。

黃老漢在黃豆的強烈要求下，湊了三十兩銀子給叔姪三人。黃豆很乾脆地告訴他們，這是給他們三個做本錢的，一人十兩，可以合作也可以分開投資，他們自己商量著來。

商船出海，一年到三五年都很正常，船老大會允許船工適當地帶一點貨物，只要不占了貨倉就行，一般都是存放在住宿的倉裡，自己在各碼頭之間掙差價，至於能不能掙到，就看經驗和眼光。

黃豆翻出了上次在河灘撿珍珠時撿的匕首，這把匕首拿回來後，她就和那塊很結實的板磚放在一起，埋在床下墊床腿。因為不知道它屬於什麼人，有沒有見過血，所以黃豆並不敢去摸它，她甚至還想過這把匕首會不會如武俠小說裡一樣，削鐵如泥、殺人不見血或者認主什麼的？當然，這只是想像，匕首還是那把匕首，沒有什麼變化和不同。

黃豆一開始是準備把匕首給哥哥們或者叔叔的，可是年前黃老漢帶著三人去買了嶄新的刀具，這把鏽跡斑斑的匕首就不夠看了。後來四個人商量了一下，覺得這個東西適合給趙大山，畢竟趙大山有功夫，給他更有用也更安全。他們這種只會蠻力的，真打起來還不如棍棒合適。這麼鋒利的匕首原本就是為了殺人用的，若被奪了，反而會害了自己的性命。

看著這三個膽小如鼠的叔姪，黃豆一度懷疑他們真不是嫌棄自己的匕首是撿來的、不好看，而是怕死。自己是不是把他們想像的太美好了？這樣的膽量怎麼去經歷大海的大風大浪的洗滌？

黃寶貴說由他們代為轉送，被黃豆拒絕了，她覺得自己這麼大一個人情，不能由老叔糟蹋了，所以她親自去找了趙大山。

當黃豆拿出那把匕首時，趙大山的眼睛亮了，那是一個強者對襯手武器擋不住的渴望。

趙大山有九把飛刀，這是他爹留給他的，自從趙大川能進山後，趙大山就分了四把給弟弟，而這次要出海，趙大川又把四把給了趙大山。

飛刀很小巧，半掌長、一指寬，上山打獵做點偷襲野雞、野兔的事情非常得心應手，但近身搏擊，它們就成了雞肋，而黃豆送來的匕首更適合近身搏擊的時候用。

趙大山很喜歡，可是他不能接受，因為這個東西太貴重了。他去鐵匠鋪看過，要想打一把好一點的刀子，最低都要五兩銀子，而這樣帶血槽的匕首，在南山鎮根本買不到。

「我哥哥們跟我老叔都不敢要，他們說又破又舊還醜。我爺爺不是給他們買了新的刀具嗎？所以這個他們看不上了。你不要，放我這裡也沒用啊！難道我再扔回東湖去？」黃豆說著，伸出小手指點在刀柄上，把桌子上的匕首往趙大山那邊推了推。「大山哥，我還有事情拜託你。我老叔和兩個哥哥，以後你要幫我照顧他們一點，還有就是最好也監督他們日日鍛鍊。我不要求他們有身手，起碼跑起來的時候能夠比別人快點。」

聽黃豆這麼一說，趙大山不由得啼笑皆非。唔，跑快點，還挺有道理的，起碼跑得快，也能大幅度地減少傷亡。

其實黃豆還想把那塊超重的板磚送給趙大山，看見不順眼的拿板磚往頭上呼過去，多爽氣索利，比捅刀子正大光明多了！但就是太重了，帶著不方便，所以想想還是算了，繼續墊床腿吧！

趙大山接受了黃豆的好意，他們四個人以後就是一條船上的兄弟，他多一把襯手的武器，對於黃家叔姪來說未嘗不是一件有利的事情。

隔了幾天，趙大山給黃家叔姪送來三副護膝、護腕及三件貼身背心，而他自己也各留了一套。黃家為三兄弟做換洗衣服的時候也考慮到了趙大山，給他做了一套冬裝。

做衣服是心意，但做成冬裝送出去明顯就是不一樣的情分了。夏裝單薄，費布少，做起來也簡單，而冬裝無論是用布用棉還是時間，都要比夏裝多得多。

想著他們都是長個子的高峰期，所有衣服做的都偏長、偏大，袖口及褲腳下襬都用收進去的樣式，沒有鬆緊繩，就用粗布縫製的帶子來收緊，這樣哪怕長一點也不覺得拖拉。

兒行千里母擔憂，臨行的日子終於到了，黃三娘和黃大娘並黃奶奶一夜醒來，眼睛都是又紅又腫，明顯是夜裡偷偷哭了。

黃家人今天全家一起吃完一頓團圓飯，下午就要送叔姪仨上船出海了。黃豆跟著黃桃、黃米並兩個嫂子一起忙碌，做了一頓大餐。依然是男人一桌，女人及孩童一桌。

菜品豐富，黃寶貴叔姪卻有點嚥不下去。一家人，除了什麼都不懂的孩子，都有點食不下嚥。這一別，山高水長，他們再也不是父母身邊的孩子，而是一個成年人，得去面對自己該面對的風雨。

吃完飯，黃老漢領著兒孫和趙大山一起往碼頭走去。該說的話已說了，該囑咐的也囑咐了；黃家其餘男人都繼續上山下地去了，黃奶奶也帶著兒媳婦抹了眼淚，該幹麼幹麼去了。

黃豆沒有送他們到碼頭，她吃了飯就藉口上山，爬到了一棵大樹上呆呆地坐著。這裡可以看見進村和出村的路，可以目送老叔和哥哥們遠行的身影。

不知道為什麼，黃豆還是沒忍住，任由淚水一滴滴地滴落了下來。

送別是為了團聚，希望老叔及哥哥們早日歸來，平平安安……

第二十一章　畝產五百的神話

一座小山腳下，是一片剛剛新建的村落，房屋整齊，道路寬敞，雞鴨和狗子大搖大擺在路上走過。

村道外的道路上鋪的是山上開採下來的碎石，經過一道道的碾壓鋪墊，現在即使暴雨過後，這條路也不會那麼泥濘不堪，雨停就可以行車。

經過一個夏日曝曬的道路，人畜一走就是滾滾的煙塵。

此刻，正是午後陽光開始退溫的時候，大部分人都走了出來，在田地間辛勤勞作。

一條黑色大狗，從路邊草叢竄了出來，跑上大路，跑了一會兒，又轉回頭，向著一頭毛驢叫了兩聲。

一匹小毛驢「得得得」地出現在人們眼前，毛驢上是個十四歲的小姑娘。上衣是一件淺粉色交領窄袖的細布褂子，深藍色滾邊，只在滾邊處用深藍色繡了簡約的花紋。下身穿著深藍色細布長裙，繫腰處繡著簡約的花紋，一條淺粉色繡深藍色花紋的腰帶，在細腰處打了一個蝴蝶結，自然地垂了下來。

小姑娘唇紅齒白，一雙烏溜溜的大眼透著股機靈勁，人很漂亮，但吸引人的卻不是她的漂亮，而是她斜著身子騎在毛驢上的神態，悠然自得。

有路過的鄰居看見，紛紛與她打招呼。「豆豆，趕集回來了？」

黃豆一路和碰見的村裡鄉鄰打招呼，點頭微笑地應答，騎著毛驢一路往東湖邊走去。

東湖邊是一大片開闊的空地，順著湖邊向東走，不足一里地，眼前豁然開闊，是一片伸進去的灘地，依山傍水足足有百十畝之多，種滿了稻穀，此刻已經沈甸甸地垂下了頭。

進入八月初，稻穀灌滿了漿，整株稻苗已經變深綠，眼看就要轉黃，而灌滿漿的稻穗更顯得有點低沈。

把毛驢順手繫在一邊的一棵樹下，拍了拍大黑的腦袋，黃豆順著稻田的田埂往裡走。稻杆高且壯，走在田埂上大約才能覺得比人低了一個腦袋，不知道走在田地裡會不會就和她差不多高了？

今天來稻田邊清理溝渠的是黃老大和黃老二兄弟倆，他們看見黃豆走過來，立刻笑開了顏。「豆豆，妳去鎮上回來了？買了什麼新鮮吃食？」

「嫩菱角已經上市了，我買了一筐，碰見塗家大哥了，他說，等會兒他幫忙送過來。」

塗家大哥塗華生是黃米的未婚夫婿，南山鎮雜貨店塗老闆的姪孫。

這兩年，媒人幾乎踏破黃家的門檻，雖然黃家三個最大的適婚男孩子目前人不在家，但也不耽誤媒人一顆想拔頭籌的心。而黃家三個大姑娘，更是引得周圍十里八鄉有少年的人家無數的心思。

黃米已經十八了，這兩年一直說不成親，也不是她挑剔，而是不知道怎麼，總是有這種那種的意外。直到塗奶奶上門作了媒，兩人一見面竟然都看對了眼，說成了！剛剛訂親，準備秋收過後過禮成親。

「大伯、二伯，今年稻穗怎麼樣？和往年比呢？」黃豆順手折了一株稻穀，拿在手中細細數著有多少稻粒？再過幾天，稻田裡的水就要全部排出，等到秋收了。

「不差不差！今年風調雨順，只會比往年好，不會比往年差！」說起收成，黃家兩兄弟就眉開眼笑。

走山後，黃家搬了家，雖買了半屋子的糧，但要是僅靠著這些糧，也是熬不過第二年的乾旱。第二年的乾旱一直持續到秋收過後的冬月，田地裡種下的莊稼幾乎顆粒無收。

黃家河灘的一百多畝地，因為靠近河灘，又費了巨大的人力開溝挖渠。當初黃豆提議這樣做時，黃老漢和黃家兄弟都是持反對態度的。黃豆不得已，給他們畫出溝渠圖，告訴他們如果雨水大，如何靠這些溝渠迅速排水；如果遇見乾旱，只要在進水口架一台小型抽水風車，就完全可以把東湖的水澆灌進這一百多畝的田地裡。

事實證明，黃豆的做法是正確的。而黃家在眾人異樣的目光中所做的這麼一件傻事，在那年秋收後立刻變成了一件讓人不可思議的大事。

那一年的乾旱幾乎席捲了南方地區三分之一的土地，大面積的顆粒無收，更多的人流離失所。而黃家這片河灘地，卻迎來了歷史性的大豐收。

水稻種植，早期是和麥種一樣靠播種種植的，收多收少，完全看天意。黃豆卻提出挑選顆粒飽滿的種子培育，栽插入田。這種方法別說見，聽都沒有人聽過。

黃老大覺得如果黃豆想試，那麼就給她十畝地試試，種得好，來年就按黃豆的方法；種得不好，就算虧也只有十畝地而已。

而按黃老二父子的想法，十畝都算多了，給她個一、兩畝試試就行了。

最後，還是黃老漢拍板，把這一百多畝地分成五份，兄弟五人，一家二十畝地，剩下的幾畝地黃老漢做為養老用。至於各家怎麼種，由自己家決定，以後就是各家的土地了。

黃老三和黃老四毫無疑義地把手裡的二十畝地都交給了黃豆。

而黃寶貴臨走的時候已經和爹娘說清楚，他的東西全權由黃豆說了算。

這樣一來，黃豆手裡就有了足足六十畝地的田能試種。

黃老大猶豫了很久，最後在黃德光的極力勸說下，拿出十畝地交給了黃豆。

黃老二父子商量了半日，還是決定按照老方法種植。

黃老漢的五畝地也是按照老方法種植，私下裡黃老漢和老伴說「假如豆豆這次沒操持好，即使減產一半，有我們這五畝地，起碼也能貼補老三和老四一點」。

七十畝土地，能這樣交到黃豆手裡，是承擔了很大風險的。

黃豆每日要做的事情很多，測量溫度、觀察比對種子的發芽率，要去地裡測量，比對出最高效的行距、株距，還要確保秧苗之間的通風，也不能過於稀疏，免得影響了產量。

正常來說，現代一畝地只需一斤稻種，畝產可達一千兩百斤到一千八百斤。行距和株距之間都要求寬，利於通風，人工栽插一天能達到一畝五分地到兩畝地。

而黃豆的七十畝地，每畝預備的稻種是五斤，行距、株距之間要求是密集。因為黃豆能夠拿到的稻種，都是各家自己家田地裡挑選出來的種子，根本不是現代的雜交水稻，所以如果還按照現代一畝地一斤的稻種，那真就是別想收穫了。

五斤稻種栽插入地，一天一人也不過五分地到七分地左右。

當黃豆說出準備的稻種一畝地只需要五斤的時候，黃老漢和黃家兄弟的心就涼了半截。他們現在種植的水稻，播種是一畝不能少於十斤的，而畝產不過兩百多斤，能收到三百斤就算高產了。

在黃老漢和黃豆的爭取下，七十畝地，三百五十斤稻種培育提高到四百五十斤。黃老漢認為是他的堅持，其實，黃豆預備下種的量就是四百五十斤，畢竟她不知道培育的情況，不敢冒太大的風險，特意留了一百斤的餘地。老話說的好，有錢買種，無錢買苗嘛！

稻種出苗後，移栽至稻田，黃豆幾乎天天都泡在田地裡。四、五月日頭已經很烈了，黃豆硬生生從一個白白胖胖的嫩丫頭給曬黑了幾個色，還瘦了一大圈，變成了一個小黑丫頭。

以前是播種，現在是人用手將秧苗插進田地裡，從早到晚，一直彎腰在地裡忙活，汗珠濕了衣衫又被日頭曬乾。一天下來，爬上岸後，黃豆只覺得腰痠背疼，第二天直接腰腿痠痛得起不了床。

七十畝地，雇了年輕的婦人二十人，從一開始的不熟練，到最後的得心應手，用了十天，才把七十畝地插完。

還剩一些秧苗，黃豆又讓她們給栽到溝渠和邊角落，收多收少都不浪費。

所有人都在看黃家的笑話，這麼折騰，到時候一場大水沖了就白忙活了。而且這種插秧法根本前所未聞，只怕也是沒事找事。

那一年，大旱，東湖的水一落再落，原本開闊的南山碼頭都退到只能容許一艘大船進出了，要知道，以前南山碼頭是可以兩艘大船同時進出的。

黃家自家建了一輛可移動的小風車開始車水，源源不斷的水從東湖灌進稻田，潤澤了土地。秋收的時候，幾乎顆粒無收的土地上，黃家這一片金黃色的稻田，立即引起了轟動。

襄陽府特意派了人來到南山鎮，駐守在這裡，等待收割留做種糧。

收割那日，東湖一片人山人海，能站人的地方都站滿了人，實在沒地方站的，索性就爬上了旁邊一片山坡上的樹。

有的人看得興起，索性捲起袖子下去幫忙。來幫忙的，黃家也不阻攔，畢竟免費的勞力誰不歡迎？一時間，田地裡都是人頭。

有襄陽府的府衙派的人和南山鎮的衙役在這裡看著，也沒人敢搗亂。

幾個孩子也乘機溜了下去，在黃家稻田邊的溝渠裡開始渾水摸魚。溝渠裡栽種的稻子早早收割了，只留下露出水面的秸稈。不一會兒就有孩子摸了魚扔上來，竟然還很肥美，一時更多的孩子也捲起褲腿涉了下去。

稻田裡是忙碌的大人，稻田邊是嬉鬧玩耍的孩子，歡聲笑語響起，看得岸上的人也覺得喜氣洋洋。在這大荒之年，沒有比豐收更讓人產生希望的了。

第一畝田地的稻穀收割上來，立刻運送到黃家門口的曬場上，手工捋出來，很快秤出了第一筆數字——四百一十六斤。

原本稻穀是要抱著敲打出來的，只是黃家這上百畝地的不行，是要全部留種的，只能手工捋，這項浩大的工程比收割更讓人勞累。

因為天氣乾燥，稻穀又是完全成熟，即使經過曝曬，這個數字基本上也是損耗不大了。也就是說，人工栽插的稻苗畝產近四百斤了，在原來的良田畝產的數字上直接多了一百五十斤左右。

一百五十斤，以現代畝產一、兩千斤來說，不過是肥料沒跟上，移栽不夠勻稱，或者治蟲不及時，少個一、兩百斤是很正常的事情。

但對於南山鎮周邊的村民來說，這是相當於奇蹟的發生啊！

原本畝產兩百多斤的土地多出了一百五十斤左右的稻穀，這不是奇蹟是什麼？何況還是在這個乾旱得幾乎顆粒無收的荒年！

黃豆知道，這個數字並不是這片稻田的最終數字。今年乾旱，如果遇到風調雨順的年頭，產量會更高的。

因為是灘地，土地本就肥沃，黃豆大伯家的十畝地和二伯家的二十畝地都收到了近兩百八十斤的高產。要知道，以前有兩百五十斤已經是相當讓人滿意的數字了，就這樣大伯和二伯仍是心痛不已。沒有聽黃豆的話，一畝地足足損失了一百多斤的稻穀啊！

產量報到襄陽府後，府衙直接下了公文，所有稻穀留著做良種，盡快收上來，送到襄陽府去存起來。除了黃家留的一千兩百斤稻穀做為種糧外，其他稻穀均不得買賣出售，由府衙直接以高於市場稻穀價格的一倍收購。

這個價格其實不算高，畢竟去年洪水，今年大旱，糧價暴漲又緩跌再暴漲，黃家這批稻穀色澤金黃、顆粒飽滿，就是最優質的種糧，而種子的價格一直是高於稻穀本身的。

但自古民不與官鬥，府衙能以高於市場稻穀的價格來收購已經是非常不錯的了。無非看在高產，還有黃家自創的插秧種地法了。

黃老漢非常慷慨地把插秧法以文字的方式交給了襄陽府，讓他們記錄下來，以便推廣。襄陽府指定黃家派出四人，需要留用五年，專門去襄陽府各地幫助下種插秧。

這四個人，就是現代所謂的農業技術人員了。最後商議好，由黃老三、黃老四和黃德光、黃德明去，黃老大和黃老二在家照顧家裡的田地和山林。

那年冬天，黃家在河堤的空地處留著做倉庫的地方，建起了十座倉庫，對外的說法是，留著明年儲備稻穀的。只有黃家人知道，這是為了黃家碼頭以後能夠順利停船而做的前期準備。

在稻穀收割前，黃家老少十幾個人都下了稻田，一排排搜索尋找黃豆要求的稻種。

黃家趕在收割前，在田地裡找出秸稈最粗壯、稻粒最飽滿的良種一百多斤，被黃老漢當成寶貝曬乾晾好吊在房間的屋樑上，一日都要瞅三次。

這是黃豆提出的，每年在百畝良田裡選稻種，留著第二年栽培，每年優選，這樣年年優選下來，年年都是最好的種苗，產量自然就會上去了。

這次，全家沒有一個反對的聲音，一致通過了黃豆的提議，畢竟今年的收成就是一個最好的例證。而且選優良稻種也是每家每戶每年必做的事情，只是從地裡直接選這是第一次。

第二年的端午，黃家雇傭的二十個婦人一個也沒有來黃家插秧。這些婦人，都被府衙聘請去各地準備試行育苗插秧的方法。府衙給她們的工錢是一個春種期間，一人二兩銀子，聘用三年。

端午過後也不過十幾二十日，稻苗種植就可以結束，拖得再長久也不過月餘。這些婦人，一部分是黃家灣的老鄰居，一部分是新搬來的，她們還從來沒有掙過這麼多銀錢呢！

為了她們在陌生的田間地頭行走方便，她們可以帶家裡年輕力壯的漢子或者兒孫同行，一起去幫忙春種，工錢是二十天一兩銀子。

得到這個消息，二十名插秧婦人沒有一個猶豫，立刻開始準備遠行的行囊。二十天的時間，總共能得三兩銀子，這是想也不敢想的好運，這都是黃家帶給他們的。

這樣帶財運的鄰居，有黃家一個足矣。

因為年年優選稻種，黃家這邊一百多畝的灘地，變成了最肥沃的良田，產量年年攀升，每年產出的稻穀都被預訂留著做良種，價格比稻穀高一倍，就這樣還是供不應求。

黃家並沒有再去挑選灘地改成良田，而是遇見有合適的良田就收購下來，要求是連片的、水源好的，不過這樣的田地是很難遇見的。最後襄陽府把襄陽府和南山鎮中間一片近兩百畝的灘地免費劃給了黃家，要求他們盡最大的努力，去培育出更優質的稻種和栽培方式。

這三、四年來都是風調雨順，畝產幾乎穩定在四百五十到五百之間，波動不大。黃豆知道，這差不多已經是極限了，除非她能培育出雜交水稻，而她自知自己不是那塊料。

因黃家這片水稻產量之高引起轟動，黃家這片開闊的水域也進入有心人眼中。南山鎮的錢家、宋家及襄陽府的幾家大戶都來和黃老漢商談過，想買下他家靠近東湖的那一片荒地。

他們的藉口五花八門，比如看黃家種水稻前景不錯，想在這邊買一塊地皮留著以後給家裡閨女做陪嫁。拿荒灘給閨女做陪嫁，這種藉口推敲都不用推敲，但是他們並不覺得難堪。對於他們來說，只是找個藉口罷了，有藉口已經是很給黃家面子了。

好點的藉口是，這片土地上黃家不過是放了點雞、鴨，太浪費了，不如賣給他們做大規模的養殖。

各種藉口，黃老漢都婉言拒絕了，說是家裡山林裡已經做起大規模養殖，以後家裡還準備買條船，把自己家的稻種和家禽山貨運往各地，所以這片土地不能賣，要建倉庫，準備儲備稻穀良種的。

這話一說，前來商談的人就明白了，不單單他們看出這片空地可以做個新碼頭，黃老漢一樣知道。那麼黃家之所以在這裡安家落戶、建村鋪路，就有了更好的解釋——他們是衝著這塊地可以建碼頭去的！

南山鎮和襄陽府各家靠碼頭發家致富的大戶，一時間對黃家這片土地虎視眈眈起來。他們很想伸手，像捏死一隻螞蟻一樣把黃家給碾碎弄死，直接把這片土地占為己有，但是他們不敢。黃家已經在襄陽府和東央郡掛上了號，他們家的稻種現在不單供應襄陽府，還有一部分被東央郡強行從襄陽府分購了去。就連遠在京城的皇帝也知道襄陽府的水稻產量年年攀升，現如今已經達到平均三百多、四百左右的產量。

雖然現在襄陽府水稻的平均產量不能和黃家比，但是已經遙遙領先全國各地的水稻產量，一躍成為蘇南地區有名的魚米之鄉了。

更多的地方都在等著黃家的種稻、黃家的技術。

這樣一戶人家，即使他只是農戶，沒有後臺、沒有根基，也不是隨便誰想動就能動的。在這個年代，能創造出優質高產的種糧，那已經不是幾個富戶想動就能動的了。

既然不能動，那麼就聯姻，總能分一杯羹吧？於是各家紛紛從家裡找出不受寵的子女，或者是那種不被世家大族重視的紈絝子弟。

都想和黃家聯姻，卻都捨不得家裡的優秀子女。他們還是嫌棄黃家的身分，日後可能坐擁金山，本質卻還是一個泥腿子。與這樣的人家聯姻是降低了身分，但不聯姻卻又怕到時候分不到一杯羹。因此只能把這樣的子女拿出來聯姻，日後也好拿捏不是？

黃家不勝其擾，被弄得焦頭爛額，即使這樣，他們也不敢隨便給家裡的男孩子訂下親事，更不敢給三個姑娘定下人家。

黃豆對家裡兄弟姊妹，包括老叔的親事，看得可是比她那百十畝地還重要。用她的話說，地可以買、可以開，不過是金錢和時間而已。但婚姻不行，那是關乎人一輩子的大事。而且古話說「男怕入錯行，女怕嫁錯郎」，古話還說「聚個好媳婦旺三代」。

黃家大孫女就這樣一拖再拖，一直拖到十八歲，才定了塗家雜貨鋪子的長孫塗華生。

二孫女也差不多預訂了人家，是南山鎮張家肉鋪的小兒子張小虎。

現在，黃家能求娶的姑娘，獨獨剩下十四歲的三孫女，和剛剛十歲的四孫女。

第二十二章　黃港第一艘貨船

黃老漢剛從山裡回來。因為黃豆要喝羊奶，所以山裡養了幾隻奶山羊，昨天有隻羊二次下崽，黃老漢便在那邊盯了一天。今天早上去看，下了三隻小羊，個個都活了。

這幾隻奶山羊，每天擠的奶夠全家喝了，還能餘出很多來做各種糕點。黃豆天天往山上跑，就為了全家每天能喝一口新鮮羊奶。

黃豆先給爺爺泡了一壺大麥茶，讓爺爺坐下休息。

天氣有點熱，黃豆喊了大姊和二姊一起把羊奶抬去四叔家，準備做點奶糕。

四叔一直住在南山鎮，這邊的房子是按照做餐飲店來裝修的，沒有住人，不過想開火很簡單，只要把食材搬過來就行。黃豆姊妹每天過來熬羊奶、做點心，打掃一下環境衛生。

不多時，奶糕做好了。

「大姊、姊，我去給爺爺、奶奶送點心，爺爺、奶奶喜歡吃這個奶糕。」黃豆把奶糕擺好，端了滿滿一碟，準備送給爺奶。

「嗯，妳去吧。」黃米端著一碟奶糕，正哄著大哥家的大寶和三寶慢點吃。

「我給二伯家送一碟去，二寶和四寶可喜歡吃奶糕了！」黃桃說著，也端了一碟往二伯家去。二伯家的二寶已經四歲了，四寶也一歲多了。

「我的呢？我的呢？」黃梨嘴裡塞得滿滿的，邊吃邊看著桌上的幾盤點心。

「妳等會兒，讓妳三姊帶妳回去，送些糕點給四嬸嚐嚐。」黃米用手輕拍了她的小肉手一下。「少吃點，長肉。」

「三姊說的，吃飽了才有力氣減肥！」黃梨又摸了一塊抱著啃。

「妳三姊整天都是這些歪理邪說！」黃米也拿最小的兩個妹妹沒有辦法，眼看著黃梨只一會兒就啃了兩三塊下肚，卻又無可奈何。

黃豆把奶糕端到老叔的院子裡，黃老漢正坐在院中的樹下喝茶。

「爺爺，你嚐嚐，姊姊們剛做的奶糕。」黃豆把奶糕放下，順手倒了一杯大麥茶喝了起來。

「少給妳爺爺吃甜食，妳爺牙口不好了。」黃奶奶說著，自己先撚了一塊，咬了一口。「嗯，不錯，鬆軟！我就喜歡這個奶香味。」

「我老了牙口不好，剛好省下來給妳奶吃，她牙口好。」黃老漢笑呵呵地在躺椅上躺倒，搖啊搖。

這個搖椅還是黃豆設計，黃老三用竹子編製的，特別受黃老漢的喜歡，天氣一熱就搬到樹下，不到秋涼了在外面受不住都不往儲物室裡收。

「爺爺、爺爺……」小八黃德儀一路小跑，從院子外面跨進來，步子邁得急，差點就摔了。

聽見叫聲，大黑從牆腳抬起頭看了一眼——嗯，認識。便又低下了頭。

「爺爺……船……我們家碼頭來了大船！」小八跑到黃老漢面前，已經氣喘吁吁。

黃老漢一聽，騰地站了起來。「什麼船？」

「貨船！爺爺，是大貨船！停在我們家倉庫邊的碼頭上了！」小八現在在鎮上上私塾，今兒下了課和幾個小同伴在倉庫前的空地上玩時，就見幾艘大船浩浩蕩蕩地往這邊開來。

一開始，他還好奇地張望，有同伴還疑惑地說「這些船怎麼沒去南山碼頭？」，然後黃德儀突然就想起了姊姊黃豆說的「我們家要造一個屬於黃家自己的碼頭」，於是連忙丟下同伴就往家裡跑。他們家的碼頭來船啦！

黃老漢哆嗦著穿好鞋就往外面走。船來了，終於等到船來了！

這幾年黃家已經做好了一切準備，只等船來，黃家的碼頭就算正式運營了。

黃豆連忙緊走幾步，扶著黃奶奶，拉著黃德儀的手跟上爺爺。

大黑一看，要出門，也爬了起來，跟在黃豆身後。

黃老漢一出門就能看見碼頭，曾經空蕩蕩的碼頭，此時停靠了一艘大船，而後面還有大船正在往碼頭駛來。這是真的，真的有船來了！

黃老漢疾步走到碼頭上，看著大船上的人在搭跳板，一個年輕的小夥子第一個從跳板上走了下來，幾步就到了黃老漢的面前。

「爹，我回來了！」

是黃寶貴！五年了，當初的少年轉眼變成了一個高壯的黑大漢。黃豆站在黃老漢身後，突然有點嫌棄老叔了，怎曬這麼黑呢！當初一個瘦弱的少年，五年不見，變得又黑又壯，唯一順眼的是眉眼俊朗，一笑起來還是挺帥的。

不知道黃德磊現在變成什麼樣子了？老叔原本就不算白，但是黃德磊白呀！黃豆把期待的目光移向黃寶貴後面的大船。他們一走五年，中間斷斷續續有過信件，說到了這裡，又說到了那裡。

黃寶貴瞥了黃豆一眼，這小丫頭一臉嫌棄是為了什麼？不過丫頭長高了，也漂亮了，果然是黃家的丫頭啊，就是好看！「豆豆，看見老叔怎麼不高興啊？」黃寶貴忍不住問。

「沒有不高興，就是老叔太黑了，不忍直視！」說著，黃豆還用手捂住眼睛。

「哎呦，妳個小丫頭！我這是英雄好漢的膚色，懂不懂審美啊？」黃寶貴舉了舉手想拍拍黃豆的腦袋，又覺得姪女大了，便轉手把手拍在了黃德儀的腦袋上。

黃德儀無奈地皺著眉。幹麼拍我？

黃豆還沒有看見黃德磊，伸長脖子往船上看。

「別看了，妳四哥在第二條船上，妳三哥在第三條船上。」說著，黃寶貴拉著黃老漢去見船主。

「老丈，你們這個碼頭不錯啊！位置好，水域開闊，碼頭的場地也大。」船主是個年輕的漢子，四十出頭，看見黃老漢就先對碼頭一頓誇獎。

「不知道有沒有地方給我卸貨？我們有七艘船的貨物，大概最少要八、九個倉庫來存放。」站在船主身邊的管事問道。

「有有有！你隨老漢來。」說著，黃老漢領著船主往倉庫走去。

黃家第一年賣完糧後，以存糧種的名義建了十座倉庫，第三年又建了十座，現在已經有了二十座倉庫。不出意外，今年準備再建十座，不過既然有船來了，那麼就會有更多的船到來，計劃大概要變更，最少得建二十座倉庫吧！

「三姑，我要上大船！」

黃德光的媳婦抱著自家的二小子也走到了碼頭，二小子叫三寶，剛剛三歲，最喜歡黏在黃豆後面說話。

「等你三叔、四叔來，讓他們帶你上大船啊！三姑可不敢上去，會發暈。」黃豆抱過小傢伙，將他放地上站著，笑著對大嫂說：「大嫂，妳去忙，我看著三寶。」

「噯，那三寶跟著三姑姑啊，娘給奶奶她們幫忙做飯去！」說著，又看了看不遠處跟著黃德儀的大寶和黃德明家的二寶。

「大嫂，沒事，我看著他們幾個，妳去忙。」黃豆已經習慣了看孩子。

第二艘船靠岸的時候，黃豆等到了黃德落，又是一個微黑的漢子，也比老叔瘦一點，看見黃豆，笑著露出一嘴雪白的牙齒。

「豆豆，妳都長成大姑娘了！」說著伸手一指。「他是誰？」黃德落指的是黃豆手裡牽的一個胖乎乎的小孩。

「這是大哥家的二小子。來，三寶，叫四叔。」黃豆蹲了下來，攬著懷裡虎頭虎腦的孩子，指著黃德落，讓三寶叫人。

三寶有點害羞地躲在黃豆懷裡，這個四叔長得跟爹好像喔，就是比爹黑、比爹瘦。

黃德落高興地一把抱起三寶。「這是我小姪子啊！我可是做叔叔的人了，哈哈……」

看著大哥家的二小子被黃德落嚇得大哭起來，黃豆不得不搖頭嘆息。好吧，這是個傻子！

大黑看見三寶哭，呼一下竄出來，上前就要去咬黃德落的褲腳。

「大黑，那是四哥！」黃豆連忙一把按住大黑的狗頭。

「這是當年的小黑吧？養得不錯！小東西，你竟然把我給忘記了？」黃德落抬腳作勢要踢，看大黑齜牙咧嘴的，又趕緊把腿收回。他已經五年沒回來了，要是剛回來就被咬一口，就有點尷尬了。

黃德儀帶著大寶、二寶跑過來。

黃德落伸手拍了拍黃德儀的頭。「呵呵，小八長這麼高了！」

黃德儀無奈地躲開了黃德落的手。怎麼都喜歡拍我腦袋？長不高了怎麼辦！

黃德磊在第三艘船上，他明顯沒老叔和黃德落那麼黑，不過也只是黑得不那麼明顯，變得高而且瘦。他看見黃豆就想摸摸她的頭，卻突然發現妹妹長高了，不是小孩子了。

「哥，你和四哥怎麼都這麼瘦？」黃豆看見黃德磊還是沒忍住，眼睛都紅了。

「哪瘦了？我們只是骨架勻稱，所以不顯胖。」黃德落跑了一趟海，竟然一改以前的老實勁，會貧嘴了。「妳別看我們瘦，骨頭上還長了結實的肉呢！」說著還揮了揮胳膊。

此刻，黃豆才感覺到，心裡的牽掛因為他們都回來了而全消失。

趙大娘帶著趙小雨走了過來，舉目四處仔細尋找。趙大山呢？為什麼出去四個，其他三個都看見了，大山還沒出現？

「大娘，大山在最後面一艘船上，好好的，您別急！等會兒船全部停下來，他就可以過來了。」黃德磊看見了趙大娘焦急的目光，連忙走過去，轉告她趙大山的消息。

「噯、噯……好、好……你們都好好的就好！」趙大娘扯起衣袖開始擦眼淚。

碼頭一直在忙碌，黃家四個妯娌趕回來開始忙著做飯。黃老四家的房子是現成的店鋪，灶房、桌椅都是新的，菜帶過來就可以做了。

黃豆也很興奮，她一直跑前跑後，給哥哥找換洗的衣物、給他準備吃的，又去把他的床鋪好，房間收拾了一下。

天黑了，黃港碼頭卻燈火通明。根本不需要去南山碼頭找工人，黃家灣的老少爺們就是現成的勞動力，他們大部分都在碼頭做過活，根本不需要調教，只要有管事協助，就知道該做什麼、貨該往哪兒放。

貨物有序地進倉，趙大川也早早從南山碼頭回來，一個人靈活地穿梭在各個倉庫間，什麼樣的貨物進什麼倉、怎麼擺放，忙得是滿頭大汗。大哥回來，他的心好像也終於有了依靠。

黃老漢站在倉庫的燈火下，心裡好像揣著一團火，任黃豆怎麼勸也不肯回去。船來了，他終於在有生之年看見大船進了黃家的碼頭！

無奈的黃豆只好回去搬了張凳子，放在倉庫旁邊，囑咐黃老漢累了就歇歇腳，坐坐。

她也想陪著爺爺，可是大嫂和二嫂都去四叔家幫忙了，七條大船靠岸，這麼多工人要吃飯，所以黃豆必須擔負起照顧姪兒的重任。天黑了，她先給四個小的洗乾淨手臉，又看著一人吃了幾個餃子。四寶吃了一個半就差不多飽了，抱著黃豆哼唧著想睡覺。

黃豆抱起四寶、帶著二寶，往二叔家送，大寶和三寶則跟在她後面。

三姑姑最凶了，她說跟著，他們就要跟著，一步也不敢落下，不然就會挨罵。

黃德明的媳婦許彩霞從小姑子手裡接過四寶，姑嫂倆邊聊邊打水，先給四寶洗澡。

模模糊糊睡著的四寶往水裡一放，立刻殺豬般地哭叫起來。一轉頭，看見他的三姑姑，嚇得一嗓子嚎叫又憋了回去，憋得太快，竟然打嗝了，一聲接一聲，可憐鼻涕、眼淚都嗝下來了。

看見把他嚇住了，黃豆又不好意思了，一邊輕拍他的後背一邊許諾道：「四寶真乖，明天三姑姑做糕點給你吃，放多多的糖！」

可憐的四寶，又想吃多多糖的糕點、又想哭，只任由許彩霞三下五除二給洗了個乾淨，扔到院子裡的夏涼床上。

其他三個寶聽見姑姑說要做多多糖的糕點都挺高興的，齊刷刷地站在三姑姑後面等著。

三姑姑會不會也給我們做啊？好想知道喔，可是不敢問耶……

四寶被丟到床上翻了兩個身，就含著手指睡著了，睡得口水滴答流，應該是還想著三姑姑許諾的多多糖的糕點。

黃二嫂許彩霞又抓了二寶過來洗澡，黃豆才帶著大寶和三寶往大伯家去。

「三姑姑，妳明天給三寶做多多糖的糕點嗎？」

三寶軟軟的小手抓著黃豆的中指問，黃豆覺得心都要化了。「嗯，三寶聽話，三姑姑就給你做放多多糖的糕點！」黃豆搖了搖握著自己中指的小手。

「三寶聽話，大哥聽話，二哥聽話，四寶也聽話！三姑姑都給我們做好不好？」

「好，都做。」

一旁拉著黃豆另一隻手的大寶高興地挺了挺胸。他是大哥，太爺爺說，大哥要做弟弟和妹妹們的榜樣，所以他不會吵著要吃糕點，但是三姑姑說了，因為他們聽話，所以都做，真是太開心了！

黃德磊進家門的時候，天已經黑透了。踏進院門，堂屋、灶房都亮著燈光。娘還在四叔家為船工們準備晚飯，爹在碼頭幫忙，家裡有弟弟、妹妹們正在等他。一隻腳踏進院子，他突然有點淚濕。多少風雨危險都闖過來了，這個溫暖的院落，卻讓他近鄉情怯了。

「哥，快點，餃子都好了！小八去碼頭看了幾次，我們可是算好了你到家的時間呢！你看，要先吃一口還是先洗洗？」黃豆從灶房伸出頭來，看向院門口的黃德磊。

「我先洗個澡吧，一身臭汗。」黃德磊抬起腳邁了進去。這個家，他好像從沒離開過。

黃德磊在屋裡洗澡，黃德儀就搬個小板凳在門口守著。他對大哥沒什麼記憶，他只知道大哥回來了，全家都很高興。嗯，大家高興，他也高興。先生說，要兄友弟恭。

趙大山家，趙大山此時也在洗澡。他家晚上做麵條，趙大娘最擅長的手擀麵，雞蛋和麵，非常勁道，十六歲的趙大山一頓能吃三大碗，可那時候，他每次都只敢吃一碗。

今天晚上，趙大娘準備讓兒子敞開了吃！現在有糧了，不怕兒子吃得多了，就怕兒子吃得少。

煎了幾個荷包蛋，兒子的碗底先放兩個。豬肉切絲，蔥花爆過，放點青椒絲，炒一大盤，放在麵上一拌，看著就香。

趙大川比趙大山回來的遲，他進門的時候，趙大山已經坐在桌子前面「呼啦呼啦」地吸麵條了。

小的時候，有一次趙大山吃麵條的聲音太響，被趙大娘打了一筷子，後來再餓，趙大山吃麵都沒有聲音。今天趙大山吃麵又是呼啦呼啦的響，趙大娘卻滿眼幸福地看著兒子。看我兒子多壯，吃個麵都那麼響！

一起走出去四個少年，一起回來四個漢子，趙大山變化最大。他也黑，也壯，眼神卻給人一種長劍入鞘的銳利感。

「大哥，你們不是說好了只出去一到兩年的嗎？怎麼一走就走了五年？雖然偶爾捎信回來，但是娘都擔心得整夜失眠了。」趙大川一直在南山碼頭替錢家管倉庫，整個人就像一個書生，白淨文氣。

「本來是要回來了，結果船主碰見以前一起出海的朋友，他們家的船準備去西洋一趟，船主心動了，結果這一趟就走了三年多。」趙大山已經吃了三大碗，放下碗筷，看著弟弟吃。想起自己給家人帶了禮物，連忙起身把帶回來的箱子搬出來。箱子打開，先捧出一個首飾盒。「這個給娘的。」

趙大娘連忙接過去。「你給我買什麼？別亂花——」趙大娘的話隨著盒子的打開，突然掐斷在喉嚨裡。「這……這……」

趙小雨好奇的一伸頭看。「什麼？」

滿滿一盒子的首飾！金的、銀的，在燈光下發出耀眼的光芒。

「小雨，妳的。」一說著，趙大山也給趙小雨遞過去一個盒子。

趙小雨激動得手都抖了，要是她也像娘一樣，是一盒子金銀首飾，她會嚇壞的！盒子打開，同樣是一盒首飾，金的、銀的，在燈光下璀璨奪目。趙小雨連忙把盒子放在桌子上，她不敢捧著了，她怕她手發抖，捧不住，撒了一地。

娘倆的首飾盒看上去很滿，其實也就幾件，大部分都是銀飾多，不過樣式都很精巧好看，應該是趙大山在各地細心挑選的。

「大川，你的。」趙大山也遞給趙大川一個盒子。

趙大川看了看大哥，又看了看已經驚呆的娘和小妹，他竟然不敢伸手去接了。

「快點拿著，這是哥掙的。」說著，趙大山把手裡的盒子硬塞在趙大川的手裡。

趙大川抖著手打開盒子，盒子裡只有幾張紙。他從盒子裡拿起那幾張紙看，是銀票，一張一百兩，整整五張！

「你已經大了，這是哥給你自己成家立業用的。我出去這五年運氣挺好的，掙的錢除了給娘和妹妹買禮物外，剩下的我們兄弟倆一人一半。」趙大山拍了拍趙大川的肩膀。

「大哥，這個我不能要，這是你拿命換來的。」說著，趙大川把盒子推回給趙大山。

「拿著吧！這次出海回來，我和黃家叔姪說好了，都不準備再去了。我們準備合夥買一條船，自己做，他們答應也算你一份，這個給你，算你的本錢。」說完趙大山想了想，又笑道：「不過，你要是不想參股，想做點別的也行，買房子、買鋪子都可以，說不定哥有一天還要靠你呢！」

「大哥，我跟著你，你說怎麼做，我就怎麼做。」趙大川抿了抿嘴唇，堅定地看著他大哥。

「嗯，那行。你們把東西收起來吧，我去黃家看看。我們幾個說好回來問問豆豆，她鬼主意多，看看她有沒有更好的想法和建議。」趙大山拿起一個一模一樣的盒子，站起了身。「我給豆豆也帶了點禮物，如果不是她送我的匕首，可能我們這次就回不來了，這個人情要還。」

「大山你沒事吧？都遇見啥危險了？你有空和娘說說。」趙大娘一聽趙大山差點回不來，心都慌亂了。兒子雖然站在眼前，可是不知道他身上有沒有傷？趙大娘伸了伸手，想掀起兒子的衣襟看看，又想起兒子大了，再不是以前在她懷裡嗷嗷待哺的嬰兒了！

「娘，沒事，都過去了，我有空再跟你們說。妳看，我現在不是全鬚全尾地站妳面前嗎？」說完，趙大山拿起盒子就走。「你們先休息吧，我等會兒和黃家叔姪談完就回來，別等我。」

看著趙大山走出家門，坐在桌子前的母子三人面對著眼前的盒子，一時間都有點沈默。

第二十三章 趙大山送的禮物

黃德磊吃了餃子後，直接去了老叔家，爺爺跟奶奶一直都住在老叔的房子裡。路過四叔家的時候，黃德磊還特意進了灶房，伸頭給他娘瞅了一眼。

黃三娘看見兒子好模好樣地站在面前，不由得抹了把眼淚，就連兩個伯娘和四嬸都有點眼濕。

高了，還那麼瘦，也黑了。以前的德磊瘦是瘦，但是白。現在黑瘦黑瘦的，瞧著卻成熟穩重得多了。

「這次德磊回來，趕緊找個媳婦結婚吧，都二十了！還有他老叔和德落也是，這三個一起娶媳婦，家裡可要熱鬧了！」黃四娘一邊揉麵，一邊看著黃德磊笑。

「嗯，都看了好幾家了，就等他們回來了。」黃三娘笑呵呵地接過黃四娘的話茬，她可盼望好幾年了。大嫂家兩個孫子，二嫂家兩個孫子，就她家，德磊一走五年，可給耽誤下來了。

黃德磊連忙接過兩盤菜端著，說幫忙送過去。他被娘、伯娘還有嬸子說得臉紅了，趕緊找個藉口溜了。

船上的工人和管事看見黃德磊端菜出來，都大聲打著招呼。「磊子，過來喝兩杯！」

「不用、不用，剛在家吃了餃子！」黃德磊笑著和他們一一打招呼。

「到家了就是舒服啊！老子這次回家後，非他媽躺個三天三夜不起床，得讓我媳婦給我端吃端喝，好好伺候幾天不可！」說話的是船工周老大，他一直跟著船主跑船，是個性子直爽的漢子。

「你可拉倒吧！這趟能全鬚全尾地回來，我讓我媳婦好好躺三天，我給她端吃端喝地伺候她幾天也願意！」周老大身邊的兄弟立刻笑開了。

「柱子，你就說你想媳婦就得了，還不知道誰伺候誰呢！」

黃德磊見大家已經開始說葷話，連忙告辭。「各位哥哥們先吃著喝著，我去看看我爺爺、奶奶！」

「去吧、去吧！到家了真好啊！」

「代我們問老人家好。」

大家亂哄哄地叫嚷著。

黃德磊不由得一笑，他好像已經習慣了這種生活，大聲說話、大碗喝酒、大塊吃肉。

黃寶貴剛吃完飯，碗還放在桌子上沒有收拾，正在和黃老漢、黃奶奶說起這些年跑船的趣事，聽得兩個老人是眉開眼笑。

黃寶貴說他們怎麼賺錢、怎麼把洋人忽悠得一愣一愣的，讓他們心甘情願地花大錢買他們的東西，又是怎麼忽悠洋人把自己的好東西便宜賣給他們。

雖然心裡知道，這五年他們幾個肯定受了很多苦，可是他們不說，也是一種孝道，人回來就好。

看見黃德磊進門，黃寶貴連忙問：「你奶奶做的酢醬麵，要不要來一碗？放了肉的。」

「不用，在家吃了餃子，都撐著了。」黃德磊笑著擺手，自己拖了條凳子坐了下來。

「咋沒吃麵吶？出門的餃子進門的麵！怪我，我也忘記囑咐她小姊兒倆了。」黃奶奶說著就要起身。「我再給你盛一碗，再吃點！」

「奶奶，可別！我都吃撐了，吃不下去了。我在船上就想吃妹妹們包的餃子，今天晚上她們倆給包了三種口味的餃子餡，可把我饞壞了，吃得就多了。」說著，黃德磊想起自己當時狼吞虎嚥的樣子，也覺得不好意思，忍不住笑了起來。

「你都吃了哪三種？明天讓她們也給我包點吧，我也想吃。」黃德落在門外就嚷嚷起來了。

「韭菜雞蛋蝦仁的、豬肉芹菜的，還有蘑菇木耳豬肉的。明天再讓她們包，你們來我家吃，保證管夠！」黃德磊笑著給黃德落拖了一條凳子來。「噫，大山呢？不是說好你叫他一起的嗎？」

「大山說去給豆豆送點東西，馬上就來。」黃德落沒坐，直接伸手準備幫黃奶奶收拾碗筷。

「你這孩子，就是眼裡有事，手不閒著，不像你老叔，都懶成精了！不用你，奶給你盛碗麵吃吧？有肉有醬！」黃奶奶連忙把黃德落的手擋開。

「奶，別提吃的了，我晚上也吃麵，放了燉好的醬肉，我一下子沒剎住，現在都漫到嗓子眼了！」黃德落話音剛落，就聽門口一個聲音接著說——

「黃奶奶，您也別給我提，我也吃了麵，也滿到嗓子眼了！」說著，趙大山大步走了進來。

「你們這些孩子！行，你們嘮著，奶奶去給你們洗點棗。」黃奶奶收拾了碗筷、抹了桌子後，去了廚房。

黃老漢笑咪咪地看著眼前四個年輕人，都回來了就好啊！到底是出過海，身上有一股子精氣神，就是不一樣。

四個人，在一起待了五年，感情自然不用說，親兄弟也未必有這種同生共死的感情。黃家叔姪帶了三十兩銀子上了船，趙大山只帶了五兩，這五兩還是他借的。四個人一起，在各個碼頭之間淘貨、賣貨、換貨，確實小賺了一筆。

原本打算走個一、兩年就回來，歇歇再出去跑兩年就可以成家了，誰知道，碰巧有船去海外，他們跟著的這幾條船的船主就心動了，臨時在碼頭招募了二十五個人，就帶著一起飄洋過海去掙大錢了。

這二十五個人，都是熟悉的管事介紹的，誰知道裡面竟混了兩個海盜。如果不是其中一個露了馬腳，被細心的黃德磊發現，他們這批結盟一起去海外的十六條大船，可能都會有去無回了。

是趙大山不顧危險，計誘兩個海盜提前發了信號，而後被趙大山和黃寶貴聯手，一刀結束了性命。那是他們第一次殺人，溫熱的血液一下子噴到人臉上，黏稠又帶著撲鼻的腥氣，整張臉都有一種火辣辣的感覺。

黃德磊當場就吐了。

黃德落也整整躺了一天不能吃飯，一吃飯，就想起自己幫忙時，手從人的血液裡滑過的感覺，喉嚨裡就發癢想吐。

再後來，他們就不怕了。敢殺、敢打、敢拚命，人啊，有的時候一旦你不怕了，別人就怕你了。慫的怕狠的，狠的怕不要命的。

異國他鄉，為了搶貨物打架、為了不被欺負打架、為了能夠準時行船不被刁難打架。誰的身上沒帶傷？誰的手上沒沾過別人的血？

最危險的一次，黃寶貴摔斷了腿，他拖著斷腿，用刀捅死那個砸斷他腿的人；而趙大山被一刀差點捅到心肺，昏迷了整整三天兩夜，終於還是活回來了。三個人等到趙大山醒來後，抱頭大哭了一場，那一刻，他們才覺得害怕，一致決定回家後不再跑船了。

如果他們死了，就太不值得了。生命是最寶貴的，若丟了性命，就真是什麼都沒有了。

因為他們的英勇，幾個貨主集體出錢，獎勵了他們一人一百兩銀子，受傷最重的趙大山額外多獎勵一百兩，黃寶貴多獎勵五十兩。

四個人五百五十兩，加上在各地碼頭搗鼓出來的七十兩，一共六百二十兩，他們在東洋那邊訂製了十箱琉璃製品。

全部要訂製，自己選樣式、自己挑色彩，哪怕貴點也無所謂，就是要最好的。

所有人都覺得他們四個瘋了。琉璃啊，那是多脆的東西，海上行船風大浪急的，一不小心就磕了碰了，別說整個破碎，就是只磕了一點，都會影響整個物品的價值，變得一文不值。就是最老練的商家，也只敢帶個一兩箱回去，能完整帶回就算賺了，不能也不至於血本無歸。而他們，竟是把全部的錢財都押了上去！這不是瘋了是什麼？

結果誰也沒想到，他們成功了。十箱琉璃製品運回來，損耗破碎了一部分，剩下八箱，其中七箱被他們以九千八百兩的高價賣給了京城來的商人。

五千兩做為日後買船收貨的本錢，存入了錢莊；剩下的四千八百兩由四人平分，也算衣錦還鄉。

買一條貨船差不多要二千多兩銀子，四個人，一個人負責收貨、一個人出貨，兩個人負責開船運貨。

這一趟歷練，不單單給他們賺來了大筆的本錢，還累積了一筆人脈。

那些和他們一起去東洋平安歸來的商人，因為他們的英勇而對他們分外青睞。知道他們回家後就不再跑船，準備做點生意，紛紛表示以後會給他們提供貨源。

還有一箱各色的琉璃珠子，是準備帶回來送給黃豆的。四個人都覺得，這一箱已經穿孔的珠子，在黃豆手裡會發揮出更大的價值。

這箱珠子，如今就放在黃家的貨倉裡，等待著它主人的到來。

五年間，黃家四姊妹開的「米巷」，陸續又在襄陽府開了三家分店，分別是「桃居」、「豆田」、「梨園」。

米巷做精品的手工絹花、頭繩、編髮的緞帶……主打小姊姊們頭髮上的美麗之物。

桃居做玩具，各種手工製作的布藝玩具，可愛的小動物、美麗的布娃娃、小貓或小狗的布藝房子，還有藤製、竹製、草製工藝品一類的籃子或筐等等，吸引了一大批幾歲到二十歲左右的小姑娘和少婦。

豆田也做玩具，成桶的積木、彈弓，木製的刀劍等十八般兵器、馬車，還有木頭雕刻的動物。雖然也有藤製、竹製的玩具，但比重最大的還是木製，這裡是男孩子喜歡的世界。

梨園是花店，各色鮮花、盆栽、發財樹、金錢樹、小型的結滿果子的果樹、山中挖來的奇形怪狀的盆栽……

四家店的貨品，一部分來自姊妹們自己的手工創意，一部分來自於各地往來的船隻商戶。

這兩年，市場出現了一些大的店鋪開始仿製四家店鋪的產品，特別是米巷，因為大部分是手工絹花、蝴蝶結，製作簡單，買一個回去揣摩一下就能製作出來了。

市場上的產品幾乎剛出來就被仿製，而黃豆姊妹再會設計，個人能力也有限。黃米、黃桃局限於她們的見識，而黃豆，她實在是已經徹底融入了現在的生活，對那些遙遠的記憶所記也不多了。

趙大山四人帶回來的一箱琉璃珠子，給了米巷最少一年時間的喘息。她們的店小，名聲響亮，競爭卻也大。有了這一箱琉璃珠子，若謀算得好，起碼在一年的時間內將無人可敵，而一年後，誰還在乎那些手下敗將？米巷將秒殺所有同行，成為飾品界的佼佼者，小姑娘們也會再次以擁有米巷的頭飾而沾沾自喜。這箱琉璃珠子，將是米巷打響品牌戰的一聲號角。

四家店鋪，壓力最小的是梨園，梨園很多盆栽是米巷剛創建的時候就開始籌備的，整整用了五年。這五年出的這一系列盆栽花木、果株矮小的果樹，都是黃德明帶著人弄出來的。別人就算想仿冒，也得再用五年時間才能弄出那些產品，而五年後，梨園已直接甩他們幾條大街去了。

做藤製、竹製、草製品的工藝品店桃居，商品是四叔黃來貴負責的，他幾乎在幾年時間內走遍了周邊大小的山川湖泊，找出了最好的竹子、最適合編製的茅草及藤條。別人的藤條、茅草、竹子是單一的顏色，且時間久了就變脆，也易變色，而桃居裡的這些製品卻有了顏色上的差異。四叔在黃豆和黃老漢的幫助下，攻克了染色和防腐的最大難關。

人的智商是能開發的，包括負責豆田的黃德光，負責梨園的黃德明，完全成了最好的開發者。

稻種的培育是黃老漢帶著大兒子黃榮貴及二兒子黃華貴負責，山林一塊是三兒子黃富貴負責。

有一次，黃豆竟然對黃老漢說「爺爺，你的兒孫太少了，不夠用了」，這句話惹得黃老漢哈哈大笑。黃老漢見過最多一家生了八個男娃的人家，且個個長大成人，與那些高產的人家比，他家兒孫確實不算多。

可他家一個孫女一年掙的錢，就遠甩人家幾個兒孫一輩子的收入了。

黃家就像一粒種子，經過短暫的發育後，勢不可擋地在這片土地上扎根壯大，已經成了一片山林。你可以從中行走穿梭，卻不能放眼它的全貌。

就連黃豆也沒想到，因為那一百多畝灘地，每年培育出當年的優質稻種，進而成了黃家一面護身的盾牌。誰想動他家，都要試試上面大權在握的人的手段。

而那些大權在握的人，也看不上黃家這一小塊地方。

這幾年，襄陽府劃給黃家的那塊位於襄陽府和南山鎮之間的灘地已開始培育麥種。後期黃豆還想過培育玉米種，讓黃家變成官府眼裡有利可圖的人家。你要有利用價值，才能讓人放心。

黃家碼頭進了船的消息，像一陣風一樣席捲了南山碼頭、襄陽府碼頭，甚至更遠的東央郡碼頭。當有些反應遲鈍的人得到消息後再想伸手，才發現遲了。

五年的時間，黃家已經不是那個隨便伸伸手就能碾壓弄死的螻蟻了。

秋收後，黃家最後一批做良種的稻種在黃港碼頭被船隻運走後，趙大山四個人買船的計劃提上了日程。

黃豆以「給大姊辦婚事」的理由，帶著姊妹，跟著黃寶貴幾個人去了東央郡。

南山鎮到東央郡，需要行船一日。

當華燈初上，一行人終於踏上了東央郡的碼頭。只有見識過東央郡碼頭的弘大，才能感覺到黃港碼頭和南山碼頭的渺小。

如果想追上東央郡，即便把南山碼頭和黃港碼頭聯合起來，也不能與其比肩。不是碼頭不夠大，而是在根本上，這是鄉下城鎮與大城市的區別。

他們一行人，和五年前的陣容差不多。除了姊妹四個，就是黃寶貴、黃德磊、黃德落，而黃老漢沒有來，變成了趙大山。他們是來買船的。

八個人，訂了四間上房。簡單梳洗一番後，八個人就走上了東央郡的街頭。

東央郡的熱鬧繁華是襄陽府不能比擬的，晚上大街上遊人不減，路邊小吃攤販都有固定的區域。

「老叔，你們有想在東央郡開鋪子嗎？」黃豆正在吃烤串，油膩的嘴巴裡還含著肉，使她的聲音都變得模糊了。

別說黃寶貴，就連趙大山都看不下去，拿了一方帕子就捂在了黃豆的臉上。「先擦擦嘴巴再說話。」

黃豆一把抓住帕子，在嘴巴上狠狠揉搓了兩下，又抬手扔給了趙大山。「管太多，容易老。」

「有的，不過我們四個還沒想好怎麼做。豆豆，妳有沒有想法？」黃寶貴點頭，認真道。

「有啊！你們完全可以只租場地，不備貨品。」黃豆已經放下烤串，規規矩矩地坐好，她這身嬰兒肥也該減減了。

「妳開什麼玩笑？光有場地，沒有貨物，租個場地耍馬戲啊？」黃德落忍不住開了口。

「你們不是說，那些跑船的商人，有時候會有少部分貨物因為各種原因而不能及時出售，只能打折處理，或者再拉回去嗎？」

「嗯，有的，而且是普遍現象。我們曾經拉過一批茶葉，因為錯過了最佳時間，市場商戶都已趨於飽和的狀態，吃不下那麼多貨，後來有幾箱只能帶回去。」黃德磊皺眉想了想。

「這樣很不划算，來回折騰不算，也占了貨倉，還不能便宜處理，因為會擾亂市場。」

黃豆點頭道：「這就是了，所以你們可以在人口流動性比較大的地方，租下足夠大的場地，提供貨架和服務，而貨品完全可以由這些商人提供就好，你們只分成。」

「具體呢？」趙大山覺得腦子裡好像有個念頭，但又很模糊，想抓卻沒抓住。

「具體你們就參照大姊夫家的雜貨店，他家這五年做的不錯。不過他家和你們的方式不同，他家是自己家進貨，主營雜貨，你們卻不需要進貨，也不局限做什麼，吃的、玩的、穿的、用的都可以上架，分出區域就行。」

「有商人會存貨嗎？誰相信我們啊？」黃德落忍不住白了妹妹一眼，這完全是空手套白狼啊！

「有啊，比如我們。」說著，黃豆指了指姊妹四個。「我們代表襄陽府的米巷、桃居、豆田、梨園，向你們提供貨物，你們只要準備好場地、夥計和貨架就行。」

「哈哈，妳們四家店，我們再進點貨物，完全就可以開張起來了嘛！要不，我們簽個合同？」黃德落覺得黃豆這個方法是可行的，她們小姊妹四家店的貨物，確實是襄陽府數一數二的。

「四哥，格局呢？我們四家店都搬來，也只能占你們的一個角落。不過，開頭確實也大不起來，你們租場地的時候注意一下。最好買一棟商鋪，後面有宅院的那種，越大越好。前面大不大無所謂，後面一定要有發展空間。做起來就往後面擴大，再好點可以開分店。」

「那，我們還需要買船嗎？」黃寶貴忍不住詢問。

「要的，你們以後可能一條船都不夠。這樣的店，不但要開在東央郡、襄陽府，還要開到像南山鎮這樣的小地方去。大城市固然有錢人多，但競爭也大，有錢人完全可以憑藉實力拿錢砸出這樣一間店來。而小地方，你們就完全可以壟斷，畢竟小地方，大城市的有錢人看不上，而小地方的有錢人根本和你們拚不起，因為你們自己有船，可以及時搜羅各地的貨物，以最快的時間上架。」

黃豆剛停下話音，趙大山立即端了碗熱水遞給她，這是他剛剛問店家要的開水，特意涼好的。這個十幾歲的小姑娘，一再帶給他驚喜，她的小腦袋裡究竟還裝著多少奇奇怪怪的東西和想法呢？

第二十四章 私定終身的黃豆

第二天，起床吃了早飯後，一行人又去逛街了。他們要看店鋪，也要給黃米買結婚的陪嫁用品。另外，黃豆還接了娘、大伯娘和奶奶的暗示，碰見合適的男方用的結婚用品，也要買回家，他們家這三個小夥子可都不小了！

黃德磊已經二十歲了，結婚早的話，孩子都能打醬油了。黃寶貴十九歲，黃德落十九歲，就連二十一歲的趙大山，也成了趙大娘眼裡的老大難。

他們這次跟船回來，別說周邊的媒人都行動了起來，就是黃家灣的新老住戶，但凡家裡有姑娘的，全都虎視眈眈。

用黃豆的話說，他們現在都是鑽石王老五，誰見了都想過來啃一口。

黃家如今適婚年齡的男子有四個，其中包括了十七歲的黃德忠；適婚女孩兩個，也包括了剛滿十四歲的黃豆。

看黃老漢、黃奶奶和幾個兒媳的架勢，準備這一年內，最少得解決四個。

和黃寶貴他們比，黃豆和黃德忠就算小了，還能放放。

不得不說，跟著女人逛街很累人，跟著一群女人逛街，那就是折磨人。

黃豆四姊妹逢店必進，看見好看的就想買，遇見好吃的就想吃。

一天逛下來，正事沒幹，東西倒買了不少，一直到中飯後，才有空跟著城裡的那些買辦跑了幾家要出售的鋪子。

最終意見不一的是兩家鋪子。

一家在地段較為繁華的區域，兩間店鋪很寬大，讓黃豆不滿的是門口不夠寬敞，後院過於狹窄，後期發展空間有限。

不過在她眼裡的問題，在過去都不是問題，黃寶貴叔姪和趙大山都覺得位置不錯，就連黃米和黃桃也覺得可以，只有黃豆一直搖頭。

屋主是當地官員家的親眷，現在要調離，索性就把這幾年得手的幾間鋪子拋了，很快一搶而空。這一間因為價格問題耽誤了下來，剛好被黃家叔姪碰到。

另一家，在一個十字路口交匯處，不在主要街道，那邊屬於居民區，小商、小販比較多，打鐵、賣肉的混租在一起。原本是一家雜貨鋪子，生意勉強維持，因為老東家去世，幾個兒子奪家產各不相讓，乾脆賣了分錢。

黃寶貴他們對這間鋪子並不看好，雖然位置在十字路口，卻不算主街道，門口固然寬敞，三間門臉卻並不大。

走進店後面的住宅才發現，這家住宅竟然是前後院子。也就是說，店鋪後面是前院，前院子後面是住宅，住宅後面是後院。

雖然是巷子口，門口和沿牆的兩條道路卻很寬闊，一點都不擁擠。如果把店鋪拆了，門往東開，那麼就不是三間店面，按一間屋子四公尺寬計算，最少是八間鋪面的寬度了。

做一個超市模式的鋪子，完全足夠了，而且因為兩邊都有道路，也解決了鋪子大又深而需要考慮到的光線問題。

這家二百八十兩的鋪面連宅子，賣了足有一個月，價格確實定得過高了。想買了做小生意的買不起，想做大生意的這位置看不上。

買辦看一個小姑娘表現出極大的興趣，而真正能作主的幾個男子漢卻興趣不大，不由得有點急了。他乾脆給這群年輕人露了一個底——這家的死鬼老闆手裡還有一塊土地，不是良田，在城北，位置不好，所以想一塊出售。

這個雜貨鋪老闆是個以貨郎發家的人，眼光和見解確實比幾個兒子強。

城北因為靠近主城，屬於郊區，還在開發中，所以這塊地當初買了只是為了升值。如果黃家兄妹要買這間鋪子，再添個一百二十兩，賣家就把那塊地送給買家。

一百四十兩，是當初雜貨鋪老闆買地的價格，原價賣出，不虧不賺就行。

東央郡發展最好的是城西，因為靠近碼頭；他們現在所站的位置屬於城南，也算發展得不錯；而城北完全是剛剛開發，還屬於有點人煙荒涼的地方。

這塊地的位置不錯，如果城北發展起來，占據了南北東西的要道位置，就屬於黃金地段；可是城北如果發展不起來，它也不過就是一塊荒地罷了，沒有什麼價值，種糧不行，種菜勉強湊合。

別說黃家叔姪和趙大山沒底，就是黃豆也沒底，畢竟這塊百十畝的地，現在看來並沒有多大的價值。

不過以價格來算，買來也不算虧。如果能搞個蔬菜大棚就好了，可惜黃豆也變不出塑膠布。用玻璃？那是傻子幹的事情，得賣多少菜才能買一塊完整透明的玻璃？

八個人回到客棧後開始開會，買哪間鋪子比較合適？

黃豆覺得，幸虧沒弄投票表決什麼的，否則毫無疑問肯定是她贏，因為她的姊姊和妹妹現在是她的忠粉，絕對不會變心的那種。

黃豆去客棧掌櫃那裡要了紙筆，開始給老叔還有哥哥們畫大餅。

又想大餅圓，又想大餅甜，還想大餅能掙錢。

這個大餅，黃豆畫得特別認真，塗塗改改，挑燈邊畫邊解說。

後來，實在改得沒辦法改了，趙大山又拿過一張紙接著畫。

每個人都在黃豆的基礎上貢獻出想法，記錄下來，一張紙一張紙的描繪、修改。

誰也沒想到，十幾年後幾乎把連鎖店開遍全國的「方舟貨行」就是在這堆廢紙中誕生的。

一夜難眠，第二天一早，八個人又浩浩蕩蕩地找到了買辦，訂下了那間雜貨鋪，並且添了一百二十兩銀子，把城北那塊百十畝的地買了下來。

如果單買地，這個價格，那是不可能的，只能說是捆綁銷售，買一送一了。

初生牛犢不怕虎，鋪子買了後，八個人直接把客棧裡的包袱搬到了鋪子後面的宅子裡，也不裝修了，先湊合著住下吧。

原本打算來個三五天就回去的，因為這間商鋪，他們的行程整整延遲了一個禮拜。

五天後，接到信的塗華生，帶著當初給他們家裝修的手藝班子到了東央郡，開始接手整修的事情。

黃豆詳細和他們溝通了修改裝修上面的事情後，終於安心地準備返程回南山鎮了。

還有一個月，就是大姊黃米要出嫁的日子了。

黃德磊兄弟留了下來，而黃寶貴和趙大山還有死皮賴臉不肯走的塗華生，則一路護送四個小姑娘回南山鎮。

他們訂的船要春天三月份時才能到手，現在只能靠坐別人的船來回奔波。

黃寶貴和趙大山這次回去，不單單是護送四個小姑娘，還要在臘月之前，黃米婚後，把米巷、桃居、豆田、梨園裡的貨物品項全部仿製一批下來，運到東央郡。

而塗華生的任務，也不只是護送未婚妻和三個小姨子回家，他還要聯繫一些曾經的老客戶，讓他們在「方舟貨行」投資、鋪貨。

九月十五，黃豆一行人上了東央郡開往南山鎮的貨船。

貨船老大和塗華生非常熟悉，特意給他們單獨留了兩間房間，方便女眷們休息。

這樣的貨船，是客貨兩用的船，有隔開的四、五個小間，可供女眷或者出得起價格的人休息。

上了船後，黃梨就昏昏欲睡，她被能回家的喜悅衝擊得一晚上都沒睡好。她還沒有離開過爹娘這麼多天呢，要不是跟著姊姊們，不用想，她三天都待不住，非大哭幾場不可。

塗華生對著準媳婦黃米還是有點臉紅的，不過他做了這麼多年的商人，臉皮太薄也有點假。黃米上了船後，他就開始送點心、送水果，最後，竟然還送了滿滿一籃子的花。

九月，黃豆的記憶裡，不過是菊花這些的，但塗華生不知道從哪裡弄來了美人蕉、劍蘭、茉莉，還有好幾種各色菊花摻雜在裡面。花籃底部還鋪了防水布，裡面裝了濕潤的泥土，泥土上蓋上碎的菊花花瓣，和大把大把的桂花花朵。

這個用防水布裹泥土的點子還是黃豆發明的，她閒來無事經常去山裡採集野花、野草，有的插瓶子裡，有的插花籃裡。

自從和黃米定了親事後，塗華生來南山鎮必來黃家，一次恰巧就碰見黃米姊妹幾個從山裡採花回來，插好籃給爺爺、奶奶送來。也不能說是巧，是黃豆知道了塗華生去了爺爺那邊拜見，所以她故意讓黃米給爺爺、奶奶送花，而被蒙在鼓裡的黃米捧著花籃巧笑倩兮地跨進院子時，就看見了塗華生。

結局怎麼樣，黃豆不關心，她只覺得劇情要狗血就行了。沒結婚前多偶遇個幾次，也算培養感情不是？

花籃還沒到船艙，香氣就飄了過來。接過花籃，黃米是面紅耳赤，黃桃是羨慕不已，黃豆是被強硬地塞了把狗糧，黃梨最淡定，她睡著了！

被塞了把狗糧的黃豆晃上甲板，她是沒辦法和姊姊們在房間裡一坐一天的。甲板上有人，黃豆就小心翼翼地順著船艙往後船蹭。走了幾步，就聽見後面似是趙大山的聲音在叫她。

「豆豆！」

回過頭，果然是趙大山，正從她們旁邊的房間裡大跨步走出來。沒看見塗華生和黃寶貴，想必是在房間裡休息。

「又待不住了？」走到黃豆身邊，趙大山往船舷旁邊走，裡面空出一小塊地方給黃豆。每次看她在船上走來走去，他的心都會拎起來，總怕她腳一滑，掉進東湖就麻煩了。

「裡面氣悶，還是出來呼吸新鮮空氣舒服。」說著話，剛好走到船後面的甲板上，看見沒人，黃豆伸展開雙臂做擁抱天空的姿勢。

趙大山趕緊走過去，看了看四周沒人，輕拍了一下她的手臂。「小心別人看見。」

「好吧。」黃豆聽話地放下手臂。「塗大哥什麼時候準備的花？上船的時候沒看見他拎著啊！」

「船要開的時候，他身邊跟著的那個小子大盛拎上來的，應該是早上特意去哪裡買的或者採的。妳喜歡嗎？」趙大山偏頭看了看身邊的黃豆。十四歲的黃豆完全繼承了黃家人的高䠷，外貌融合了黃富貴和宋氏的所有優點，是個不折不扣的小美人。
「喜歡啊，看見塗大哥對大姊好，當然開心啦！女孩子好像沒有不喜歡花的吧？」黃豆看著浪花翻起的水面，就算是浪「花」也挺美麗的。
「妳要是喜歡，以後我給妳建個大花園，裡面種滿各種花，四季不斷，好嗎？」
黃豆以為自己幻聽了，這是趙大山對她說的話？她轉頭看向趙大山。「你……你……」黃豆張口結舌，這是被表白了？還是她誤會了？
趙大山整整比她高了一個頭，她幾乎要仰望著才能看清楚他的臉，還是黑，讓他俊朗的外觀整整減分了不少，不過顯得很健壯，身上有一種男子漢的氣勢。
「豆豆，我是認真的。我保證會對妳好，只要妳想要的、我能做到的，我都會儘量去爭取給妳。如果妳沒有意見，回去我就讓我娘去妳家提親。」趙大山看著黃豆的眼神是異常的堅定，好像不是在說一句話，而是在承諾一個誓言。
「不是，你都二十一了！」黃豆話一說出口，就覺得過分，自己不是嫌棄他老啊！
「妳是不是覺得我年齡太大了？」
「不是，是……我一直覺得女孩子最少得十八歲才能出嫁，不然生孩子什麼的太危險了。」我去！黃豆說完又想搧自己一巴掌了，這說的叫什麼話？八字都還沒一撇呢，怎麼就說到孩子了！
果然，趙大山聞言，忍不住笑出聲來。「如果妳願意，我可以等。十八歲，還有四年而已。」
和這樣一個高大英俊的鑽石王老五談四年戀愛？好像可以試試喔！那她是不是要假裝害羞，說一切都聽父母作主呢？「我得回去問問我爹娘。」
「不用妳問，妳問了於妳閨譽有損。回去後，我就讓我娘去提親，妳等著就行，一切有我。」趙大山看黃豆終於有了小女孩的嬌羞，笑容止也止不住。趙大山看黃豆不說話，不由得咳嗽了兩聲。他是男人，他得找話題和自己挑中的姑娘聊聊天。「如果不出意外，妳老叔今年應該能成婚。」
「我老叔？黃寶貴？你沒搞錯吧？他媳婦都還沒相看呢！」黃豆果然被這個話題吸引住了。
「嗯，就是王重陽家的王大妮。」看著圓睜雙眼的黃豆，趙大山覺得打從心裡的高興，原來這個小丫頭也有什麼都不知道的時候。「妳老叔出海前找過王大妮，兩人說好了等他回來就成親。王大妮答應了，並且還給妳老叔做了一雙鞋。就是妳哥發現妳老叔有一雙和他們不一樣的鞋，給逼問出來的。」
「我老叔和王大妮……」黃豆自言自語地在甲板上來回踱步。「我咋沒發現呢？他們什麼時候勾搭上的？」說完，忽然意識到自己用詞不對，連忙跳起來伸手捂住趙大山的耳朵。
「你沒聽見，對不對？」
「哈哈，沒聽見！妳說什麼了？」趙大山從善如流，順勢握了一下黃豆的小手。

從趙大山的大手掌裡抽出手，黃豆還沒意識到她被趙大山占便宜了，畢竟他們同一件大棉襖都裹過，只是握一下手算什麼？

「那，我哥呢？」黃豆覺得自己真的被勾起了八卦的心思。

「沒聽說過，估計他是等著妳娘給他找媒婆挑吧。」

「我覺得也是。我哥回來的這些天，可把我娘忙壞了。大伯家兩個孫子，二伯家也兩個孫子，我哥都二十了，我娘急壞了，她覺得再不找媳婦，她兒子就找不到了，太老了。」

「誰老？二十老嗎？」趙大山低下頭，想輕輕擰了黃豆的耳垂，看見她還是戴著當初黃爺爺買給她的銀耳釘，不由得微微一怔。

黃豆連忙捂著嘴巴，格格笑起來。她忘記了趙大山比哥哥黃德磊還大一歲，大哥要是老，趙大山就更老了。

「豆豆，我給妳買的耳釘妳怎麼沒帶？」看著笑得眉眼彎彎的黃豆，趙大山把擰耳朵的手落在她的頭上，拍了拍。

「不喜歡戴黃金的，感覺適合我娘那些年齡大點的，我這樣的小姑娘就應該簡單些，戴個銀啊或者珍珠才好看。」黃豆摸了摸耳朵上的耳釘。她確實不怎麼喜歡戴黃金飾品，不過金子她還是喜歡的。

趙大山給黃豆買了一套金首飾，還有滿滿一匣子珍珠。這盒珍珠是他聽黃寶貴提起黃豆撿到珍珠，交給黃老漢賣了錢買地的事情。他覺得，黃家欠了黃豆的，哪有女孩子不喜歡珍珠的。他不想委屈他的小姑娘，所以他決定買一匣子珍珠送給黃豆。

沒想到被黃寶貴他們知道後，這匣子珍珠最後成了四個人共同購買了。用他們的話說——我們家的姑娘，怎麼能讓你買了珍珠送？讓你參與一份都是拿你當自己人了！

這一首飾盒的珍珠可能都比不上黃豆當初的一顆貴重，但這是他們的心意。趙大山他們回來的途中，每跑一個碼頭，都會出去選珍珠，他們買了粉色、紫色、黑色等深淺不同的珍珠，儘量選擇差不多大小的。

雖然都不算大，卻勝在大小差不多，圓潤度也好，黃豆接到這匣子珍珠的時候，感動得眼淚都掉下來了。

兩個私定終身的人在船頭站了一會兒就回了船艙裡的房間。

以前，趙大山並不覺得需要注意瓜田李下，現在私定終身後，卻覺得還是需要適當地保持點距離，不能讓黃豆名譽有損。

而黃豆，聽趙大山說回船艙，連忙轉身就走。不能再待下去了，整個後甲板的空氣都流動著尷尬兩個字。

趙大山依然走在船舷的一邊，護送黃豆進了船艙的房間裡。

第二十五章　膽大包天黃德明

回到船艙的黃豆沒忍住，說了老叔和王大妮的事情。

她也不是沒忍住，主要是她做賊心虛，覺得自己出去溜達了一圈就跟人私定終身，好像有點草率了。她心裡怕姊姊們問東問西的，所以趕緊把老叔和王大妮的話題拋出來，分散姊姊們的注意力。果然女人就是八卦的創造者，女孩也不能免俗。原本還坐在桌前，看著面前的花籃春心蕩漾的黃米，以及正百無聊賴地拿出一方繡帕琢磨著是不是要捲出一尾小老鼠的黃桃，都對這個八卦表現出極大的興趣。

「真的假的？難怪王大妮只要做點好吃的就會給爺爺、奶奶送，我還以為她是尊敬老人呢，原來是跑未來公婆面前表現啊！」這是黃桃說的。

「這兩年王家大娘一直惦記著給王大妮找戶人家，眼看著大妮都十八了，王大娘都要急壞了。上次我去叫她來做事，還聽見她在屋裡罵大妮呢。」黃米若有所思。

「其實大妮真不錯，不過我覺得爺爺和奶奶未必會答應，畢竟這幾年她一直在碼頭拋頭露面的。而且王重陽這個人，還是有點功利的。」黃桃看了看黃豆，又看了看黃米，很中肯地說出了問題的核心。

「那就要看老叔能不能堅持住了？一個女孩子等了他五年，如果他再不回來，等於就把大妮給耽誤了。實話說，這種私定終身的事情，還是女孩子吃虧。」說著，黃米正色地看了看面前兩個妹妹。「別人我不管，桃子我也放心得很，就是豆豆，妳性格太跳脫了，妳可千萬別學王大妮！女孩子可擔不起風險，一步錯，就很難脫身了。」

大姊呀，妳可真是我的親大姊！我剛和別人私定終身，妳這裡就給我上緊箍咒！妳要是知道剛才我出去一趟幹了什麼事，我會不會回去就被關進小黑屋啊？

黃桃看黃豆皺著眉，抿嘴不語，也不由得替這個妹妹擔心起來。「豆豆，大姊說的沒錯，妳雖然看上去聰明，可妳總是心善，不知道拒絕別人。婚姻可是一輩子的大事，不能太草率了。」

「嗯嗯，我知道。我還小呢，妳們擔心擔心妳們自己吧。」

黃米拿了一粒花生扔過去。「我們有什麼好擔心的？等我嫁出去後，妳二姊估計也會很快和張小虎訂親，反而是妳，我們才擔心，不知道什麼樣的男孩子才能配得上妳？」

「那是我太優秀了唄！」黃豆說著，衝兩個姊姊扮了個鬼臉。

「快別這樣，都十四了。」黃桃說著，輕拍了黃豆的手背一下。

黃梨被三個姊姊的笑聲驚醒，黃豆趕緊走過去伸手拍了拍，她又睡了過去。

「不知道三哥會找個什麼樣的？」黃桃說著，拿著帕子的手緊了緊。

黃米翻出一張紙，開始塗抹，她想儘量多設計點新樣式，米巷的競爭壓力太大了。

「我覺得妳們不用擔心三哥，妳們該擔心的是二哥。」黃豆也拿了張紙，開始畫草圖。

「二哥怎麼了？不是和二嫂好好的？」黃桃也放下折疊了半天的手帕，湊上前，細細看著她們倆畫設計稿。

「那天，二哥去襄陽府送貨，許秀霞也上船了，這是碼頭上的桃花告訴趙小雨，趙小雨又告訴我的。」黃豆提起桃花，不由得臉色一變。這個丫頭可還沒嫁人，又一直討好著趙大娘和趙小雨，趙大娘對她印象好像還挺好的。

黃米奇怪地看了黃豆一眼。「桃花怎麼認識許秀霞的？」

「許秀霞的婆家和桃花家一條巷子，妳說她怎麼認識的？她還知道許秀霞這麼多年來一直沒生養，過得很不好，鬧著要和離呢！還有，許秀霞嫁的這一家，兄弟多，公公早去世了，留個瞎眼的婆婆跟著小兒子過。許猴子貪圖人家是鎮上人，有房，就把閨女嫁過去了。不過今年春天，許秀霞的婆婆好像死了，臨死前，把家分了，鎮上住的大房子給了老兒子，好像還留了私房錢給他們。不過誰也沒看見，都是她幾個妯娌出來說的，說婆婆偏心。許秀霞的男人是跟著錢家做事的，一個月有三、四天在家就不錯了，但據說晚上經常有人去敲門，至於真假，我就不知道了。」黃豆一口氣說完後，端起黃桃倒的茶一口飲盡。

黃米放下手中的紙筆，正色地看著黃豆。「妳和小雨還是個孩子，怎麼什麼話都傳？這種事情能亂說嗎？別說沒有，就是有，妳們聽見了也要當沒聽見，這些汙糟的事情是一個姑娘家能到處說的嗎？」黃米雖然溫柔少言，不過她畢竟是大姊，認真起來，還是很有幾分大姊的架勢。

「對的，大姊說的沒錯，這種話能到處說嗎？妳呀，就是被爺爺慣得沒規矩了！」黃桃也覺得黃豆不對，第一次沒順著她。

「哎呀，我就是跟妳們說而已，跟別人……」黃豆說著，用手在嘴巴上一拉。「我對別人都是把嘴巴縫得緊緊的呢！我還沒說完，妳們別打岔。」黃豆伸手按住兩個姊姊的胳膊。

「二哥和許秀霞一條船去襄陽府並不可怕，可怕的是，他們還住了同一家客棧、相鄰的兩個房間。」

「妳怎麼知道的？妳這都是聽誰說的？」黃米慌得站起身，厲聲質問著黃豆。

黃桃也一把拉住黃豆的胳膊。「豆豆，這種事情，沒有根據可不能亂說！」

「我會亂說嗎？城中巷子裡的那家客棧，他家老掌櫃是幹什麼的？稱一聲襄陽府包打聽也不為過！二哥就是住他家的，和許秀霞一前一後進去，住的是二樓相鄰的兩個房間。這是錢多多身邊的提筆特意來南山鎮告訴我的，會有假嗎？」黃豆拍拍腦袋，她頭疼啊，操不完的心。

「如果是錢多多身邊的人說的，那就是真的了。錢多多既然能特意為這件事派提筆來告知，那麼就證明這件事情必定比他說給妳聽的嚴重得多，他只是不好說，靠提筆來提醒妳而已。」黃米對錢多多的印象很好，這個錢家未來的家主已經開始接掌錢家一部分事務了。

「要是研墨來說，還有幾分待懷疑，既然是提筆來說，那這件事就是板上釘釘的了。」

黃桃不敢去想後果，如果事發，那是要沈塘都不為過的事情啊！

「我說呢，這兩個月妳把二哥派出去，不許他在家，也不許他往襄陽府去。妳是不是早就知道了？」黃米看向黃豆。

「知道得很早，但是沒有證據，所以一直沒敢說。我特意讓錢多多幫我打聽的，不然妳以為錢多多閒得沒事，自己去盯我二哥的梢嗎？」黃豆也很無奈，她是妹子，不是黃德明的老子娘，這種事情也不歸她一個沒出閣的小姑娘過問啊！

「這是大事，是他們偶遇一次而已，還是碰見了幾次？一次是巧合，如果連續幾次，那肯定就不是巧合。」黃米想起二嫂，每次二哥買了東西給她，二嫂都高興得跟什麼似的。

「我實話說了吧，第一次是在城中巷的客棧，後來二哥在襄陽府租了個宅子。許秀霞去了襄陽府幾次，都是以去看她當家的名義，不過，她都是前一天去，第二天才會去錢家找人，第三天就說回，但其實也沒回，是又去二哥租的宅子了，到第四天才回南山鎮。」黃豆看著兩個姊姊，直接給她們扔了個重磅炸彈。

「二哥是瘋了嗎？」黃米和黃桃驚得都坐不住了。

「妳們不覺得許秀霞的做法很奇怪嗎？她五年不生養，去襄陽府和二哥鬼混，中間一天卻還去找她當家的……二哥可是有兩個兒子的人了呢。」黃豆覺得兩個姊姊還是單純了些。

「妳、妳是說……妳……」後面的話黃米說不出口，黃桃更說不出口。所以說，她們的二哥是被許秀霞借種了啊?!

船上不方便做飯，中午塗華生還是送來一個食盒，裡面是片好的烤鴨、切好的滷味，還有幾個白麵饅頭。

天氣還不算涼，姊妹三個都沒什麼胃口，把黃梨叫醒，一起將就著吃了一點，再喝杯熱茶，也算打發了一頓。

船隻順風順水地直駛往黃港碼頭，趙大山在狹窄的屋裡轉了幾圈，又跑到甲板上走了幾個來回，但他再也沒有在下船前遇見黃豆。

船到南山鎮，黃寶貴帶著四個姪女下了船，塗華生和趙大山在後面跟著。

送完四個小姑娘回家後，他們在這邊住一宿，明天就要前往襄陽府，去談合作，順便準備東央郡開張的事宜。

年輕人，可能是做事衝動，他們原本只是想去東央郡訂一條船的，卻沒想到會去東央郡買了鋪子、買了地，準備在那邊開店。

計劃中，他們的第一家店應該是開在襄陽府的。

黃老漢聽了黃寶貴詳細的計劃後，很高興，他覺得年輕人就應該闖闖。年輕嘛，哪怕失敗了，起碼還有東山再起的本錢。不過他還是很希望老兒子能在春節前後把婚事定下來，先成家後立業。

當著塗華生和趙大山的面，黃寶貴沒有吭聲，他和王大妮的事情，他準備私下和爹娘說。

從他回來後，先是忙著田地裡收購，剛收完稻子又去了東央郡待了七天，期間他和王大妮只抽空說過幾句話。

晚上，黃寶貴吃了晚飯後，認真地坐到黃老漢和黃奶奶的面前。「爹、娘，我有件事情想和你們說。」

「什麼事情啊？寶貴。」自從黃德光和黃德明的兒子被黃豆「大寶、二寶」的叫開後，黃奶奶覺得自己家的寶貴，她已經十幾年沒叫他大寶了。

「我想你們去幫我提親，就是王重陽家的王大妮。」黃寶貴從小嬌慣，有一種天不怕、地不怕的性子，只是說到自己的婚事，難免還是紅了紅臉。

「王大妮？那不行！那個孩子天天在碼頭上拋頭露面的，她不適合你。」不出黃豆所料，黃奶奶下意識就拒絕了。

「那豆豆還天天在外面跑呢，她那不叫拋頭露面？」黃寶貴有點不服，人一衝動，說話就有點不過腦子了。

「她王大妮拿什麼和豆豆比？她配嗎？豆豆給了她多少配方，囑咐她別在碼頭做買賣了，這些事情讓她爹做，她聽了嗎？」黃老漢聽黃寶貴竟然貶低豆豆，瞬間勃然大怒。

「爹，我錯了，我沒說豆豆不好。」王寶貴也意識到自己說錯了話。「王大妮也是沒辦法，若不是她在碼頭做些瓜子、花生的營生，一家子連餬口都難。」

「這不是理由！王重陽如果有一點點擔當，也不至於把大妮這麼好的姑娘放到碼頭上去拋頭露面；王大妮的娘如果不是重男輕女，她完全可以自己上碼頭，而不是讓自己家一個十幾歲、還沒出閣的閨女去掙錢養家！」這是黃奶奶最不能接受王大妮做兒媳婦的地方，不是王大妮不夠好，而是她有可能在將來變成一個一心向著弟弟的。

王大妮的弟弟比王大妮小十歲，姊弟倆中間夭折了幾個孩子。有了王大妮的弟弟，父母都快把兒子寵上天了，她娘天天在家盯著，偏偏讓王大妮去碼頭做生意。換了講究一點的人家，完全可以讓王大妮在家做家務、看弟弟，她娘去碼頭拋頭露面的。

「爹、娘，我覺得王大妮人挺好的，而且你們也看見了，她和豆豆的關係一直很好。」黃寶貴試圖說服爹娘，但是他卻沒能理解爹娘拒絕王大妮的根源根本不在王大妮，而在她的父母。

「豆豆這個孩子就是心善，看不得人受欺負，她覺得王大妮一個人在碼頭做買賣不容易，所以她才伸手幫了王大妮一把。」說到這裡，黃老漢停頓了一下。「如果豆豆去碼頭，對王大妮的處境漠不關心，你覺得王大妮和豆豆還能像現在一樣好嗎？你看見錢家的錢滿滿沒有？她每次來南山鎮必找豆豆，她和豆豆的交往才是朋友間的交往，她們不在意家族的恩怨，也沒有利益上的東西，她們的關係才是平等的朋友關係。」黃老漢覺得出去一趟後，黃德磊、黃德落和趙大山都變得更成熟了，而黃寶貴可能由於是長輩，其他三個人都會讓著他一點，才造成他今天這種自負的一面。他有點後悔，小時候對老兒子還是太嬌慣了。

「兒啊，你說你是不是跟船出海前許諾過王大妮什麼？不然，為什麼王大妮都十八了還不找婆家？」黃奶奶看著老兒子，她希望事情並不是她想的那樣。

「是，我走的時候找過王大妮，我讓她等我。」黃寶貴有點羞愧，他這樣做確實不對，當時他應該做得更好點，比如走之前把親事定下來。

「你……你糊塗啊！你怎麼能做這種私定終身的事……」黃奶奶只覺得頭一陣發暈。

「好了，既然已經這樣了，老婆子，妳明天找個人去王重陽家問問吧，該有的禮數要有。」說著，黃老漢站起身。「歇著吧。等寶貴結婚後，我們就該搬去和老大住了。」

「爹，你們幹麼要搬去大哥家？」黃寶貴急了，爹和娘可是一直守著他這個老兒子過的。

「這是規矩，我們村裡哪家分家了，不是老人跟大兒子過的？行了，歇著吧。」說完，黃老漢頭也沒回，進了東屋。

黃奶奶看了看已經長大成人的老兒子，也跟著黃老漢進了屋。兒大不由娘，他既然想娶就娶吧。

黃寶貴第一次被父母無視了，他心裡有了些迷茫和失落……

——未完，待續，請看文創風862《小黃豆大發家》2

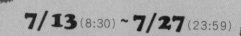

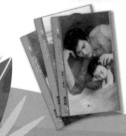

2020
狗屋線上書展

凌嘉

慧眼識夫，
情有獨鍾

今朝落難又如何？她偏有本事再來過。
明日桃花盛開，便是春風得意之時！

7/14出版
定價260元/本
書展期間
特價75折

文創風 864-866

《富貴桃花妻》 全三冊

她名叫桃花，可穿越後即遭狠心的養父母毆打賤賣，前途簡直太不燦爛，
計畫逃跑又出師不利，竟被冷面將軍顧南野當成刺客抓起來，險些小命休矣。
雖是誤會一場，但生計無著，她只好賣身給將軍府，孰料卻是掉進了福窩～～
顧家母子真是佛心的雇主，顧夫人供她吃喝，帶她赴宴，教她理家、讀書，
而顧南野不過臉臭了點，其實是個大好人，還使計助她擺脫養父母的糾纏，
卻因征戰四方保家衛國，得了殺人如麻的惡名，但也只得默默認下……
將軍心裡苦但將軍不說，她瞧得明白，決定利用前生本事與原身記憶幫一把，
寫寫話本替他洗白名聲，結果紅遍金陵城招來官府注意，繼而捲入人命官司。
唉，她想低調待在顧家安居度日，結果惹出這麼多是非還脫不了身，因為——
最大的風波並非她揭穿顧南野被黑的真相，而是她那太有哏的身世鬧的啊……

◎凌嘉其他好書，好評販售中◎

《丫鬟我最大》 全五冊，原價~~1250~~，特價250 一本50超便宜

雲舒作夢也想不到，她不過是去相親，卻穿越時空來到漢朝！原本身旁還有個看似可靠的相親對象陪伴，結果他竟狠下心殺了她，只為了在沙漠生存下去！再次醒來，她竟成了十來歲的小女孩！正當雲舒乖巧地跟著救命恩人四處經商，卻讓她得知一個震驚的消息——她的恩人「大公子」，竟是漢朝有名的大司農，桑弘羊！

《大齡剩女》 全二冊，原價~~500~~，特價100 不收太可惜！

才區區二十歲就被當成老姑娘?! 就算模樣生得再美，老爹也快為她的婚事急白了頭，恨不得馬上就有人扛著大花轎把她娶回家，原以為這件事已讓人頭大，一樁古玩交易卻讓她遭受暗算，不僅陸續捲進多起命案，更因此結識兩位少年郎——一個是冷靜卻敏銳的衙門法曹；一個是俊美而高傲的名門後代。三人合力偵破案件獲得皇上青睞，更打破身分藩籬成為好友，然而若有似無的情愫卻悄悄滋生，逐漸破壞這份平衡……

采采

口甜如蜜沁心脾，
體貼入微送暖意

年前，有個瞎眼老道上門算命，
指著還是個嬰兒的她說：在家旺家，出嫁旺夫！
她若真有福氣，上輩子怎會落了個不得善終的下場？

文創風 867-869 《好運綿綿》 全三冊

綿綿，家裡做生意成嗎？妳爹能中秀才嗎？這位當妳四嬸好嗎？
面對奶奶各種問題，小名「綿綿」的姜錦魚很是無奈，
她從不認為自己有好運，爹能考上秀才，是爹平常的努力。
有了重生的奇遇，她也只是比上輩子懂得珍惜，
偏偏奶奶莫名信了這套，她只能認真的回應。
身為女子，無法考科舉，又還只是個孩子，
乖巧、利用年齡優勢逗樂大人，這是她如今唯一能做的。
時光飛逝，很快就要過年，在鎮上讀書的哥哥也該回家了，
她扳指頭算時間，緊盯著門口預備準時迎接對方，
未料這次歸家的除了哥哥，還有一位來作客的冷漠少年。
少年名為顧衍，親娘早逝，爹在京裡是高官，
分明身分高貴，卻到這偏遠的小鎮唸書，
這大過年的，竟然有家歸不得，得在他們這農家作客，
雖不知箇中原因，可她忽然覺得這個俊秀的少年可憐極了……

7/21出版，定價250元/本　書展期間特價75折

風 文創 861

小黃豆大發家 1

國家圖書館出版品預行編目資料

小黃豆大發家 / 雲也著. --
初版. -- 臺北市 : 狗屋, 2020.07
冊 ; 公分. --（文創風）
ISBN 978-986-509-118-7（第1冊 : 平裝）. --

857.7　　109007940

著作者　雲也
編輯　黃淑珍
校對　周貝桂
發行所　狗屋出版社有限公司
地址　台北市104中山區龍江路71巷15號1樓
電話　02-2776-5889～0
發行字號　局版台業字845號
法律顧問　蕭雄淋律師
總經銷　知遠文化事業有限公司
電話　02-2664-8800
初版　2020年07月
國際書碼　ISBN-13　978-986-509-118-7

本著作物由起點中文網（www.qidian.com）授權出版

定價250元
狗屋劃撥帳號：19001626
網址：love.doghouse.com.tw　E-mail：love@doghouse.com.tw